VICTOR MOREAU

LE
SANG DES
ÆSIR

Éditions Songs of Asgard

Sur l'auteur

Disposant d'un Master en littérature anglophone, Victor Moreau est un auteur de Fantasy, SF et horreur. D'abord publié dans le webzine "L'Imaginarius" pour ses nouvelles, il s'attaque ensuite au roman afin de se libérer de toutes les choses qui le révoltent, le dégoutent, le mettent en colère, mais aussi qui l'émerveillent ou lui redonnent espoir.

Conseils littéraires : Mathilde Pucheu.
http://www.epistolat.com/

Correction : Évalie Safranic

Couverture par Derek Murphy.
http://www.creativindie.com/

ISBN 978-2-9552395-8-2

À Mé¹éna,

Ainsi qu'à vous toutes qui incarnez Freyja

Côte des Cendres

Mer des Géants

Thrymheimar

Irminsül

La Porte des Géants

Surtrheimar

M. USPELHEIM

Ramsund

Nantun

BURGUNDIA

Gjukungar

Volsung

La Rhune

Mont de La loi

GOTHBORG

Côte des Flammes

Yngverun

La Theimsyne

Mer d'Irontc

Vers
Galia

Légende :

Halle

Ruines du Second Age

Forêt

Mannheim

LEXIQUE ET EXPLICITATIONS

Æsim /æzim/ *nom, masculin (fem.* **Æsyne** /æzin/ *pl.* **Æsir** /æzir/)
Clans d'Asaheim, royaume composé des provinces de Folkvangar, Sturmvangar, Himinbjorg et Hardangervid.

Draug /droːg/ *nom (pl.* **Draugar** /droːgr/)
Ce sont les morts qui marchent. D'après les légendes du passé, il s'agit des guerriers tombés qui n'ont su trouver le repos. On dit qu'ils gardent la déesse Syn, et qu'ils infestent les terres gelées de Nifelheim.

Elf /elf/ *nom (pl.* **Elfar** /elfr/)
Clan mystérieux vivant caché dans la forêt d'Alfvid.

Goth /got/ *nom (invariable.)*
Alliance des Royaumes de Vanaheim et d'Asaheim. L'Île des Glaces est rattachée aux Royaumes Goth. Les habitants sont appelés les Gothar.

Jarl /jaːrl/ *nom (pl.* **Jarlar** /jaːrlr/)
Chef ayant la charge d'un district, auquel appartiennent les clans qui y vivent. Avant tout chef de guerre, son devoir est de maintenir l'honneur, la sécurité et le bien-être de ses Thingmenn. Il doit aussi augmenter le prestige de son clan. Il est élu ou bien hérite de la fonction avec l'accord du Thing. Il est soumis à la loi au même titre que n'importe quel homme libre.

Jotun /jɔtən/ *nom (pl.* **Jotnar** /jɔtnr/)
Clans de Jotunheim.

Midlander /midlændr/ *nom, (invariable)*
> Clans du Midland, royaume composé des provinces de Saxonia, Thuringia, Burgundia et Westphalia.

Nibelung /nibelʌŋ/ *nom (pl.* **Nibelungen** /nibelʌŋgn/)
> Clans de Nidavelir, royaume souterrain situé sous les Monts du Bout du Monde, vivant reclus et caché. Cousins éloignés des Elfar, on les surnomme Nains, en raison de leurs difformités physiques.

Sdottir /sdɔtər/ *suffixe (inv.)*
> Précédé du nom du père, signifie « fille de ». Sert à marquer les liens familiaux. Ex. : Krimhilde Gjukisdottir, « Krimhilde fille de Gjuki ».

Skald /skæld/ *nom (pl.* **Skaldar** /skældr/)
> Barde et devin. Réceptacle de sagesse, il détient la connaissance de l'histoire et des lois du clan. On se réunit souvent pour l'entendre chanter les contes et légendes du folklore. On dit sa musique et sa voix dotés de grands pouvoirs, capables d'émouvoir et de captiver les foules (corde de larmes), soulever le cœur des guerriers (corde de joie), ou même paralyser et tuer un ennemi (corde de mort).

Skyr /sker/ *nom (indénombrable.)*
> Boisson à base de lait de chèvre fermenté et chauffé.

Son /sɔn/ *suffixe (inv)*
> Précédé du nom du père, signifie « fils de ». Sert à marquer les liens familiaux. Ex. : Gunther Gjukison, « Gunther fils de Gjuki ».

Thein /tʰeiŋ/ *nom (pl.* **Theinar** /tʰeiŋr/)
> Chef à la tête d'une province entière. Équivalent du Jar., à plus haute échelle.

Thing /tʰiŋ/ *nom, masculin (invariable)*
> Assemblée annuelle durant laquelle on décide de nouvelles lois, scelle des alliances et règle les querelles. C'est aussi

l'occasion pour les marchands de faire commerce, pour les Skaldar de chanter, et pour les jeunes gens à marier de trouver consort. On distingue les Thing locaux, ouverts à tous les hommes libres, et les Thing nationaux, où chaque province est représentée par son Thein et ses deux assesseurs.

Thingsmadr /tʰiŋsmædr/ *nom (pl.* **Thingsmenn** /tʰiŋsmen/)
Guerrier fidèle à un chef de clan, qui a juré en retour de le protéger en échange d'une compensation matérielle ou de services.

Thurse /tʰuːrs/ *nom (invariable)*
Regroupe les clans des royaumes de Jotunheim et Muspelheim. On distingue les Thurse de Glace (Jotunheim) et les Thurse de Feu (Muspelheim), surnommés ainsi en fonction des caractéristiques géographiques de leur royaume.

Vanim /vænim/ *nom, masculin (fem.* **Vanyne** /vænin/ *pl.* **Vanir** /vænir/)
Clans de Vanaheim, royaume composé des provinces de Noatun, Stavangar et Göthborg.

Yggdrasil /igdrænzl/ *nom, masculin (invariable)*
L'Arbre du Monde, considéré comme sacré par le Midland et les Royaumes Goth, d'une circonférence de plusieurs centaines de pieds et d'une hauteur de plusieurs lieues.

Gildas, historien, « Un Étranger à Mannheim : le Guide du Voyageur Itinérant »

LES CHANTS D'ASGARD

PREMIER EDDA

LIVRE DEUX

LE SANG DES ÆSIR

I

LES GÉANTS DES GLACES

Venus des étoiles il y a des éons de cela, avec le Peuple
Stellaire, ils plantèrent leur bannière sur les terres de la
Dame et du Seigneur. De leurs navires brillants ils
descendirent et s'adressèrent à notre peuple. Nous n'étions
alors que des sauvages sans culture, et ils nous apportèrent le
secret de l'acier, l'art de la guerre et de l'architecture. Ils
nous unirent en clans, et fondèrent la base de nos Royaumes
Thurse, avant de rejoindre les étoiles à nouveau. Un jour ils
reviendront ; un jour ils écraseront les enfants de la Dame et
du Seigneur et régneront à nouveau sur ce monde ! Ils sont les
Dieux de Métal ! Les seuls véritables dieux ! Et les Thurse
sont leurs enfants choisis ! Victoire ! Victoire ! Victoire !

Les chants Thurse, « Verset I »

Siegfried admirait l'immense tronc d'Yggdrasil, le frêne millénaire, et ses ramures qui couvraient le ciel. Il se sentait insignifiant devant telle majesté. Même la végétation alentour semblait différente, irréelle. Des insectes qu'il n'avait jamais vus volaient tranquillement, et des plantes inconnues donnaient des touches de couleurs inhabituelles – bleu, mauve, turquoise – à l'émeraude dominante. L'air même semblait nimbé d'un halo couleur feuille, et les sources qui baignaient les racines d'Yggdrasil luisaient du bleu pâle de la nuit. L'enfant, quant à lui, ne trouvait aucun mot pour exprimer l'émerveillement qu'on pouvait lire dans ses yeux. C'était clairement un endroit pour les Elfar...

– Pourtant aucun Elf ne vit ici, intervint une voix douce. Bienvenue à l'Althing, jeune roi. Je suis Freyja Vanadis Njordsdottir, Thein de Folkvangar ; au nom d'Asaheim je vous souhaite la bienvenue. La Dame veille sur vous.

Siegfried manqua se tordre le cou en regardant leur hôte s'en aller saluer les autres Midlander, et Krimhilde dut lui enfoncer un coude délicat mais pointu entre les côtes pour le ramener à lui. Et à elle. Jamais il n'avait vu pareille beauté ; du moins c'est ainsi qu'il imagina la scène, ce qui lui rappela douloureusement l'absence de sa femme et son fils.

Wulfrich tendit de la cervoise et des fruits à son roi ; le forgeron s'arrêtait à chaque table, chaque tonneau, pour y prendre quelque mets ou boisson, et admirait chaque jeune fille qui passait en riant devant eux. Mais Siegfried refusa ; il n'était pas ici pour festoyer. Il avait en tête un dessein bien plus précis. Son fidèle Thingsmadr méritait néanmoins de s'amuser ; l'Assemblée risquait d'être rude... L'immense homme ne se fit pas prier. Une corne dans une main, il défit ses vêtements en courant vers l'une des sources sacrées bordant les racines d'Yggdrasil, où se baignaient déjà quatre jeunes filles nues qui rirent aux éclats lorsqu'il les aspergea. Il appela son roi à le rejoindre, en recrachant une eau étincelante ; ces eaux bénies par la Dame lui feraient le plus grand bien. Mais de nouveau Siegfried déclina et laissa son ami batifoler dans l'eau, ses rires et ceux des jeunes filles le suivant tandis qu'il s'éloignait. Il n'avait pas le cœur à se joindre aux festivités et préféra explorer en solitaire les alentours. L'Arbre du Monde était vraiment une merveille. L'endroit était magnifique, et les rameaux d'Yggdrasil étendaient une douce ombre sur les plaines, les arbustes, les lacs. L'acoustique était telle que même loin des festivités, en ne gardant qu'à peine ses compagnons en vue, il entendait le brouhaha ambiant. Dans leur campement, les Midlander se promenaient, découvraient Yggdrasil avec émerveillement, écoutaient les Skaldar et engloutissaient force viande et boisson. Plus loin était établi le camp des Æsir. Siegfried revenait vers sa tente lorsqu'il vit Freyja se jeter au cou d'un homme à l'étrange accoutrement, fait d'un kilt le laissant torse-nu mis à part l'étoffe portée en bandoulière, le tout dans des tons boisés et feuillus. Il portait une couronne de fines branches entrelacées, parsemées de feuilles. Il serra la jeune femme contre lui tout en exprimant son étonnement à trouver pareille troupe assemblée ici ; était-ils tous venus, eux aussi, pour célébrer la Dame en ce jour de solstice ? Freyja lui expliqua la situation. Ce fut à ce moment qu'elle sembla remarquer Siegfried. Si d'abord elle eut l'air surprise, elle se reprit bien vite et fit les présentations ; le jeune Midlander avait devant lui

Frey Njordson, son frère et roi des Elfar. Siegfried s'étonna ; un Vanim à la tête de ce clan si mystérieux ? Frey rit aux éclats. Comment il avait acquis la couronne d'Alfheim était une histoire passionnante – mais malheureusement trop longue à raconter pour cette fois, jugea Freyja. Elle s'excusa auprès de Siegfried ; elle avait tellement à dire à son frère, et si peu de temps. Les deux parents s'éloignèrent en discutant joyeusement, laissant un Siegfried médusé seul avec ses interrogations.

Au crépuscule, tous se retrouvèrent au pied d'Yggdrasil pour la cérémonie sacrée. Freyja se tenait face à l'assemblée, bras levés. Elle pria pour qu'en ce soir de solstice, béni par la Dame, pût la saison sombre prendre fin, Dagon apporter bonnes moissons et Beyla apporter fertilité et amour. Ce soir, ils n'étaient plus des Æsir et des Midlander, ni des rois ou des Theinar, mais des hommes et des femmes vivant en paix, unis sous un même ciel. Siegfried se demanda si, depuis la forêt, les Elfar les observaient. Freyja avança ensuite en laissant glisser sa robe blanche le long de ses épaules et traversa le chemin entre deux colonnes de flammes allumées symboliquement par les chamanes. Une fois au bout, elle se retourna vers l'assemblée, son corps illuminé par les flammes. En traversant ces feux, les dieux offraient leur protection contre la maladie et les malheurs, chassant les mauvais esprits de la saison sombre. Et chacun passa en file indienne, entre les flammes, dans un silence cérémonial. Siegfried ne sentit pourtant nulle protection, nul sentiment d'assurance, alors qu'il accomplissait le rituel, comme si les dieux l'avaient abandonné. Mais il n'y prêta aucune importance. Enfin, les chamanes amenèrent un grand homme d'osier, auquel

Freyja mit feu. Chacun dans l'assemblée jeta un petit bout de paille sur le bûcher, pour s'assurer le départ des ténèbres de la saison sombre. Puis les chamanes invoquèrent les esprits de leurs clans. Siegfried regarda impassiblement l'homme d'osier se consumer, longuement, longuement, longuement...

Cette nuit-là, les Skaldar chantèrent les chants des héros du passé, les tragiques histoires d'amour impossible entre mortels et déesses, les aventures merveilleuses de peuples disparus ayant vécu avec les dragons, bien avant que ceux-ci ne quittent le monde. Ils jouèrent un morceau populaire qui glorifiait la liberté pour chacun et exhortait les clans d'autrefois à prendre les armes contre l'envahisseur. Ces chansons qui semblaient transfigurer l'auditoire laissèrent de glace le cœur de Siegfried. Il n'écoutait que d'une oreille distraite, perdu dans ses pensées, les légendes qui autrefois auraient fait vibrer son âme. Mais plus maintenant, désormais. Du coin de l'œil, il vit que Wulfrich le regardait d'un air inquiet, sans oser s'aventurer plus loin. Il fit un signe de tête à son vieil ami pour le rassurer ; tout allait bien. Du moins voulait-il le laisser entendre. Une fois les chants terminés, les danses allèrent bon train, au son des flûtes, des harpes et des tambourins. Siegfried eût aimé que Krimhilde soit là ce soir, dit-il au fantôme de son épouse vivant dans sa tête. Elle aurait apprécié ces festivités. Ils auraient dansé jusqu'au petit matin, une corne à boire à la main, et auraient ri, et ri, et se seraient allongés dans l'herbe pour admirer la voûte céleste et les étoiles, parsemées par la Dame lors de sa course éperdue. Il savait que depuis les sources de l'arbre, depuis les feuilles marbrées, depuis l'herbe émeraude elle l'entendait et lui souriait. Mais elle lui manquait tant...

Portée par la masse ondulante des danseurs se trouva soudain devant lui une jeune femme à la peau de porcelaine, sa robe blanche et sa couronne de fleurs symboliques. Elle lui tendit la main, et sans entrain il la rejoignit dans la danse. Son corps juvénile bougeait avec grâce et sensualité, et ses mouvements dévoilaient sa chair souple à travers les ouvertures de sa robe légère. Parmi les danseurs Siegfried vit que se trouvaient Wulfrich, Sigmar et Hrothgar qui, eux, montraient tous les signes d'une ardeur vigoureuse face à leurs partenaires de danse. La jeune fille le regarda droit dans les yeux et sourit, rejetant la tête en arrière et laissant son corps onduler au son de la musique. Il laissa la fille lui prendre la main et l'entraîner à l'écart de la danse. Ce fut très différent de sa fusion totale avec l'avatar de la Dame lors de son couronnement. Cette fois-ci, nul sentiment de surpuissance, nulle aura mystique, nulle investiture des dieux ; il prit la jeune femme, et si son corps était avec elle son esprit était ailleurs. Elle, presque en transe, s'abandonnait totalement et laissait la moindre parcelle de son corps onduler et frémir, tandis qu'elle gémissait et se mordait la lèvre. L'espace d'un instant il envia cet abandon de soi, cet oubli total. Mais son corps et son esprit étaient dissociés, comme deux morceaux d'un miroir brisé.

– Je suis honoré de rencontrer le nouveau roi du Midland. Moi, Balder Wodenson, expère que nous parviendrons à un accord.

– Voilà un discours digne d'un roi ! s'écria Loki. Je lève ma corne à son honneur.

Et il brandit haut dans les airs un récipient imaginaire en criant trois fois : « Gloire ! », imité seulement par Vali et Narfi. Balder ignora le Thein moqueur. Combien il aurait été honteux de recevoir pareille raillerie seulement quelques hivers plus tôt ! Siegfried le remercia en retour, et manifesta lui aussi le vœu que cette assemblée marquât la première pierre d'un nouvel édifice à la fraternité et à la paix.

– Toutes ces paroles bien pensantes me touchent, dit Loki en essuyant de son œil une larme imaginaire.

Tyr proposa de débuter l'assemblée, défiant du regard quiconque de le contredire. Siegfried fit alors part de ses exigences : Woden n'étant plus roi, il ne voyait aucune raison pour que le Midland fût toujours sous la coupe d'Asaheim, et demandait la cession de toutes les terres acquises par l'ancien roi. Comme ce garçon avait la prestance d'un monarque ! Il ne devait avoir qu'un ou deux hivers de plus que Balder, mais tout semblait si naturel à ce jeune homme confiant qui se tenait droit, comme s'il avait toujours été un roi !

– Tu en demandes beaucoup, fit remarquer Loki. Ce serait une importante perte de profits pour Asaheim. Ne veux-tu pas nous laisser quelques fermes ? Juste des toutes, toutes petites.

Il marquait un point important : les fermes du Midland constituaient une part non négligeable de leurs ressources. En

Asaheim, les récoltes étaient difficiles ; avec seulement trois lunes de saison claire, il suffisait d'une mauvaise moisson pour qu'ils risquent la famine. Ce que demandaient les Midlander leur était très difficile. Après un temps de réflexion, Siegfried proposa ceci : le Midland récupérerait petit à petit ses terres, au fil des printemps, pour que la cession soit progressive. À cet instant, Loki exprima sa gratitude pour cette *extrême* générosité. Siegfried reprit après lui avoir jeté un œil circonspect. Il proposait en sus de leur vendre une partie des récoltes effectuées par les fermes ainsi retournées au Midland. Toute production qui serait en surplus pourrait leur être cédée, pour un prix.

– Ce gamin ne perd pas le nord ! rit Thor.

– Certes, ta proposition peut sembler intéressante, dit Loki en faisant la moue. Mais je te propose mieux : nous gardons les fermes et tu peux t'asseoir sur des orties. Nous avons déjà défait le Midland une fois, nous pouvons aisément recommencer.

– Comment oses-tu ? s'emporta Sigmar. Instantanément, les Theinar du Midland furent debout, la paume sur la poignée de leur hache.

Siegfried leva la main.

– Si c'est ce que tu penses, ô mon Thein à la langue bien pendue... En ses yeux brillait une flamme noire, de pure haine et de ténèbres, que Balder capta l'espace d'un instant ; il en eut la chair de poule. Rien ne nous empêchera de reprendre nos terres, même s'il me faut pour cela exterminer tous les Æsir du Midland.

Ses Thingsmenn hurlèrent leur approbation.

– J'aimerais bien voir cela ! tonitrua Thor, désormais lui aussi debout.

– Visiblement, ce nouveau roi est semblable à son père..., renifla Loki. Cela faisait longtemps que je n'avais assisté à une guerre idiote !

La tension était presque palpable, et chacun redoutait que l'assemblée ne dégénère en mêlée, jusqu'à ce que Tyr intervînt :

– Cette assemblée est un lieu de paix. Je pensais nos deux jeunes rois plus intelligents que leurs pères.

– Mon père *est* intelligent ! répliqua Thor.

– Était, corrigea le Skald.

– Père n'est pas mort, tu le sais aussi bien que moi. Un jour il reviendra et il sera fier de voir ce que ses fils ont accompli. Alors tu regretteras ces paroles.

– Thor, mon garçon, parfois tu fais preuve d'autant d'intelligence qu'un enfant...

Il secoua la tête.

– Et toi tu es vieux et borné. Je jurerais parfois que tu as le manche d'un râteau dans le –

Il fut interrompu par le raclement de gorge de Siegfried.

– Si nous vous dérangeons dans votre discussion de famille, nous pouvons vous laisser... Il termina par un sourire. Ses Theinar le considérèrent d'un œil inquiet. Ces paroles allaient-elles être la goutte d'hydromel qui ferait déborder la corne ? Et Thor éclata d'un rire franc et massif.

– Regarde ce gamin, Tyr ; tu pourrais apprendre quelques notions d'humour de lui ! Ce nouveau roi me paraît bien plus sympathique que le précédent.

– Tu n'as pas connu Sigmund Volsungson, corrigea Tyr. Ne parle pas comme si tu avais assisté à cette sombre époque, car les dieux t'ont béni en te faisant grandir une fois celle-ci finie.

– Par Donar, Tyr ! N'as-tu donc de cesse aujourd'hui de m'agacer et de reprendre tout ce que je dis ? Tu es comme un oncle pour moi, mais l'envie me démange de fracasser mon siège sur ta tête de roc !

– Tous ces merveilleux souvenirs de famille sont passionnants, intervint Loki, mais je vous rappelle que nous sommes dans une impasse politique. Alors qu'allons-nous faire ? Guerre ? Pas guerre ?

– J'accorde au Midland ce qu'il demande, aux termes de ses conditions, déclara Balder.

– Tu le leur accordes aussi facilement ? s'étonna Loki, un sourcil haussé. Sans même une petite menace, ou bien un grand discours sur l'importance de maintenir la paix ? Le leur accorderais-tu aussi, s'ils te demandaient de leur sucer la –

– La paix *est* importante ! Et la demande de Siegfried me paraît juste et équitable. Personne ne devrait pouvoir prendre les terres d'un autre.

Un long silence régna. Silence soudain brisé par les acclamations des Midlander, qui scandaient le nom du roi Balder. Le jeune garçon s'empourpra quelque peu et sourit. Il remarqua néanmoins le regard noir que Loki comme Frigg lui lançaient, l'air hautain et mauvais. Tyr proposa de laisser les jurés voter, si plus personne ne souhaitait s'exprimer. Les quatre appointés par le Midland approuvèrent aussitôt la décision. Ceux d'Asaheim hésitèrent quelques instants, discutant entre eux, avant de convenir qu'il serait plus sage d'accepter la proposition. Balder fut heureux de la confiance que lui portaient ses hommes. Il s'approcha de Siegfried.

Il n'était qu'à peine plus petit, et pourtant il se sentait dominé par cet homme. Il tendit une main que Siegfried serra avec enthousiasme. Balder grinça des dents mais ne montra aucun signe de douleur. Le récitateur exprima le souhait que cette assemblée marque la première pierre d'un édifice entre leurs deux royaumes. Et finalement les vivats explosèrent. Avant de clore cette cession, Siegfried avait toutefois une requête à présenter à l'assemblée. On lui avait porté tort, et il comptait sur le Thing pour lui apporter réparation, car celle avec qui il avait un différend n'était autre que Brynhilde Olafsdottir. Lorsque Tyr demanda des explications, sourcils froncés, il accusa la Reine des Glaces du meurtre de son fils et d'être indirectement responsable du suicide de son épouse, le tout succédant à une tentative d'assassinat sur sa personne. À ces mots les Midlander hurlèrent leur soutien et leur colère. Tyr dut demander le silence à plusieurs reprises. Il fit remarquer que l'accusée devait être présente afin de répondre de ces chefs d'accusation. Il proposa de la convoquer au prochain Althing.

– Tu me demandes de patienter encore un hiver entier avant de pouvoir obtenir justice ?

– C'est la loi.

Siegfried sembla réfléchir un instant avant de répondre.

– Très bien. Je laisserai de côté ma juste vengeance pour le moment. Elle n'en sera que plus douce lorsque la condamnation tombera...

Il esquissa un sourire cruel qui fit frissonner Balder.

Les Midlander se retrouvèrent après l'assemblée sur la grande plaine au pied d'Yggdrasil. Dans la joie de la bonne nouvelle, la plupart goûtaient tous les mets proposés sur les étals, et emplissaient leur chope à chaque tonneau de bière ou d'hydromel croisé. Des jeux étaient organisés, et ce fut avec plaisir que les guerriers du Midland s'essayèrent contre les Æsir au tir à la corde, au lancer de javelot, ou à la lutte, dans une rivalité cordiale. Wulfrich congratula son roi en lui assénant une claque magistrale dans le dos avant de s'excuser de son involontaire brutalité. Siegfried reconnut qu'il n'avait pas cru cela possible si facilement, surtout vu l'attitude de Loki Laufeyson... À la mention de ce nom, Sigmar émit le souhait qu'un jour, quelqu'un coupe la queue de ce serpent. Hiordis fixait son fils d'un regard intense et lorsqu'il s'en aperçut, elle lui adressa un sourire radieux. Gunther lui posa une main pleine d'affection sur l'épaule et le congratula. Siegfried baissa les yeux avant de reprendre son chemin, en compagnie de ses proches. En marchant, ils parvinrent à un cercle formé d'Æsir enthousiastes, lançant des encouragements. Siegfried écarta doucement les spectateurs pour frayer un chemin à son groupe. Au pied des racines géantes, Balder affrontait en duel un jeune guerrier, probablement l'un de ses Thingsmenn. La foule lança des acclamations enjouées lorsque le jeune homme mordit la poussière avant de se relever en s'inclinant devant son souverain.

– C'est tout ce que tu as dans le ventre, Heimdall ? lança quelqu'un dans la foule.

Les autres le huèrent amicalement avant de rire.

Siegfried, pour le peu qu'il avait vu, trouvait que le perdant n'avait en effet pas combattu avec autant d'ardeur qu'il aurait pu... Il continuait sa route lorsqu'une voix l'interpella. Un Thor tout sourire l'invitait à un duel contre son frère. Qu'il montre donc, lui qui parlait tantôt de guerroyer, ce dont était capable le porteur de Balmung ! Si bien sûr ce n'étaient pas là que des mots creux et vides de sens ! Il dit ceci avec un tel sourire que Siegfried ne sut s'il le raillait réellement ou s'il le provoquait amicalement pour la forme. Il allait décliner, n'ayant cure de l'avis des autres, lorsque la foule se referma autour de lui en scandant son nom. Il se retourna mais déjà ses compagnons avaient disparu derrière les Æsir. Passée la surprise, il esquissa un sourire sans joie et pénétra dans le cercle. Thor ignorait royalement les suppliques de son frère, qui tentait de se cacher tant bien que mal sans perdre sa dignité. Siegfried n'entendit pas la totalité de ses murmures précipités ; ... *es-tu fou ?... Vainqueur des Thurse... Tueur de Dragons... aucune chance ...*

Riant, Thor poussa son frère vers le cercle herbeux. À ses côtés, adossé contre les racines, se trouvait le guerrier de tantôt, Heimdall, affichant un sourire narquois. Balder regarda en tous sens, comme un animal traqué cherchant une échappatoire. N'en voyant aucune, ses épaules s'affaissèrent avant qu'il ne se reprenne ; il salua de la pointe de son épée, et Siegfried le lui rendit. Puis ils tournèrent l'un autour de l'autre, guettant l'ouverture. Le roi des Æsir attaqua, se fendant rapidement. Le roi du Midland n'eut aucun mal à esquiver, et rendit le coup, qui mordit l'air. Il ne fallut que quelques passes d'armes pour que Siegfried comprît que son adversaire n'avait aucune réelle expérience du combat. Il avait pratiqué, certes, contre un maître d'armes ou bien ses compagnons, mais il manquait de l'agressivité et de l'instinct propre au combat réel. Il n'avait jamais eu à lutter pour sa vie, contrairement à Siegfried qui avait frôlé la mort à maintes reprises. L'Æsim attaqua une première fois, une seconde fois, une troisième fois, avant que le Midlander n'estime que les politesses avaient assez duré. D'un mouvement circulaire de son épée, il dévia la lame adverse. De son poing ganté, il attrapa le bras droit de Balder. D'une torsion des épaules, il le désarma et l'envoya au sol, sonné.

Il rengaina Balmung et tendit une main compatissante à son adversaire défait, qui l'attrapa et se releva, sous les applaudissements d'une foule exaltée. Balder le congratula ; son art du combat était à la hauteur de sa réputation. Il garderait ce mouvement en tête pour une prochaine fois. Siegfried lui apprendrait-il quelques techniques ? Son sourire était franc, et pas une once de jalousie ni de rancœur ne se lisait dans ses yeux azur. Le roi du Midland lui expliqua en quelques mots que sa posture était trop figée, et ses mouvements trop prévisibles. Il manquait encore de l'esprit d'initiative et des réflexes propres au combat réel. Une prochaine fois, si le temps s'y prêtait, il lui enseignerait quelques manières de rester en vie sur le champ de bataille. Balder sourit et s'inclina devant la supériorité martiale de son adversaire, en joignant le geste à la parole. Malgré lui, malgré son cœur de dragon d'acier gelé, Siegfried ne pouvait s'empêcher de se réchauffer au contact de ce jeune roi. Était-ce de l'amitié qu'il commençait à ressentir ?

Balder était entouré de ses proches, ce soir-là, discutant joyeusement et apaisant sa faim autour d'un grand feu de joie, lorsque Siegfried tomba sur leur campement par erreur ; il s'était égaré sur le chemin et de loin les avait pris pour les siens. Balder proposa qu'il se joigne à lui un instant. Il avait un alcool de pomme dont le Midlander lui dirait des nouvelles ! Heimdall le raccompagnerait à son campement.

– Pourquoi moi ? protesta Heimdall. Mais Thor secoua la tête.

– Venez, tous. Laissons ces deux-là discuter entre rois. Donne-moi ton bras, Höd.

– Rejoins-moi vite, mon époux..., sourit Nanna.

Alors que tous s'éloignaient, Siegfried entendait Heimdall se plaindre : Pourquoi toujours lui ? Et Thor de lui demander en retour s'il voudrait que ce soit Höd qui escorte le roi du Midland à travers la plaine ; à ce compte-là, ils ne seraient pas arrivés avant demain soir ! Höd s'indigna ; il était aveugle, pas sourd. Les voix s'effacèrent au loin. Quelques instants de silence passèrent avant que Balder ne s'adressât à Siegfried : Comment trouvait-il Yggdrasil ? Le roi du Midland exprima son admiration devant cet arbre si majestueux. Il eût aimé que son épouse et son garçon pussent voir ceci de leurs yeux... Après un silence, Siegfried reprit :

– N'as-tu jamais souhaité ardemment occire un ennemi juré ? N'as-tu jamais senti que tu n'aurais de repos que lorsque celui-ci aurait expiré ?

– Eh bien non... J'aime mieux régler un conflit par les mots que par les armes.

– En ceci nous sommes identiques..., remarqua Siegfried.

– En ceci nous sommes identiques.

– Tu ne sais toutefois pas tout de moi, Cerf Blanc, ni de l'ombre qui m'habite.

– Cette ombre, tu peux la vaincre. Toi seul guides ta destinée, toi seul choisis ta voie.

– Je crains pourtant qu'à tout moment les ombres ne m'emportent, et que je ne sois plus alors qu'une coquille animée par de sombres voix...

Chacun conserva un silence pensif, portant occasionnellement sa corne d'hydromel aux lèvres. Puis Balder reprit ; une tradition existait, en Asaheim, lorsque deux chefs de clans se rencontraient. À tour de rôle, chacun affirmait une chose, et pour qui l'information était vraie devait boire son gobelet. Siegfried haussa un sourcil. Ce jeu existait-il vraiment ? Balder sourit lorsqu'il admit l'avoir inventé à l'instant. Le roi du Midland voulait-il y jouer quand même ? Pour toute réponse, celui-ci empoigna sa corne.

L'hôte laissa l'honneur à son invité. Siegfried prit un moment pour réfléchir, puis dit lentement :

– J'ai en moi un sens aigu de la justice.

Sans hésitation, les deux hommes burent.

– À mon tour. Voyons... Je suis prêt à tout pour parvenir à mon but.

Siegfried, hésita. Finalement, il porta rapidement la corne à ses lèvres.

– Tu ne perds guère de temps en tours de chauffe ; droit dans le vif du sujet, vois-je... J'ai déjà tué.

Siegfried but, Balder non. L'Æsim observa un silence grave.

– Tu as raison. Parlons de sujets plus légers, pour le moment, et laissons les affaires sérieuses à l'assemblée. J'ai un grand succès auprès des femmes.

Balder sourit et laissa s'écouler un instant avant de se décider à boire. Siegfried porta lui aussi la corne à ses lèvres. Il sentait déjà monter en lui l'ivresse de cet alcool puissant. Les vapeurs délétères lui embrumaient l'esprit et sa langue s'agitait comme de sa propre volonté.

– Mon épouse ne fut pas la seule femme à partager ma couche, après notre mariage.

Un silence pesa. Puis Siegfried fut le seul à vider sa corne, que Balder emplit à nouveau.

Gorgée après gorgée, Siegfried traversa les différents états d'esprits propres à un homme enivré. Tout d'abord, la liqueur dissipa sa mauvaise humeur et lui procura une sensation de bien-être. Puis, au fil de la conversation, le bien-être se mua en introspection, et sa langue se délia plus encore, comme s'il n'en contrôlait pas le flot, comme si une volonté propre le poussait à s'exprimer. Peut-être en avait-il besoin ? Peut-être avait-il trop sur la conscience pour garder plus longtemps ses pensées enfouies ?

– Je m'en veux pour la mort d'un parent...

Et Siegfried fut le seul à boire.

– Je me sens parfois inférieur à mon frère, comme s'il était plus digne que moi d'être roi...

Et seul Balder vida sa corne.

– Celle-ci était aisée ; je n'ai aucun frère.

– Je le sais..., sourit faiblement Balder.

– Je ne sais où je vais. Je suis roi, mais pourtant je crains de guider mon clan vers le désastre, la guerre, la ruine... J'ai si peur d'un sombre futur, qui serait causé par ma faute...

Il vida avidement le reste de sa corne, comme pour faire taire ces pensées. Quelques instants après, Balder but à son tour et dit :

– N'est-il pas normal de craindre l'échec ? Nous ne sommes que des hommes, à la tête d'un royaume entier... Pourtant nous devons suivre la voie que nous ont offerte les dieux, car là est notre responsabilité.

– Je choisis moi-même ma propre voie..., marmonna Siegfried. Merde aux dieux !

Balder sourit.

– Tu parles sous l'emprise de la liqueur. Bien que tu aies raison : nous traçons nous-mêmes notre propre destin. Les dieux ne font que nous offrir des possibilités, qu'il nous appartient de saisir.

– Je ne suis pas... saoul ! protesta Siegfried. Même si tu sembles tenir mieux que moi ce breuvage. Force est d'avouer que je suis coutumier de la bière et de l'hydromel...

– Tu as bu plus souvent que moi, durant notre échange..., sourit Balder.

– Ton jeu æsim fut amusant, déclara Siegfried en se levant avec difficulté. Si l'assemblée n'était pas si tendue, j'oserais dire que je te considère comme un ami... Nous nous ressemblons plus qu'il n'y paraissait au premier abord...

– J'espère qu'une amitié durable unira le Midland et Asaheim, ainsi que leurs deux rois..., murmura Balder, dont les yeux commençaient déjà de se fermer. Il se fait tard. Heimdall ! Raccompagne notre invité à son campement, je te prie. Roi du Midland, tu promis tantôt de m'enseigner quelques passes d'armes ; me retrouveras-tu demain matin avant le début de l'assemblée ?

– Ma foi... je suis tenu par mon serment, sourit Siegfried. La Dame veille sur toi, roi d'Asaheim.

– Et sur toi, roi du Midland.

Heimdall le raccompagna à travers la plaine enténébrée, illuminée par les feux de camps épars. L'air frais de la nuit dissipait peu à peu l'ivresse de Siegfried. Il fit remarquer au jeune guerrier qu'il s'était incliné bien facilement face à son roi, tantôt.

– Il ne conviendrait guère au fils légitime de Woden d'être vaincu par un simple guerrier. Son honneur en prendrait un coup, auprès de ses Thingsmenn...

– Je comprends. C'est une noble chose de ta part. Cela n'a pas dû être facile pour toi.

Heimdall haussa les épaules.

– Je me contente simplement de veiller sur mon roi, comme me l'ont demandé Woden et Thor. Voici ton campement, roi du Midland. Maintenant, il m'en faut m'en retourner au mien.

Cette nuit-là, Siegfried s'agita en sa couche. Un rêve qui le hantait depuis des lunes l'assaillait de nouveau. Il marchait dans la forêt en compagnie de Sigur. Il n'entendait pas un bruit, et pour cause : tous les animaux étaient morts. Le sol était jonché de cadavres de cerfs, d'écureuils, d'oiseaux... Il entendait Krimhilde les appeler. Elle avait l'air terrorisée. Soudain, il la voyait à l'orée du bois. Puis, en une fraction de seconde, se trouvait à sa place Brynhilde, un serpent autour du bras. Elle fixait Sigur de son regard blanc, et lorsque Siegfried se retournait vers son fils, les yeux du garçon se liquéfiaient. Des serpents sortaient de ses orbites creuses et de sa bouche. Très rapidement, son corps tout entier était composé de serpents grouillants, et le sol de la forêt était innondé de sang. Du sang partout, qui dégoulinait des arbres ! Tellement de sang !

Il se réveilla en sursaut et dut compter de longues minutes avant que son cœur comme son souffle ne ralentisse le rythme. À ses côtés, Krimhilde posa une main endormie dans son dos. Il regarda longuement cette petite poupée qui partageait son lit.

Le jeune roi des Æsir s'entraînait au combat contre Thor par une belle matinée ensoleillée. L'immense guerrier roux se contentait de bloquer négligemment les coups et de répliquer de manière prévisible, afin d'aiguiser les réflexes de son frère. Siegfried assista un moment à l'entraînement, puis Balder l'apostropha d'un sourire radieux. Le roi du Midland allait-il lui enseigner quelques techniques, comme promis ?

– Tu peux m'appeler par mon nom, roi d'Asaheim.

– Très bien, Siegfried. Tu peux m'appeler par le mien.

– Alors en garde, Balder.

Les deux rois échangèrent quelques passes d'armes, sous le regard amusé de Thor.

– Tes bases sont bonnes, constata Siegfried, mais tu manques encore d'initiative. Tout ce que tu as appris, tu dois l'oublier, afin de trouver ta propre façon de combattre. Improvise ! Brise les règles !

Et à la parole il joignit le geste, lançant un grand coup dans les jambes de son adversaire, le jetant à terre. Balder se releva, rattaqua ; Siegfried dévia sa lame et passa sous sa garde, le projetant encore au sol. Après maints roulés-boulés, Balder, le souffle coupé, abdiqua. Il avoua en riant n'être jamais capable de le terrasser. Siegfried balaya ces fadaises ; de tous ces coups reçus, son adversaire avait bien retiré quelque chose. Il annonça son intention d'attaquer à son tour, de manière directe. Il voulait une belle parade, et finir les quatre fers en l'air. Sur ce, il chargea. Il vit Balder se tendre, et bien qu'il eût été capable d'anticiper cette esquive, il choisit de n'en rien faire. Le jeune Æsim fit un pas de côté, attrapa son bras armé, le lui fit tourner, et l'envoyer à terre valser. Siegfried se releva en s'époussetant. Que Balder affûte cet instinct, et bientôt de tels mouvements lui seraient aussi naturels que respirer. Il salua, prêt à partir, lorsqu'une voix tonitrua : Que disait-il d'un adversaire à sa taille ? Son jeune frère était encore inexpérimenté, mais Thor en avait fait, lui, des bagarres ! Voyons ce que Siegfried savait faire face à un vrai briscard ! Le grand gaillard ne lui laissa pas le temps de répondre et asséna déjà son lourd marteau vers le sol. Siegfried n'eut que le temps d'esquiver d'un roulé-boulé avant de pouvoir se mettre en garde. Ne pas attendre son adversaire n'était pas très loyal, grogna-t-il.

– Comme si en champ de bataille l'ennemi allait avoir la politesse d'attendre que Sa Majesté soit prête ! Je pensais que tu le savais déjà, Vainqueur des Thurse !

Le géant attaqua de nouveau, mais cette fois Siegfried put esquiver, et contre-attaquer. Thor était vif, malgré sa carrure ; le coup ne mordit que l'air. Après quelques échanges, il jeta son marteau dans l'herbe avant d'éclater de rire. Siegfried lui plaisait ! Il avait l'esprit du guerrier, et la férocité du loup, qui n'était pas son emblème pour rien ! Il posa un bras massif sur l'épaule du jeune roi et l'entraîna, bien malgré lui, vers le cœur des festivités, braillant son désir de vider quelques fûts de bière en sa compagnie.

Lorsque l'assemblée reprit, plus tard dans la matinée, le sujet était les raids Thurse. Siegfried avait demandé l'aide d'Asaheim dans leur lutte contre les Jotnar, en gage de bonne foi pour la paix. Mais les Æsir se montraient réticents à rompre leurs accords de paix avec Jotunheim.

– Ces sans-couilles n'ont de cesse de harceler le Midland, tonna Sigmar. Nous avons beau les chasser, ils reviennent toujours, pareils à des mouches !

– De plus, nous avons des raisons de penser que les Thurse préparent une grande offensive sur le Midland, précisa Yngvar. Une offensive digne de la Guerre des Géants.

– Tout cela est *très* inquiétant, dit Loki, mais que voulez-vous que cela nous fasse ? Ce sont vos affaires. Réglez-les vous-mêmes.

– Je croyais que le but de l'assemblée était de parvenir à des solutions ? répliqua Gunther d'une voix douce, mais dont la fermeté n'échappa aucunement à Siegfried.

– Vois-tu les Thurse ici assemblés ? As-tu leurs rois en face pour leur demander de bien vouloir, s'il leur en plaît, cesser leurs vilains raids sur les pauvres Midlander ?

– Alors allons vers eux, proposa Siegfried. Rendons-nous à Jotunheim pour parlementer !

– Bonne chance pour cela, répliqua Thor, les Thurse sont des sauvages, des assassins et des imbéciles.

– Je te rappelle que tu parles de mon clan d'origine..., souligna Loki.

– Je sais (Regard appuyé).

– Eh bien, répliqua l'homme mince en portant une main pleine de lamentations à son front, si vous n'êtes pas capables d'apprécier ma délicieuse présence, il ne me reste qu'à quitter cette assemblée et aller me morfondre seul...

– Loki, as-tu remarqué que par ta faute le Thing n'avance guère et que nous perdons tous notre temps, avec tes pitreries ?

– Freyja, ma chère Freyja à l'immense poitrine, tu as toujours autant d'humour que les chats qui te sont si chers, je vois. Attention, cet air sérieux pourrait te donner des rides et tenir ta légendaire beauté.

– Mufle..., souffla-t-elle.

– À ton service, dit-il en s'inclinant, sourire aux lèvres.

– Loki est un Thurse ? s'étonna Siegfried.

– Oui, oui, répliqua l'intéressé. Je suis un Jotun, voilà le secret éventé. Pas de quoi en faire un sujet à l'ordre du jour.

– Un *demi* Jotun, corrigea Thor. C'est encore pire. Rien que l'idée qu'une Æsyne ait pu commettre un tel acte avec un Thurse...

À ces mots Sigyn se leva et quitta l'assemblée d'un pas rapide. Alors que Vali lui sifflait de surveiller ses paroles, le grand gaillard balbutia quelques mots d'excuses ; il n'avait pas pensé insulter l'épouse de Loki.

– Peut-on, à la fin, changer de sujet ? Que Thor n'ait pas de cervelle est un fait connu, inutile de démontrer la chose encore et encore.

– Eh ! Ce n'est pas parce que j'ai insulté Sigyn malgré moi que je suis stupide !

– En effet ; tu es stupide parce que tu es né ainsi.

Thor fit un geste grossier, et son interlocuteur leva les yeux au ciel.

– Il suffit ! intervint Tyr. Recentrons-nous sur le sujet, si vous le voulez bien. Pour quoi passons-nous devant nos amis du Midland, à nous comporter ainsi ?

Loki murmura – pas assez doucement pour que personne n'entendît – qu'en tout cas ils ne passaient pas pour des rabat-joie avec une lance dans le cul... Et lorsque Tyr le rabroua de nouveau, il soupira, gestes grandiloquents à l'appui :

– C'est cela... Liguez-vous contre l'étranger que je suis...

– J'accompagnerai Siegfried à Jotunheim, déclara Balder. Peut-être pourrais-je convaincre les Thurse de renoncer à la voie de la guerre.

Le silence régna quelques instants, avant que le rire de Thor ne le brisât. Son frère était peut-être un jeunot, mais il avait des couilles, par Donar ! Il les accompagnerait aussi, et s'il fallait fracasser quelques crânes Jotnar sur le chemin, bah ! Cela lui ferait un peu d'action pour se divertir lors de ce long périple. Les jurés votèrent cette décision et l'affaire fut entendue. Une fois cet Althing terminé et le voyage préparé, ils partiraient pour Jotunheim, en espérant que les dieux leur accordent bon vent.

Le voyage fut long et monotone, pour la cohorte hétéroclite

aux boucliers ornés d'ours, de cerfs, de loups, de lynx ou de serpents. Ils chevauchèrent depuis Yggdrasil jusqu'à la côte sud, puis laissèrent leurs montures et embarquèrent dans les navires Midlander. La traversée fut de courte durée mais éprouvante, serrés qu'ils étaient sur le pont. Mais Selkie leur prêta courant favorable et Windir bon vent, si bien qu'ils n'eurent que peu à ramer. Ils prirent ensuite l'embouchure de la rivière Alf en Thuringia et remontèrent le courant vers la Pointe des Géants, faisant une halte à Wogatisburg, domaine de Hrothgar, afin de s'y ravitailler aussi bien que de se reposer. La Grande Porte leur fut ouverte et ils traversèrent la cité de quelques deux-milles habitants, aux maisons basses faites de pierres et de chaume, éparpillées dans l'herbe et la terre. Les Theinar et les leurs logèrent dans la halle, remerciant leur hôte, tandis que les guerriers campaient non loin.

Cette pause dans le périple fut plus que bienvenue pour Freyja, lassée de cette longue et triste traversée. Elle s'était attendue à quelque chose de plus... épique. Et si tout d'abord elle s'était émerveillée devant ces nouveaux paysages, ils devinrent vite lassants à ses yeux. Certes, le Midland était un royaume magnifique, composé de plaines et de collines parsemées de forêts et couronnées de montagnes ; certes, le climat était plus doux qu'en Asaheim, et il faisait bon naviguer à l'air libre. Mais elle était au fond du navire, et s'ennuyait. Thor, Balder ou Odalrik venait parfois vers elle, et ils discutaient alors joyeusement. Mais la plupart du temps, ses amis naviguaient avec les autres hommes, et elle était laissée avec elle-même, seule femme sur le bateau. Toutefois, une nuit, Loki s'était approché d'elle et avait parlé à voix basse. « Joli collier », lui avait-il dit de but en blanc, se permettant de toucher l'objet curieusement. Elle avait eu un mouvement de recul. Tss tss, une jeune fille si belle, si innocente, se livrer à de tels actes... L'échange de biens contre ses charmes portait un nom... À ces mots elle avait hoqueté, mais Loki l'avait rassurée, clin d'œil à l'appui ; il ne révélerait pas son secret. Il était bien plus utile de le garder pour lui... Woden serait toujours là, il se serait empressé de tout lui raconter, juste pour rire un bon coup ; nul doute que pour se racheter, il aurait confié à la jeune femme une tâche stupide, du genre user de ses charmes pour monter deux chefs entre eux afin de les affaiblir... Puis il avait fait demi-tour en souriant, laissant seule une Freyja interloquée, brûlante de honte.

Mais en ce jour, elle était libre. Tandis que les hommes vaquaient à leurs occupations et planifiaient la suite du voyage, elle partit explorer les alentours, vêtue comme un guerrier pour plus de confort. La brise faisait voler ses immenses cheveux d'or. Elle parcourut de nombreuses lieues dans la campagne, coupant à travers les champs, sautant sur les cailloux glissants pour traverser les cours d'eaux, s'arrêtant à l'ombre d'un arbre. Elle arriva jusqu'à une forêt, non loin des montagnes. Le paysage commençait déjà de grimper, et elle choisit d'en faire de même. Elle marcha longtemps dans la forêt, accompagnée par le chant des oiseaux. Çà et là perçait un rayon de soleil qui venait illuminer la mousse vert sombre d'un trait doré. Elle parvint à une rivière. Suante après toutes ces heures d'effort sous la douce chaleur, elle ne résista pas : elle se défit de ses braies, de ses bottes, de sa tunique de lin, et sauta dans l'eau fraîche. La différence de température lui donna la chair de poule avant de lui apporter une sensation de bien-être. Elle nagea en riant, aspergeant la berge d'une eau étincelante. Après un temps, elle se hissa sur l'herbe fraîche et laissa sécher sa peau sous le soleil. Une voix rauque et grossière lui fit tourner vivement la tête ; deux hommes se tenaient là, à quelques pieds d'elle. Ils étaient vêtus de tuniques rapiécées, armés de haches vulgaires et abîmées, et ils étaient maigres et crasseux. Des bandits ? Ou bien, plus probablement, des exilés, chassés de leurs terres pour leurs crimes et forcés de vivre dans les bois. Freyja porta la main à sa tunique. Les deux hommes sourirent. Qu'elle laisse cela. Elle n'en aurait pas besoin... Elle tenta de ne trahir aucun signe de la peur qui la gagnait et se releva lentement. Elle fit face aux deux intrus, se tenant droite et noble. Elle regrettait de n'avoir pas emmené Hnoss et Gersimi.

– Sachez que je suis Freyja Vanadis, fille du roi Njord de Vanaheim. J'accompagne les rois Balder d'Asaheim et Siegfried du Midland, qui se trouvent non loin de là, mentit-elle avec autant d'assurance qu'elle put en rassembler. Continuez votre – sa voix se brisa. Continuez votre chemin et aucun mal ne vous sera fait.

– Oh, une princesse... Nous pourrons sûrement l'échanger contre une belle rançon, après qu'elle nous a contentés... Berulf, attrape-la !

Elle se précipita vers l'épée qu'elle avait posée avec ses frusques, mais les marauds furent plus rapides. Le dénommé Berulf l'empoigna par les cheveux, la retourna et la plaqua au sol tandis que l'autre lui écartait les jambes. Lorsqu'il relâcha sa prise le temps de défaire sa ceinture, elle lui projeta son pied dans la face. Se tenant le nez, il pesta entre deux crachements de sangs :

– Tiens-la mieux que ça, merdaillon !

Mais Freyja remua tant et si bien que l'autre finit par lui

libérer un bras. Les dents serrées, elle le frappa de toutes ses forces.

– C'est qu'elle se débat, la petite salope ! rit l'homme en resserrant sa prise.

Elle réussit à libérer son autre bras, et à tâtons attrapa une dague attachée à la ceinture du maraud. Elle le poignarda dans le flanc, et l'homme la relâcha en hurlant. Agitant frénétiquement les jambes pour repousser le second assaillant, elle continua de poignarder jusqu'à ce que sa victime fût silencieuse. Berulf se jeta sur elle en la traitant de petite putain. Mais Freyja n'avait plus peur, désormais. Rien ne subsistait en elle qu'une intense colère, une rage envers cet homme qui osait la toucher. La peine pour les violeurs était la mort, par Donar ! Il reçut un pied dans l'entre-jambe, et le temps qu'il se relève, la dague rencontra son thorax. Il tomba à la renverse et les rôles furent inversés. Freyja était sur lui, hurlant, son corps maculé de sang frais, et frappait, frappait, frappait. Elle frappa encore un long moment alors que Berulf était immobile, son regard tourné vers un ciel qu'il ne pouvait voir. Elle s'arrêta, le souffle court, et resta un long moment immobile. Puis elle s'écroula dans l'herbe et sanglota. Elle finit par laver le sang dans la rivière, puis elle se rhabilla et entama son retour vers Wogatisburg.

Ils reprirent leur périple le lendemain. Cette fois-ci Freyja ne se plaignit à aucun moment de la monotonie du voyage ; elle avait eu son comptant d'aventures pour un long moment. Peu à peu, le paysage changea, à mesure qu'ils approchaient de la Pointe des Géants. Les plaines devinrent des vallons, puis de petites montagnes, couvertes de forêts. Ils durent abandonner leur navire avant d'entrer dans les bois en un silence morose. Chacun était de plus en plus tendu à l'approche de la frontière. À chaque lieue, le climat se refroidissait. Les arbres se firent de plus en plus espacés, jusqu'à ce que Freyja n'en voie plus aucun. À la place s'étendait devant eux un désert gelé. Ces lieux étaient maudits par les dieux... Comment pouvait-il faire aussi froid en pleine saison claire ? Ils traversèrent la frontière Thurse dans un silence pesant.

– Prudence..., dit Thor. Qui sait quels dangers se cachent dans ces ombres...

– Oh, moi je n'ai rien à craindre, sourit Loki. Car après tout, ne suis-je pas *l'un des leurs* ?

Il lança un regard appuyé au grand gaillard.

Freyja considéra avec méfiance le paysage alentour ; les immenses steppes gelées à l'éparse toundra ; les lointaines montagnes dont les pics perçaient les nuages bas. Sous un ciel de plomb, il faisait presque aussi noir qu'en pleine nuit. Le vent hurlait dans ses oreilles, et dans les ombres elle croyait voir à chaque instant des mouvements. Ils progressaient lentement, prudemment, dans un silence de mort. Après plusieurs heures d'une laborieuse marche des voix étouffées retentirent. Siegfried, qui ouvrait la voie avec Balder, leva la main et leur fit signe de s'arrêter. Et soudain Freyja vit ; la butte qu'ils s'apprêtaient à contourner était une yourte, presque invisible dans la steppe enneigée ! Des silhouettes massives armées de gourdins ou bien de haches émergèrent des ombres en hurlant des paroles incompréhensibles dans leur langue native. Les guerriers dégainèrent leurs armes, et Heimdall se posta devant son roi, bouclier levé. Freyja tira elle aussi sa lame, les doigts tremblants. Elle entendit la voix de Siegfried, portée par les vents :

– Otchakvat'ch ! Muyr nie khot'hitsh vrerd k vry drovetz !

– Que dit-il ? demanda Freyja.

– Shhh ! lui intima Odalrik.

Elle vit Siegfried, entouré de ses Theinar, rengainer son épée face à une bande de Jotnar qui semblaient aussi féroces que terrorisés. Le jeune roi parla de nouveau :

– Muyr khot'hitsh vas Kroll vidjetz.

L'un des hommes, vêtu d'épaisses fourrures enneigées et armé d'une hache de silex, s'approcha et aboya :

– Prekro'k ?

– Preregrorovyt, répondit Siegfried les mains levées.

Complètement perdue, Freyja ne comprenait nullement la situation. Ces hommes étaient des Jotnar, alors pourquoi n'attaquaient-ils pas ? Elle les observa. À ses yeux, ils n'étaient que d'immenses sauvages aux longs cheveux et à la barbe emmêlés, vêtus d'épaisses fourrures de la Dame savait quels animaux. Ils ne lui inspiraient rien d'autre que de la répulsion, et de voir leurs mines farouches et menaçantes n'aidait pas à les montrer sous une lumière positive. Elle entendit Thor jurer et demander à voix basse ce que Siegfried avait bien pu dire.

– Je leur ai dit que nous ne leur voulions pas de mal, et que nous voulions simplement discuter avec le roi. Restez tous tranquilles, et tout devrait bien se passer.

L'immense homme brandit sa hache, menaçant :

– Ostavriat'zh ! cria-t-il.

Les guerriers se montrèrent de plus en plus nerveux.

– Ils veulent que nous partions..., souffla Siegfried.

– Excuse-moi, roi du Midland, sourit Loki en avançant. Tu as eu ta chance, maintenant laisse faire les vrais diplomates :

– Zdresz morda privritat'j Loki, Farbauti k sinn.

À ces mots, les yeux de l'homme s'agrandirent et il mit un genou en terre.

– Père, que leur as-tu dit ? s'émerveilla Vali.

– Je leur ai reproché leur manière d'accueillir Loki, le fils de Farbauti. Le Thein afficha un sourire plein de suffisance et avança pour prendre la tête de la cohorte.

Thrymheimar était une immense maison longue de pierres grises couvertes de givre. Attenante, la forge illuminait les froides ténèbres d'un halo rougeoyant, contrastant avec les couleurs ternes alentours. Thrym se trouvait dans sa halle, affalé sur un trône d'os, entouré d'esclaves nues qu'il caressait ou qui lui servaient des cornes fumantes emplies de Skyr. Les guerriers présents dans l'immense pièce au toit voûté se levèrent d'un bond en voyant les nouveaux arrivants, mais leurs guides aboyèrent quelque chose et ils rengainèrent leurs armes. Le roi des Jotnar se leva et toisa les intrus de toute son imposante stature.

– Que faites-vous ici, chiens ? tonna-t-il dans sa langue natale.

– Roi Thrym, je vois que tu es toujours aussi fin diplomate, répondit Loki en s'inclinant. Sois remercié pour ta chaleureuse hospitalité. Je prendrais bien une coupe de Skyr et une ou deux filles.

– Qui es-tu pour parler ainsi, vermisseau à la langue bien pendue ?

– Loki, fils de Farbauti.

À ces mots, les yeux de Thrym s'agrandirent et il eut un mouvement de recul.

– Ce trône est mien, Loki, fils de Farbauti ! Il me revient de droit après que j'aie honorablement défié ton père !

– Si par *honorablement* tu entends lâchement, alors tu es le plus honorable des hommes. Rassure-toi cependant, je te laisse avec joie le titre de Roi des Bouseux. Je suis bien mieux en Asaheim, entouré de gens qui savent compter jusqu'à plus de cinq.

– Comment oses-tu ? Je devrais te faire pendre par les couilles ! gronda le Géant.

– Je doute qu'insulter le roi des Jotnar entouré de tous ses guerriers soit une sage idée..., souffla Siegfried.

Loki s'étonna ; en quoi était-ce une insulte, si c'était la vérité ? Puis il s'avança d'une démarche louvoyante. Thrym recula d'un pas et buta contre son trône d'os. Une jeune esclave nue posa une main délicate sur son bras lorsqu'il trébucha. Il envoya la fille au sol d'un revers de la main. Alors qu'il la rouait de coups, il lui hurla de ne pas toucher son maître sans son accord, la traitant de putain en chaleur. Finalement, Thrym laissa l'esclave immobile sur le sol de pierre froide. Loki applaudit :

– Ah, voici enfin un adversaire à ta mesure ! Toutefois nous ne sommes pas en ces lieux pour assister à tes prouesses guerrières ; si nous apprécions ta délicieuse présence, c'est pour une affaire toute particulière. Le roi du Midland aimerait faire passer un message.

Il désigna Siegfried d'un geste théâtral en s'écartant pour lui laisser place nette. Le jeune homme maudit intérieurement Loki pour son sens douteux de la mise en scène, mais s'avança d'un pas et parla d'une voix forte et assurée, malgré la menace de tous ces sauvages guerriers qui semblaient prêts à leur bondir dessus à tout instant. Il offrit une chance à Thrym de mettre fin pacifiquement aux raids que lançaient les Jotnar sur le Midland. Mais lorsque le roi Thurse répliqua en ricanant que son peuple prenait ce qui lui plaisait et que si les Midlander n'étaient pas capables de le garder, alors ils n'en étaient pas dignes, Siegfried sentit monter en lui une sourde colère. Luttant contre sa propre rage, il signifia que si un seul raid s'aventurait encore au Midland, non seulement il renverrait leurs têtes à Thrym, mais il viendrait ensuite raser son royaume, éradiquer sa famille, son clan, sa race entière, jusqu'à ce qu'on oublie le nom-même des Jotnar ! À ces mots, les Géants se levèrent d'un bond, leurs haches ou leurs épieux rudimentaires en main. Les Midlander et les Æsir dégainèrent leurs armes à leur tour et se tendirent dans l'expectative d'une offensive.

– Eh bien, je ne m'absente que quelques heures et je manque déjà la fête...

Tous se retournèrent au son de la voix et le silence s'installa. Une femme se trouvait dans l'encadrement de la porte de la halle, ouverte sur la plaine gelée. Le vent faisait battre sa lourde cape fourrée contre ses courbes féminines et agitait ses immenses cheveux de charbon, dans lesquels venaient se mêler des flocons de neige fondue. Elle était entourée d'autres femmes, vêtues d'identiques manteaux, le visage dissimulé. Lorsqu'elle rejeta sa cape et sa capuche en arrière, Siegfried considéra les deux bandes de tissus bleu se croisant sur sa poitrine saillante, pour se rejoindre sous l'ample ceinture ceignant son abdomen ; ses gants fourrés montant jusqu'à ses bras, mettant en valeur des mains délicates aux ongles aigus ; la fente de sa robe, dévoilant à chaque mouvement des cuisses fines et musclées. Mais c'était une beauté froide, factice, le genre de beauté d'une plante vénéneuse. Un masque d'argent couvrait la moitié gauche de son visage. Lorsqu'elle louvoya entre les guerriers, Siegfried nota que les Jotnar s'écartaient vivement devant les silhouettes féminines qui la suivaient, tête basse toujours dissimulée par leurs amples capuches. Sa démarche souple et serpentine semblait familière à Siegfried. Il comprit lorsqu'elle s'approcha de Loki.

– Que de paroles viriles en cette halle… Père, je suis enchantée de te revoir après tout ce temps. J'aimerais pouvoir en dire de même de mes demi-frères, mais… Nous n'avons jamais été très proches, tous les trois. Quel vent te pousse à rendre visite aux Jotnar ?

– J'eus aimé répondre que c'est pour ce climat si clément, ou bien pour leur distrayante compagnie, mais je mentirais alors. Nous venions simplement faire passer un message, en compagnie de mon ami Siegfried, nouveau roi du Midland. Et toi, que fais-tu ici ?

Elle louvoya vers Thrym et enserra le Géant de ses bras, caressant son torse musclé sous ses fourrures. Elle rendait simplement visite à son futur époux, expliqua-t-elle. Loki éclata de rire. Futur époux, encore ? Qu'était-il arrivé au précédent ? Il pria sa fille de le pardonner s'il avait oublié son nom, perdu parmi les autres. Était-il mort lui aussi de façon mystérieuse, comme ses homologues ? Hel fit un geste dramatique. Hélas, soupira-t-elle, il avait trépassé des suites d'une longue et douloureuse maladie... Quelqu'un parmi les Jotnar la traita de sorcière, et aussitôt tous crachèrent des jurons et des malédictions en faisant de leurs mains des signes de protection. Siegfried s'avança et déclara que les Midlander ne craignaient pas les sorcières. Thrym essayait-il de les effrayer, caché derrière cette femme ? Il n'était personne qu'un bon coup d'épée ne puisse abattre. Thrym fit quelques pas en avant, cette-fois. Il menaça une nouvelle fois les Midlander de les saigner comme les pathétiques porcs qu'ils étaient si leur roi continuait de lui manquer de respect. Puis son regard passa sur Freyja. Oh, il voyait là une jeune fille... Peut-être ses hommes pourraient-ils lui apprendre ce que c'est que d'être une femme. Aimerait-elle cela, contenter tous ses virils guerriers par son cul et par sa bouche ? Freyja ne pouvait comprendre un traître mot, mais elle sembla remarquer les rires lubriques des Jotnar et leurs gestes grossiers. Son regard volait des guerriers étrangers vers ses frères de clan. Lorsqu'elle implora qu'on lui traduisît ces propos, personne ne lui répondit, mais Odalrik passa un bras protecteur sur ses épaules.

Siegfried avait fait des efforts pour lutter contre sa colère tout au long de cette discussion tendue. Mais à ces mots, lui revinrent de violentes images ; les Midlander massacrés dans leurs fermes ; son père décapité, gisant dans une mare de sang ; Krimhilde disloquée dans l'herbe verte ; son fils livide, son petit corps sans vie. Et en son cœur, les ténèbres hurlaient leur rancœur. *Tue !* Lui hurlaient-elles. *Massacre-les tous ! Baigne-toi dans leur sang, dévore leurs cœurs, gorgés de terreur ! Détruis-les tous et fais-leur connaître la véritable douleur, celle que tu embrasses à chaque instant !* Et soudain il fut sur

Thrym. Le coup de pied qu'il envoya dans l'entre-jambe du Géant ramena celui-ci à sa hauteur. Il leva son genou et sentit un nez se briser. Thrym à terre, Siegfried fut sur lui, assénant coup sur coup vers son visage, droite, gauche, droite, gauche, droite. Lorsque le Géant leva les bras pour se protéger, il lui enfonça son pied botté dans l'estomac, encore et encore, jusqu'à ce que l'autre soit plié en deux au sol. Soudain, il sentit quelqu'un l'attraper sous les épaules et le tracter en arrière. Se retournant il vit Gunther, et s'en fut sa folie guerrière. Le souffle court, il se tenait là, au milieu de la halle, balayant la salle de son regard hagard. Les trois autres Theinar Midlander hurlaient son nom. Aucun des Jotnar n'avait osé bouger ; tous semblaient paralysés. Mais lorsque son regard croisa celui de Hel, il y lut de la fascination, presque du désir. Thrym rampait au sol, gémissant comme un chien battu. Lorsque Siegfried se retourna vers lui, il eut un mouvement de recul et se protégea le visage. Mais le jeune roi se contenta de lui cracher dessus, insulte suprême, avant de déclarer froidement que ceci n'était qu'un d'avertissement, aussi bien qu'un avant-goût. Et il se dirigea vers la porte de la halle, sans un regard en arrière.

Le camp fut rapidement monté, aussi loin de Thrymheimar que possible, et des guerriers furent postés à l'entrée de chaque tente. Après une telle échauffourée, tous redoutaient un assaut nocturne des Jotnar. Bien à l'abri du vent et du froid, autour d'un feu douillet, chacun discutait des événements passés. Loki s'était fait un plaisir de relater de manière fort théâtrale les paroles tantôt échangées en Thurse. Tyr reprocha au roi du Midland d'avoir été trop loin ; il croyait être venu pour parlementer. Thor, entre deux éclats de rire, clama que l'on parlementait ainsi avec ces sales Jotnar. Nul doute que Thrym y repenserait par deux fois avant de venir au Midland. Même ses *farouches guerriers* n'osèrent rien faire ! Les Theinar du Midland scandèrent leur approbation, à l'exception de Gunther qui secoua la tête. Loki complimenta Thor pour sa subtilité à la hauteur de son intellect, et se contenta de sourire lorsque le grand gaillard exigea des explications. Freyja gardait une mine sombre, le menton enfoui dans ses genoux repliés. Cet homme était un monstre, murmura la jeune femme. Elle n'aurait pas été malheureuse que Siegfried le tue. À ces mots, Loki renifla et soupira : Quand Freyja grandirait-elle ? Si elle se mettait à pleurer à chaque commentaire graveleux qu'elle recevait, une rivière serait nommée en son honneur. Et puis, comment donner tort à Thrym, lorsque l'on voyait ces délicieuses courbes féminines ? La jeune femme se leva d'un bond lorsque Balder la devança et réprimanda Loki pour ces moqueries ; la jeune femme n'avait rien fait pour les mériter. L'homme mince s'inclina en présentant ses excuses ; il était l'humble serviteur de son roi. Au vu de son sourire en coin, Siegfried n'y croyait guère. Le silence s'installa quelques instants, brisé seulement par le crépitement du feu. Puis Siegfried fit remarquer qu'il avait été fort surpris de rencontrer la fille de Loki en ces lieux.

– Si on peut appeler cette chose *ma fille*..., renifla l'intéressé.

Freyja s'indigna ; quel genre de paroles était-ce là, parlant de sa propre fille ?

– Et alors ? Comme elle est de mon sang je devrais faire abstraction de ce qu'elle est réellement ? Ma fille est une sorcière, et un monstre. Freyja, les dieux ne t'ont-ils dotée que d'un physique parfait, en oubliant de remplir ta tête ?

– Loki, mon frère t'a dit de laisser la petite tranquille, me semble-t-il !

Ce fut cette fois Thor qui parla, posant une main sur le bras de la jeune fille. Soudain, tous se figèrent. Une voix perçante criait ; Dovrolitzsh mnye prejstadritzj ! Ja byt'z Hel, Loki k doch'shera ! Loki ordonna aux guerriers postés dehors de la laisser passer. Une silhouette féminine bouscula les hommes et ouvrit les pans de la tente. Hel toisa les rois et les Theinar installés sur des fourrures avant de s'adresser à Loki en Jotun. Siegfried tendit l'oreille. La jeune femme salua son père, qui lui demanda la raison de sa venue sans lever les yeux de sa corne. Elle s'assit sur les fourrures à même le sol et parla tout en regardant ses pieds.

– Cela... Cela faisait longtemps que je ne t'avais vu...

– Hmm hmm. Et alors ?

– Je suis ta fille !

– Et ? Tu viens ici, comme tu l'as toujours fait, mendier quelque affection de ma part, comme si elle t'était due. Mais quelle raison aurais-je d'être fier de toi ?

– Je suis une puissante sorcière ! hoqueta-t-elle.

– Hmpf, *puissante sorcière...* Faut-il que tu me le jettes au visage, comme si je n'avais assez honte de cela ? Tu es une intrigante, je te l'accorde, et sais impressionner ces idiots de Jotnar par tes tours de passe-passe. Bien qu'à dire vrai, ils seraient impressionnés par un simple miroir. Il sourit de sa pique et daigna enfin la regarder. Je sais ce que tu dois faire pour survivre. Souvent, je me prends à souhaiter que ta mère se soit fait emplir par un autre.

– Pourquoi me dis-tu toujours des choses pareilles ? Pourquoi es-tu toujours aussi cruel et froid avec ta propre fille ?

– Parce que je veux t'apprendre des valeurs. Tu veux mon affection, ma reconnaissance ? Mérite-les ! Alors tu deviendras une vraie femme, et non une vaine petite fille capricieuse. Nous en avons fini. Rejoins ton Thrym, le roi des sans-couilles. Vous formez un couple parfait.

Mâchoires serrées, elle jura qu'un jour il regretterait ces paroles et quitta la tente d'un pas rapide en s'essuyant les joues.

Elle était à quatre pattes sur la banquette, le visage trempé ; il était derrière elle, donnant de puissants coups de reins, grognant, suant. Elle lâcha un hurlement destiné à flatter son ego masculin, et le sentit venir en un grondement farouche. Il la repoussa sans ménagement et s'allongea, pantelant. Elle s'installa de côté et passa un doigt lascif sur le torse musclé du géant en complimentant sa puissance. Il n'était guère étonnant qu'il soit roi de Jotunheim ! Pour toute réponse, un grognement. Elle se rapprocha encore de lui et sussura ; Siegfried Sigmundson méritait que l'on ravage son royaume entier pour lui apprendre à venir menacer Thrym chez lui... Lorsqu'il se contenta de grogner pour toute réponse, elle feignit la surprise ; avait-il peur de Siegfried ? Il la gifla en clamant haut et fort qu'il n'avait peur de rien. Siegfried l'avait simplement eu par surprise. En duel il aurait pulvérisé le Midlander. Et aucun de ses hommes n'avait osé bouger pour défendre son roi ! Bande de lâches, sans-couilles, baiseurs de truies... Comment voulait-elle conquérir le Midland avec de tels mange-merdes ?

– Si tu prends pour épouse la reine des sorcières, plus rien ne nous arrêtera..., glissa Hel

– On dit de toi que tu es nécromancienne, et sais ressusciter les morts grâce aux runes ; on dit qu'en Nifelheim, seuls les Draugar écument les terres des sorcières, et que Nastrandir ta halle est pareille aux enfers de Syn. Est-ce vrai ?

– On dit cela de moi, et bien plus encore. Certaines rumeurs sont vraies, d'autres non. Seul ce que croit l'ennemi, seul ce qui donne du pouvoir, a de l'importance. La vérité n'en a aucune.

– Hmmm... Ton idée paraît alléchante... Laisse-moi y réfléchir...

Mais Hel savait, derrière ces paroles, que le poisson était ferré. La première étape de son vaste plan était en marche, et Thrym n'en avait pas la moindre idée...

II

LA FUREUR

AVEUGLE

Du haut de sa tour noire il surveille ses armées.
Ceux qui s'opposent à lui maudissent leur destin ;
Portant fièrement Balmung, sa terrifiante épée,
Sans remords désormais il les tue de sa main.

On le dit invincible, sa peau comme de l'acier
Lui qui fut aspergé du sang d'un grand dragon.
Et nul homme désormais ne saurait le défier
Sans trouver le trépas des mains de ce champion.

Lui qui fut autrefois un roi bon et clément
N'ayant que pour seul but justice et liberté
Est connu maintenant sous un nom terrifiant:
Svardrekkin, Dragon Noir, notre ennemi redouté.

Tyr, *Svardrekkin*

Siegfried débarqua en compagnie de ses Thingsmenn sur l'accostage. Les hommes tirèrent les bateaux sur le sable pendant que le roi s'avançait sur la baie. Balder se trouvait là en compagnie de sa troupe, et Siegfried en fut fort surpris. Après lui avoir donné l'accolade, le jeune roi d'Asaheim expliqua qu'il voulait discuter d'homme à homme, loin des affaires de l'assemblée, bien que sa mère, s'il l'avait écoutée, aurait simplement envoyé une garde d'honneur à la rencontre des Midlander. Balder lui tendit les rênes d'un cheval frais et s'enquit : avait-il fait bonne traversée ?

– Le voyage fut ordinaire, répondit simplement Siegfried en montant sur la selle.

– Le retour des terres du Midland semble s'être bien passé.

– Certes oui. Déjà un quart des fermes que possédaient les Æsir nous a été restitué. Si tout se passe ainsi, dans quelques hivers mon royaume sera totalement indépendant.

– J'espère qu'il sera toujours possible de commercer avec vous. La vie est rude, en Asaheim.

– Je ne vois pas de raison de revenir sur ma parole. Nous avons moissons et viandes à foison. Autant vendre plutôt que gaspiller.

Balder sourit.

– Nous en discuterons plus en détail à l'Althing. Mais sache que chacun se félicite de cette ère de paix qui commence de s'installer.

– Même Loki ?

Siegfried haussa un sourcil. Balder esquissa un sourire contrit.

– Loki ne se félicite de rien, si ce n'est de ses moqueries et de sa répartie. Mais à tout le moins il ne se montre pas hostile à nos projets comme il l'aurait probablement été du temps de mon père. Je suis confiant en l'avenir.

– À propos, les raids Thurse se sont calmés.

– Comme quoi, tu as peut-être fait passer le message lors de notre dernière visite à Thrymheimar, après tout, sourit Balder.

– Je crains plutôt qu'il ne se trame quelque danger, prêt à fondre sur le Midland... Ce silence Thurse n'est guère rassurant, comme s'ils mijotaient quelque chose en secret.

– J'espère que tu te trompes... Il reprit après un silence. Conformément à ton souhait, Tyr a aussi convoqué la reine Brynhilde Olafsdottir de l'Île-des-Glaces, pour cet Althing.

– Parfait.

– Veux-tu –

– Non.

Il vit Balder lui jeter un regard. Dans un silence presque absolu, ils arrivèrent à Yggdrasil en fin de journée. Siegfried lui souhaita la bénédiction de la Dame et s'en fut vers son futur campement, renfermé dans des pensées confuses.

Son esprit était clair, désormais. Depuis la mort de Krimhilde et de Sigur il y réfléchissait. Lors du dernier Althing il avait tenu sa langue, se concentrant sur les affaires du royaume. Mais plus il laissait de côté ses buts personnels, plus les fantômes de sa famille hurlaient à ses oreilles. *Venge-nous ! Venge-nous !* criaient-ils d'une voix éthérée. Et dans les yeux de Krimhilde, il ne lisait que sa propre culpabilité pour deux vies qui furent par sa faute brisées. Il avait trop attendu ; il devait porter sur Brynhilde sa juste vengeance.

Mais bien que son âme criât au meurtre, il savait qu'il avait pris la juste décision : venger sa famille, certes, mais en respectant la loi des hommes aussi bien que celle des dieux. Gunther, lorsqu'il apprit sa décision, s'était montré peiné, bien que compréhensif. Dans son esprit tourmenté, Siegfried déjà anticipait l'assemblée où il demanderait la tête de Brynhilde. Il imaginait les jurés votant sa condamnation avec effet immédiat. Il s'imaginait s'approchant de Brynhilde, nue, à genoux, son regard habituellement empli de défi n'exprimant que peur et supplication. Il imaginait Balmung trancher sa tête blonde, et les fantômes de Krimhilde et Sigur enfin disparaître en un soupir de soulagement et de remerciement. Il avait marché plus longtemps qu'il ne l'avait cru, explorant à nouveau les alentours d'Yggdrasil. Soudain, une voix dans son dos lui fit faire volte-face. Il s'attendait à trouver un vieux barbu, de bleu vêtu, mais il n'en fut rien.

– Je sais ce que tu comptes faire, roi du Midland, dit Loki pour toute présentation.

– Vraiment ? répondit Siegfried en haussant un sourcil.

– Oui. Vraiment. Et sache que je te soutiens de tout cœur. S'approchant, il tourna autour de lui. Tu veux occire la Reine Guerrière, et pour ce faire, tu espères l'aval de l'Althing. Sache toutefois qu'ils ne t'écouteront pas. Tu n'es qu'un Midlander, un étranger ; pourquoi donc iraient-ils t'écouter ? Ta lame a soif de sang ; ton âme soif de vengeance. En ton sein tu le sais : la Reine devra payer. Jusqu'ici tu t'es suffisamment contenu ; mais maintenant plus. Tu sais ce que tu dois faire, et tu sais que les dieux sont avec toi...

Il posa une main sur l'épaule du jeune roi avant de disparaître dans les ombres du crépuscule. Les dents serrées, le cœur battant, Siegfried ne répondit même pas. Il respira lentement et ferma le poing pour empêcher les tremblements avant de s'asseoir contre un champignon géant. Il appuya sa tête contre la paume de sa main et céda aux soubresauts qui assaillaient son corps, forçant l'eau hors de ses yeux.

L'eau était sèche, désormais. À la rage, la tristesse avait cédé la place. Une colère glaciale brûlait en son cœur lorsque débuta l'assemblée. Brynhilde venait d'avouer qu'elle ne comprenait guère la raison de sa présence en ces lieux. Oh, mais elle la connaissait, la raison, pensa Siegfried. Une fois que Tyr lui eut exposé ses chefs d'accusation, le roi du Midland se leva et relata les faits ; sa machination avec Gunther ; la maladresse de Krimhilde ; la tentative d'assassinat ; la mort de son fils et le suicide de son épouse... Brynhilde était l'instigatrice de tout ceci, aussi réclamait-il sa tête. Tyr fit remarquer que ces accusations étaient extrêmement graves avant de demander à Brynhilde ce qu'elle avait à dire pour sa défense.

– Je n'ai rien à répondre à tels tissus de mensonges.

– Mensonges ? Syn t'emporte chez les Draugar ! Si quelqu'un ment ici c'est bien toi, reine catin ! Le Midland réclame ton sang !

– Il suffit ! coupa Tyr. Je comprends ton désir de vengeance mais ne peux condamner la vie d'une femme sur de simples accusations. Il me faut quelque preuve de sa trahison. Je te le demande encore une fois, Brynhilde. Devant la Dame, le Seigneur et tous leurs enfants, jures-tu être innocente de ces accusations ?

– Je le jure. Je n'ai jamais voulu la mort d'innocents.

– Des lois, des lois, notre Récitateur et notre bon roi n'ont que ce mot-là à la bouche ! intervint Loki. – Si elle est coupable, elle doit être châtiée ; pourquoi vouloir des preuves ou des aveux ? Siegfried semble sûr de ses dires, et il ne semble pas être homme à manquer de parole. Du moins pas plus qu'une femme. Laissons-les régler entre eux leur différend, et voyons qui les dieux favoriseront.

– Nous pourrions même prendre des paris sur le vainqueur…, ricana Vali.

Mais Tyr resta ferme. Siegfried devait respecter les lois. Les quatre jurés d'Asaheim furent du même avis ; rien ne justifiait la mort de Brynhilde, ni même une compensation matérielle. Alors Siegfried décida qu'il réglerait ceci sans cette inutile assemblée ! Quel *Grand Thing* était-ce là ? Par tous les dieux, rien ni personne ne protégerait Brynhilde de sa fureur ! La Reine des Glaces créa le silence lorsqu'à son tour elle présenta une requête. Elle souhaitait l'annulation de son mariage avec Gunther Gjukison, qui ne satisfaisait pas ses besoins de femme. De plus, elle vivait à nouveau sur l'Île-des-Glaces depuis deux hivers, sans que jamais il ne vienne la chercher. Visiblement, il n'avait cure de son épouse, et ne remplissait pas son devoir conjugal. Gunther se défendit ; s'il ne vint pas chercher son épouse, qui déserta sans le prévenir leur maison longue de Gjukungar, ce n'était pas par manque d'amour, mais à cause d'une situation délicate ; comme tous venaient de le voir, une animosité régnait entre son Roi et son épouse. Il ne pouvait risquer de provoquer la colère de Siegfried en rejoignant Brynhilde. Il ajouta que jamais jusqu'ici elle n'eut à se plaindre de son manque de virilité.

Mais peut-être les femmes avaient-elles la mémoire courte, et arrangeante. La remarque arracha quelques rires. Il accepta toutefois l'annulation de ce mariage inepte. Selon la loi, Gunther devait restituer la dot de ton épouse, ainsi que lui céder la moitié des biens acquis après leur union. Il accepta pour la dot, mais garderait ses propres biens. Brynhilde ne lui avait rien apporté d'autre que le malheur et la destruction. Brynhilde y consentit, si cela lui permettait d'être au plus vite débarrassée de cette parodie d'époux. Tyr valida l'annulation du mariage et ajourna la scéance. Siegfried lança un dernier regard brûlant de haine à la Reine avant de tourner les talons, suivi par ses Theinar.

Il frappait de sa lame une souche jusqu'à éclater le bois, jusqu'à ne plus sentir ses mains, jusqu'à ce que sa rage fût à peine apaisée. Le sang battait fort dans ses tempes, et les ténèbres obscurcissaient son jugement. De cela il était conscient, mais il n'en avait cure. Son être réclamait le sang de Brynhilde, et peu importaient les conséquences, qu'il savait désastreuses : il devait étancher cette soif dévorante. Il avait envoyé paître ses Theinar inquiets, qui s'en étaient retournés au campement. Il reprenait scn souffle lorsqu'il vit Freyja s'approcher. Elle le conjura de ne pas partir pas sur la voie de la guerre. Balder n'hésiterait pas une seule seconde à défendre une terre alliée. Cela ne lui ferait guère plaisir, mais il ferait passer son devoir avant tout. Elle implora Siegfried de faire de même, et d'utiliser la loi pour demander de rembourser le sang par le sang. Mais elle ne savait rien de la douleur qu'il ressentait...

– J'ai moi aussi perdu quelqu'un, tu sais. Chaque nuit, je pleurais, à tel point que sur mes terres une légende était née. « Freyja pleure des larmes d'or », disaient-on. Mais c'était pourtant de simples larmes d'eau qui coulaient. C'est ce qui te rend vivant.

– Belle Freyja, tu n'as pas idée de ce dragon qui sommeille en moi. Il ronge mes entrailles, et rend mon cœur insensible. Vengeance doit se faire. Balmung doit être abreuvée. Mon clan me suivra aveuglément dans ma quête de vengeance. Et veux-tu savoir le pire ? Cela ne me fait rien. Cela ne me fait rien de sacrifier tous mes compagnons pour abattre cette chienne traîtresse. Et je sais qu'ils l'accepteraient avec joie, donnant leur vie pour moi. Regarde ce que je suis devenu ! Seule la mort de cette putain pourra m'apporter la paix.

– Tu te trompes, Siegfried, et j'en suis navrée. Balmung est l'Épée des Rois. Malheur à toi si tu l'abreuves non pas pour ton clan mais pour tes propres desseins ! Réfléchis à mes paroles, et trouve un autre chemin vers la paix. Ne te dirige pas vers une voie qui nous rendrait ennemis, car tu n'es pas de taille face aux puissances Goth.

– Nous verrons cela..., gronda-t-il en se retournant.

– Assez de sang n'a-t-il pas été versé, lors de la Guerre des Rois ? Combien de temps cela va-t-il encore durer ? Combien de morts encore ?

Il ne répondit rien, ni ne prêta attention au regard empli de tristesse que lui lança la dame en faisant demi-tour, ou aux larmes d'or qui perlaient au coin de ses yeux clairs. Il commençait de se calmer, respirant le grand air tiède qui agitait ses longs cheveux, le crépuscule nimbant d'une lueur orangée les alentours. Et soudain, tout lui parut clair. Il savait ce qu'il lui fallait faire. Il fit irruption dans la tente des Midlander d'un air si volontaire que les hommes se levèrent d'un bond, renversant leurs cornes à boire ou leur viande. Il ordonna de se préparer à partir. Rien ne les retenait ici ; ce Grand Thing n'était pas ce qu'il espérait. Il ne s'agissait encore une fois que d'une bride pour tenir le Midland dans les rênes d'Asaheim. Tandis qu'il rassemblait ses affaires, Hiordis vint s'entretenir avec lui, porteuse d'un important message. Il était destiné à de grandes choses, selon elle ; c'est pourquoi elle ne pouvait le laisser suivre la même voie que son père. Elle le voyait en lui ; il ne l'avait pas connu, et pourtant en lui brillait cette même flamme, cette même soif de grandeur. Comme son père, il avait l'étoffe d'un Haut-Roi, et pourtant, comme lui encore il manquait de la mesure nécessaire. Sa colère aveuglait son jugement, tout comme la fierté aveuglait celui de Sigmund. Il n'aurait jamais dû se lancer dans cette guerre ouverte avec Asaheim, et pourtant il y fut poussé par les provocations et les manigances de Woden. Son père était un homme brave, mais il n'entendait guère rien aux jeux de la politique. Alors elle lui conta la fin du dernier roi du Midland afin que Siegfried comprenne mieux ses propres erreurs.

Woden se tenait debout devant l'assemblée, les bras croisés. En face de lui, Sigmund semblait ne pas trouver ses mots. Hiordis devait reconnaître que la requête du roi d'Asaheim était pour le moins inattendue. Il venait d'offrir à Frowin Widoson, l'un des

Thingsmenn de Sigmund, sa protection si en échange son clan lui prêtait allégeance et qu'un tiers de leurs récoltes soient expédiées en Asaheim. Car après tout, les Midlander n'avaient-ils pas été victimes d'attaques répétées de la part des Thurse, sans que Sigmund n'y puisse faire quoi que ce soit ? De plus, la voix de Frowin serait écoutée au Thing, à l'égale de celle d'un Thein. Sigmund sembla enfin retrouver la voix. Offrir des terres du Midland à Woden ? Jamais ! Pourtant, Frowin accepta le marché. Quelques guerriers Æsir ne seraient pas de trop pour l'aider à se défendre contre les Thurse, se justifia-t-il. Woden ajouta une dernière chose qui fit sortir Sigmund de ses gonds ; le marché qu'il venait de conclure tenait pour n'importe quel Midlander. Il demandait à Frowin, ainsi qu'à chacun ici présent, de faire passer le message. Protection et représentation contre ressources. L'Assemblée ajournée, Hiordis suivit un Sigmund furieux hors de l'hémicycle.

Le roi faisait les cent pas dans sa tente, ce soir-là, ruminant sa défaite. Woden dépassait les limites. Obtenir de *ses* terres – *ses* terres ! – Jamais il n'aurait dû accepter de participer à ce Grand Thing entre leurs deux royaumes. Hiordis tenta de l'apaiser. Elle comprenait qu'il perdait son influence en tant que roi, petit à petit. Pourquoi son époux ne tentait-il pas de vaincre Woden à son propre jeu ? Elle le connaissait bien, et ne craignait qu'une chose : qu'il réagisse sous le coup de la colère. Elle le supplia de ne rien faire qu'il pourrait regretter ; sinon pour lui-même, pour sa famille et son clan. Une guerre contre Woden ne mènerait nulle part ; il avait déjà de trop nombreux alliés, et de trop grandes richesses. Sigmund explosa ; rien qu'il pourrait regretter ? Comment pourrait-il regretter de laver l'honneur de son clan, de son royaume ? Elle verrait si le Midland n'était pas de taille !

Ils étaient tous morts, allongés au sol, saignés comme des porcs. Hiordis contempla les cadavres d'un œil absent. Qu'avait fait son époux ? Sigmund partit d'un rire sauvage qu'elle ne reconnut pas. En cet instant, une partie de son cœur se brisa.

– Voici comment on parlemente avec les traîtres !

– C'était ton Thingsmadr...

– « C'était », comme tu dis. Il changea d'allégeance. Cette ferme appartient au Midland, pas à Woden !

– Était-ce une raison pour massacrer une famille entière ? Par Syn, ils n'eurent même pas le temps de se défendre !

Une larme perla le long de sa joue. Hiordis ne fit rien pour l'essuyer.

– Il a fait son choix, j'ai fait le mien ; celui de ne plus me laisser dicter ma conduite par cette stupide assemblée ! Le Midland appartient aux Midlander. Et les traîtres ne seront pardonnés.

L'avenir n'inspirait désormais que crainte et angoisse à Hiordis. L'Althing ne laisserait jamais passer une chose pareille.

Sans surprise, Sigmund fut condamné à payer une importante compensation à Woden et à la famille des Widoson pour ces meurtres. Roi du Midland ou pas, il avait enfreint la loi, fit remarquer Tyr, qui cita ensuite un proverbe : *Ne commets jamais plus de meurtres que tu n'en pourrais payer*. Mais Sigmund répondit qu'il n'avait nulle intention de payer quoi que ce soit. Il accusa cet Althing de n'être qu'une moquerie. Il ne reconnaissait plus la légitimité de cette Assemblée. Sous couvert de justice, Woden asseyait son autorité sur le Midland. Le roi des Æsir éclata de rire. Le monde était fait d'alliances, familiales ou d'intérêts, ainsi que de liens d'amitié profitable. Peut-être Sigmund ne méritait-il pas la couronne du Midland ; qu'il replante l'épée dans l'arbre, Woden se ferait un plaisir de l'en retirer. Loki proposa une alternative. Pourquoi les deux rois ne se défieraient-ils pas en duel une bonne fois pour toutes ? Au moins pourrait-il ainsi prendre les paris et se divertir quelque peu, une fille à un bras et un gobelet de Skyr à la main. Sigmund l'ignora et prévint Woden qu'il ne se laisserait plus marcher sur les pieds. Qu'il se prépare à la guerre... À ces mots, Hiordis retint un sanglot.

Lorsque les hommes de Woden arrivèrent sur les terres des Widoson, Sigmund les y attendait de pied ferme. Cette démonstration de force, habituellement suffisante à régler les conflits par simple intimidation, dégénéra bien vite. Des mots houleux furent échangés. Des mains empoignèrent des cols. Et puis soudain, sans que nul ne remarque rien, une lame brilla, et un cœur perça.

Ce fut la guerre. Une guerre désordonnée, menée par des combattants et des fermiers. Le sang giclait, coulait, séchait, et l'herbe autour de la ferme fut labourée. Tout ceci pour une poignée de terre, se lamenta Hiordis, restée en retrait, à l'abri dans la maisonnée. Elle savait que sa place était là, auprès de Sigmund, par cette chaude journée d'été. Bien que sa seule envie fût de hurler et de pleurer toutes les larmes de son corps, elle regarda la bataille, immobile. Woden semblait instiller une force et un courage particuliers à ses alliés, de par ses ordres criés. Levant bien haut son épieu, un anneau d'or brillait à son doigt. Bien vite, l'échauffourée fut calmée, la plupart des combattants tués. La nuit tombait, et les deux rois guerriers se faisaient face. Woden souriait. Hiordis savait. Elle savait que c'était là ce qu'il recherchait. Une excuse pour assassiner Sigmund, ce roi trop peu docile à son goût, doté d'un trop fort goût de liberté. Et son jeu avait été parfaitement mené. La jeune femme savait qu'elle serait veuve ce soir, tout comme elle savait qu'elle n'aurait jamais rien pu faire pour cela empêcher. Après quelques passes d'armes, l'épée de Sigmund fut brisée, et Hiordis y vit là un signe que les dieux l'abandonnaient. L'Épée des Rois, scindée en trois... Gungnir brilla, et Sigmund tomba, mettant ainsi fin à Guerre des Rois. Son épouse vers lui se précipita et le prit dans ses bras. Sans mot dire, Woden tourna les talons et disparut, jetant un dernier regard de dédain et de dégoût mêlés.

Siegfried comprenait mieux, désormais. Sa mère craignait qu'il échoue. Pourquoi ne pouvait-elle avoir confiance en lui ? Il n'était pas son père ! Il avait derrière lui tout le royaume soudé. Et puis, n'était-il pas invincible, grâce au sang du dragon ? Elle tentait d'instiller le doute en lui, car elle craignait qu'il ne partage le sort de Sigmund. Bien que les motifs soient louables, c'était un lâche procédé. Il lui ordonna de s'écarter, repoussa d'un geste le battant de la tente et se dirigea vers les chevaux, ignorant les perles d'eau qui coulaient le long des joues de Hiordis.

Seulement quelques jours après son retour à Xanten, il reçut une missive aux couleurs familières, qu'il lut avec un intérêt vorace :

Mon roi,

C'est en tant que frère et ami que je te réponds, et non en tant que Thein au service de son roi. Je t'en conjure, ne guide pas ton clan vers cette sinistre vengeance. Ce qu'a fait Brynhilde, est impardonnable, mais la guerre n'apportera rien de plus que la destruction à notre royaume. Justice doit être rendue, j'en conviens, mais n'enfreins pas nos lois. Ne te dirige pas vers cette voie, en souvenir de qui tu fus autrefois.

Respectueusement,

Gunther Gjukison, Thein de Burgundia.

Il ordonna à Wulfrich de faire seller son cheval. Il avait une visite à rendre. La note manuscrite, de cuir tanné, tomba froissée sur le sol boisé.

Il pénétra sans prendre la peine de s'annoncer dans la halle de Gjukungar. Personne n'osa questionner le roi, lorsque d'un pas vif il traversa les maisons dispersées, son destrier foulant de ses sabots le chemin de terre battue. Entouré de ses guerriers, le Thein tout d'abord s'inclina en l'appelant par son titre, puis ils se serrèrent l'avant-bras à la manière des chefs. Siegfried se tenait raide comme un mort, et son accolade était glaciale. Croisant son regard dur, Gunther fronça les sourcils et lui demanda si tout allait bien.

– Ta missive m'a fortement déplu, lâcha Siegfried.

Son beau-frère soupira.

– J'espérais que ta visite aurait un but plus... cordial.

– As-tu oublié que par sa faute ta sœur et ton neveu perdirent la vie ?

Gunther ferma les yeux et grimaça.

– Ma sœur a mis fin à sa vie de sa propre main. Pas un jour ne passe sans qu'elle me manque, mais la décision fut prise par elle, et elle seule. Quant à ton fils, nul ne saurait nier pareille tragédie, mais son trépas fut le fruit d'un accident. Jamais Brynhilde n'aurait comploté la mort d'un innocent enfant.

– Ne prononce pas ce nom ! hurla Siegfried. Puis reprenant son calme. Elle a néanmoins comploté la mort de son roi, et pour ceci elle doit payer de son sang.

– Je ne le sais que trop bien, de même que je sais que je ne peux te raisonner. Je ne m'opposerai pas à toi, mais je ne t'aiderai pas non plus. Mon serment fait devant la Dame et le Seigneur m'en empêche tout autant que mon honneur.

– Si tu n'es pas avec moi, mon vieil ami, tu es avec elle. Et si tu es avec elle, tu te rends coupable des mêmes crimes et passible des mêmes peines. Je te le demande une dernière fois, dit-il en portant la main à son épée, en l'honneur de notre amitié, joins ma troupe vengeresse.

– Peu importent les menaces, elles sont inefficaces. Ma réponse tu venais quérir, avec cette réponse il te faudra partir.

– Je regrette que les choses soient ainsi, dit-il en tournant les talons.

Avant d'exécuter de sa lame dégainée un arc de cercle parfait. La tête de Gunther roula au sol, une gerbe écarlate dans les airs couvrant les murs et les piliers gravés, une gerbe si rouge contre le bois si sombre. Siegfried se tenait raide, Balmung en main, la flaque vermeille venant lécher la pointe de ses bottes. Personne, parmi les guerriers de Gjunkungar assemblés, n'osa se lever.

– Mon Roi, était-ce vraiment nécessaire ? s'enquit Wulfrich.

– Rien de tout cela n'est nécessaire, mon ami, répondit Siegfried en contemplant le corps à ses pieds. Mais c'est aujourd'hui tout ce qu'il me reste. Vas-tu toi aussi me tourner le dos ?

– Non, mon Roi, où tu guideras je suivrai. Mais n'as-tu crainte de la justice du Thing ? Même toi tu n'es pas au-dessus des lois.

Mais personne n'oserait porter procès contre lui. Il avait trop d'influence, trop de Thingmenn, et Gunther n'avait plus de famille à même de réclamer vengeance. Et si jamais un parent éloigné en avait l'idée, Siegfried avait assez de ressources pour étouffer l'affaire dans l'œuf, ou bien payer n'importe quelle compensation sans sourciller. Il fit signe aux guerriers de Gjukungar.

– Répandez la nouvelle. Que cette mort insensée serve d'exemple à tous. Et accordez au Thein des funérailles dignes de son rang.

Les hommes s'exécutèrent, comme mus par une tierce volonté. Lançant un dernier regard indéchiffrable à la tête tranchée, le roi quitta pour de bon la halle.

À Thrymheimar les festivités battaient leur plein pour les Jotnar assemblés sur la steppe gelée. Debout devant la maison longue de pierre grise, face à tout le clan, illuminé par les feux de joie dansants, le roi se dressait de toute sa stature. Le vent hurlant faisait battre ses cheveux et sa barbe. Inspirant fortement, il déclara prendre en ce jour Hel Lokisdottir pour reine. Les gens considéraient d'un œil noir la jeune femme qui se serrait au bras du roi. Elle savait que le clan lui vouait une haine issue d'une peur ancestrale, et elle s'en amusait. Thrym ne pouvait faire cela ! C'était une nécromancienne ! On disait que la Sorcière Bleue empoisonnait l'esprit de leur roi et dictait sa conduite ! Voici les propos que tint l'un des guerriers assemblés. Thrym gronda ; insultait-il sa reine ?

– Je l'insulte ! répondit l'autre. Je la nomme putain et sorcière, et –

Il ne finit jamais sa diatribe, la masse qui lui brisa le crâne s'en assura. Il n'eut même pas le temps de dégainer.

– D'autres suceurs de queues veulent dire quelque chose ? défia Thrym. Il les toisa tous de sa haute stature. Personne n'osa parler, jusqu'à ce que...

– Moi ! cria une voix. Je te défie en duel. Tu n'es pas digne de nous guider, toi le sans-couilles manipulé par une femme ! Il cracha ce dernier mot comme s'il lui brûlait la langue. Tu n'es pas le plus fort, et je vais te le prouver !

Après un instant de silence, Thrym demanda le nom de ce jeune chef. Celui-ci indiqua s'appeler Boryar, et c'était son frère Goran qui venait d'être assassiné par un lâche sans-couilles. Les deux chefs sortirent leurs armes ; Thrym son immense masse à pointes, et le jeune guerrier une hache à l'air vicieux. Celui-ci était dans son droit, en défiant le roi en duel, avec pour enjeu la couronne. Et il semblait en mesure de l'emporter. Mais Hel était sure d'avoir misé sur le bon champion. Et si elle s'était trompée... Les hommes formèrent un cercle, au centre duquel se retrouvèrent les deux combattants. Boryar fendit l'air de sa hache ; Thrym dévia le coup avant de projeter son poing dans la figure de son adversaire. L'autre lui attrapa le bras et l'envoya au sol. Il allait porter le coup fatal lorsqu'il tituba. Le temps qu'il se reprenne, portant une main à sa tête, la masse d'arme avait déjà brisé son crâne, et il s'écroula, chose molle sur le sol, sous les cris des guerriers alentours. Hel sourit et rangea sous les plis de sa robe la petite sarbacane désormais vide. Thrym exhorta d'autres prétendants à la couronne. Silence. Les hommes regardaient nerveusement vers la Reine Sorcière, le regard empli de craintes et de doutes. Bien ! Que la cérémonie commence ! Les tambours résonnèrent tandis que les chamanes arrivaient. Chaque homme du clan amena un tribut à son Roi ; des gobelets de cuivre, des couteaux en os, un trophée constitué d'une tête séchée ; à la reine, on offrit des bijoux gravés, ou des vêtements de fourrure. Elle eut l'espace d'un instant un sentiment étrange, qui lui rappela lorsqu'elle était enfant et que son père la couvrait de cadeaux. Puis on amena un esclave enchaîné, que l'on mit ventre à terre. Le jeune garçon, visiblement drogué, avait le regard vide et l'air absent. Le chamane prit un couteau en os et lui fit deux profondes incisions le long de la colonne, avant de briser les côtes flottantes. Les poumons de la victime s'échappèrent de son dos et furent placés à ses côtés sur le sol, comme des ailes symboliques. Que c'était beau ! Le chamane déclara que l'Aigle de Sang s'était envolé, tout en marquant deux traits écarlates sur le visage des époux. Que l'union soit consommée. Enfin ! Alors Hel sentit Thrym l'attraper par les cheveux pour la jeter au sol sans ménagement. A quatre pattes dans l'herbe et la terre, ses vêtements arrachés, elle rit sauvagement tandis qu'il poussait en elle sous les hurlements des guerriers du clan et la lueur du feu.

Le tonnerre gronda et la tempête hurla plus fort, à l'extérieur de la halle. Dedans, Hel était lascivement installée au coin du feu sur des coussins, sa robe bleue à peine passée sur son corps. Face à elle, Thrym se réchauffait devant les flammes, buvant une liqueur puissante dans un gobelet d'os, ses guerriers attroupés non loin, mais hors de portée de voix.

– Depuis le temps que je te baise, je n'ai jamais vu l'autre moitié de ton visage, remarqua-t-il.

– Et tu ne la verras jamais, mon roi… La moitié que tu vois là ne te convient-elle pas ?

– Si. Tu es très belle.

– Alors tu as tout ce qu'il te faut. Ne t'avise plus jamais de mentionner mon visage pour autre chose qu'en faire l'éloge.

Le viril roi ne répondit rien mais lança un regard à ses guerriers. Elle se fichait qu'ils aient entendu comment elle lui avait parlé. Elle avait plus important en tête. Afin de compléter son plan, il lui restait une chose à faire… Thrym devait devenir un symbole, une légende, un chef jamais vu auparavant. Et elle pouvait l'aider à cela, grâce à la magie des runes. Elle l'emmènerait dans les ruines d'Irminsûl, l'antique cité du Deuxième Âge, imprégnée de magie. Là, il devrait compléter le rituel durant neuf lunes.

– Neuf lunes ? Femme, tu as perdu la tête !

– Désires-tu cette puissance que je t'offre, ou préfères-tu ne rester qu'un roi pathétique, qui ne laissera nulle empreinte dans les légendes Thurse ?

Il garda le silence un instant avant d'acquiescer. L'affaire était entendue. Le lendemain ils feraient route vers Irminsûl, et à son retour il serait l'égal d'un dieu.

Le voyage fut morne et morose. Sous un ciel gris, les steppes gelées firent place petit à petit aux montagnes naissantes, jusqu'à ce que la compagnie ne parvînt aux abords des ruines, perchées sur la falaise. Un silence quasi-religieux régnait sur les lieux. Hel ne pouvait s'empêcher de sentir un immense respect chaque fois qu'elle pénétrait dans Irminsûl. Elle les guida le long d'une corniche vers les les immenses tours de métal écroulées, noyées par les conifères luxuriant qui avaient repoussé de plus belle, comme pour réaffirmer leur autorité. Elle s'arrêta devant un immense bâtiment de pierre, tout en hauteur. Elle pointa du doigt en direction du mur fissuré : L'un des symboles du Peuple du Deuxième Âge. Un cercle, entouré de trois quarts de cercle.

– Cet endroit est-il un temple ? demanda Thrym.

– Pas à l'origine. C'est l'un des nombreux ateliers de magie des Dieux de Métal. Tu aperçois déjà les anciens appareils, écroulés dans le noir, attendant le retour de leurs maîtres.

– À quoi servaient-ils ?

– À tout ! A bâtir, à créer des outils, et de fabuleuses inventions dont nous avons perdu toutes connaissances. Leurs tours étaient lumineuses comme un ciel d'été, et bruissantes de vie et d'activité. Mais tout ceci n'est que passé, désormais...

Elle observa un silence avant d'entrer. L'intérieur était obscur et pesant. Hel les guida plus profondément dans la bâtisse, encore et encore, jusqu'à atteindre ce qui semblait en être le cœur. Là, une immense fosse de métal était creusée, parcourue par des escaliers à demi écroulés. Une faible lueur verdâtre émanait des lieux, leur donnant un air fantomatique, irréel. Hel ressentait l'intense puissance du Rayonnement Magique et eut un frisson tant de plaisir que de douleur. Une fois les escaliers descendus, elle intima à ses servantes de prendre leurs positions. À cet ordre, les femmes laissèrent tomber leur robe au sol, se placèrent en cercle autour de Hel et de Thrym, et entonnèrent un chant rituel, aux accents lugubres renforcés par l'écho qui trouait le silence. La reine, nue elle aussi, prit de sa besace une pierre rugueuse à la teinte verdâtre, et la frappa dans un mortier jusqu'à la réduire en une fine poudre. Elle ordonna à Thrym de lui donner son bras, sortit sa dague et lui fit une profonde entaille le long de la veine. Il protesta aussitôt, couvrant un instant le chant. Mais il n'en dit pas plus, devant l'œil sévère de Hel ; il était insignifiant en ces lieux terrifiants, que ces sorcières connaissaient, adoraient, révéraient, et elle ne se privait pas pour le lui faire sentir. Elle saupoudra la mouture de la pierre verdâtre dans la plaie puis elle versa le reste dans une outre qu'elle lui tendit avant de bander la plaie. Thrym devrait boire cette décoction durant les neuf lunes qu'il allait passer ici. Le Rayonnement Magique et la pierre en son sang feront le reste. Si les Dieux de Métal décidaient qu'il devait survivre, ils se retrouveraient après sa métamorphose.

– Survivre ? Tu ne m'as jamais dit que je risquais de mourir, sorcière !

– Un grand pouvoir demande de grands risques..., sourit-elle avant de tourner les talons.

Dans sa transe, elle le vit. Elle voyait ce qu'il voyait, ressentait ce qu'il ressentait, comme en accéléré. Le Rayonnement Magique le rendait malade, brouillait son esprit. Il se sentait comme s'il avait de la fièvre, tantôt grelottant, tantôt bouillonnant. Sa perception de l'environnement, de même que les ténèbres autour de lui, semblaient flous. Son esprit tournait au ralenti, et il se sentait comme perdu dans une éternité, incapable de dire si une minute ou une saison s'était écoulée. Le temps finit par perdre son sens, de même que le fit sa propre identité. Tout d'abord, la solitude finit par lui peser. Puis, s'y étant habitué, il se mit à se parler à lui-même, à rire de ses propres traits d'esprit, pour brusquement se taire et réprimer un sanglot indigne d'un roi Thurse. Il tenta de s'occuper en dessinant sur le sol à l'aide de pierres verdâtres similaires à celle que possédait Hel, en jouant aux ricochets sur le sol de métal cabossé, en s'imaginant roi du Midland. Puis, les occupations ayant toutes été épuisées, il tenta de dormir pour que le temps passe plus vite. Mais ses rêves étaient perturbés, et il se réveillait chaque fois en sursaut, le cœur battant, le front suant.

Seul dans l'obscurité presque totale, sans aucune notion du jour ni de la nuit, il entendait des voix confuses dans sa tête, et tout son corps, jusqu'à ses entrailles, était endolori, comme léché par un feu invisible. Il hurla aux ténèbres de le laisser tranquille, puis les supplia de revenir. Il se jetait contre les murs de métal froid, ou bien restait prostré des heures durant, terrassé par la douleur. Il ne savait plus qui il était, où il était, ni même pourquoi. Et puis, après une minute ou une éternité, il ouvrit les yeux et son esprit était clair. Pour la première fois, il expérimenta une révélation spirituelle. Lui qui n'avait jusqu'ici connu que viols, pillages, meurtres, et survie, il vit enfin les choses autrement, comme s'il s'était élevé, côtoyant les Dieux de Métal. Et enfin, le temps était venu pour Hel de le retrouver.

Thrym émergea lentement des ruines. Hel lui lança un regard concupiscent et satisfait. Il toisait les sorcières de bien plus haut que d'habitude. Il avait grandi d'au moins deux têtes, et sa musculature s'était développée à un point presque outrancier. Sous ses muscles saillants pulsaient de fortes veines. Lorsqu'il sembla en prendre conscience, il se précipita vers une plaque de verglas non loin, et en balaya la neige. L'homme qui le regardait de l'autre côté de la glace avait les yeux qui luisaient d'un éclat bleu-vert. Sa longue barbe et ses cheveux emmêlés reposaient sur sa peau grisée. Ils sourirent, lui et le visage dans le verglas.

– Je suis allé là où nul autre homme n'est allé ; j'ai transcendé l'humain, déclara-t-il d'une voix qui résonna comme le marteau sur l'enclume. J'ai plongé mon regard dans les abysses qui bordent ce monde, et j'en suis revenu. J'ai vu les Dieux de Métal. Ils m'ont dit que je suis celui qu'ils ont choisi. De leur voix sans timbre, leurs corps luisants, tous, les Sans-Noms, m'ont désigné comme celui qui écraserait les enfants de la Dame et ferait régner les Thurse sur Mannheim. C'est pour cela qu'ils ont investi en moi leur puissance, qu'ils ont mêlé leur sang au mien. Et avec cette force, j'anéantirai les Æsir, les Vanir, les Midlander, et leurs dieux de pacotille !

Son visage se contracta en une grimace de pure haine. Sa main se posa sur la tête d'une antique statue de pierre, qu'il réduisit en poudre sans nul effort. Hel n'aurait pu escompter meilleur résultat.

Trois hommes étaient réunis autour de leur roi, au Mont de la Loi, comme au bon vieux temps. Cette vieille buse de Knut, ce vieux Halgar, et bien sûr son bras droit Wulfrich. L'heure était à la vengeance ; Brynhilde devait répondre de ses crimes ! Et Siegfried voulait ses fidèles Thingsmenn à ses côtés pour cela. Il lui faudrait toutefois mettre toutes les chances de son côté. Il aurait besoin d'obtenir le soutien d'un maximum de Jarlar et chefs de clan pour légitimer le raid qu'il préparait. Son autorité ne vaudrait rien sans l'aval de l'assemblée ; omettre ceci reviendrait à être destitué. Plus d'un roi trop ambitieux avait déjà perdu son titre et s'était vu banni par décision du Thing, et les guerriers s'étaient empressés de le conduire à la frontière avant d'en élire un nouveau... Une voix féminine les interrompit soudainement, et lorsqu'il tourna la tête, le jeune roi vit une silhouette gracile dans l'embrasure de la porte. Sygrid... La jeune femme pria son roi de la laisser les accompagner ; elle ne voulait qu'une chose, et c'était être le bras armé de sa vengeance. Ce qu'il refusa catégoriquement. Tous ses problèmes avaient été causés par la gent féminine ; une femme n'avait pas sa place en cette expédition vengeresse. Il n'était pas sûr qu'une femme puisse jamais avoir de nouveau une place nulle part dans sa vie...

– Mais...

– Tu as entendu ton roi, coupa son père. File !

Serrant les dents, la jeune fille tourna les talons. Halgar s'excusa ; Sygrid avait tenu à l'accompagner, et Siegfried savait qu'il était impossible de lui faire entendre raison.... Siegfried sourit, des souvenirs lui revenant en mémoire. Dès que le Thing aura donné son aval, ils navigueraient tous ensemble pour l'Île-des-Glaces. Puisse Selkie leur prêter courants favorables. Tous levèrent leur corne à boire avant de passer un moment de détente, oubliant la guerre à venir. Et enfin arrivèrent les Theinar. Siegfried présenta le nouveau Thein de Burgundia et successeur de Gunther : Wilfried Wilhelmson, cousin de Wulfrich. Le jeune seigneur s'était choisi comme emblême un aigle en plein essor au-dessus d'un sapin, afin de symboliser, avait-il expliqué, l'envol de leur clan. À ce propos, Hrothgar fit remarquer que comme tous, il avait entendu des bruits ; que s'était-il passé avec Gunther ?

– Rien de plus que ce qui arrive à quiconque se révèle l'allié de Brynhilde. As-tu un problème avec cela ?

– Non... Non, mon roi ! Hrothgar tenta de cacher sa terreur. En vain.

– Siegfried, je suis inquiet pour toi..., lui avoua Yngvar en lui posant une main sur l'épaule. Ta mère ne reconnaît pas son fils, et je ne reconnais pas mon roi...

– Je vois qu'elle t'a retourné l'esprit, comme les femmes savent si bien le faire... Prends garde où tu poses le pied ; entre écouter ton épouse ou ton roi, tu dois choisir judicieusement, voilà mon conseil...

La conversation revint petit à petit à des sujets plus joyeux tels que la chasse, les amours ou les exploits guerriers de chaque héros auto-proclamé, mais Siegfried n'écoutait déjà plus. Il n'avait qu'une chose en tête : Son plan, et comment le mettre à exécution.

Il se tenait sur le port d'accostage, observant la pêcherie côtière en flammes. Un goût amer flottait dans sa bouche et une main glacée serrait ses entrailles. Il sut sans même se retourner que son visiteur habituel se tenait derrière lui.

– Toutes ces tueries sont-elles nécessaires, vieux sage ? Une seule proie m'intéresse, un seul cœur à percer. Pourquoi cet incessant carnage ?

– À cette question la réponse tu connais. Pourquoi douter soudain ? Ressens-tu du remords ?

– J'ai pitié de ces morts, trépassés par ma main. Ils n'ont comme seul tort d'être sur mon chemin.

– Quelle importance, dis-moi ? La vie de ces gens là a-t-elle plus de valeur que celle du cerf des bois que tu chassais à l'heur ?

– Ce sont des hommes, des femmes et des enfants !

– Cela compte-t-il vraiment ? Les dieux épargnèrent-ils Krimhilde ou bien Sigur, ayant pitié qu'ils fussent faibles femme et enfant ?

Siegfried serra les dents mais ne répondit rien. Son visiteur reprit. Sans qu'il ne le vît vraiment, Siegfried sut que l'autre souriait, jubilait.

– Non, rien de tout cela n'a la moindre importance. La vie n'a nulle valeur ; car seule importe la lutte ! Que te soucier d'ailleurs de leur vie, de leur sort ? Ils sont tous déjà morts, sans le savoir encore. Rien n'a donc d'importance, car jamais quoiqu'ils fassent, le monde n'en aura trace. Leur vie n'a aucun sens ; ni plus qu'en a leur mort.

– La mienne n'en a donc aucune non plus...

– Eh non, tu as raison. La mienne n'en a pas plus ! Seule compte l'éternelle lutte, la bataille du chaos ; nous n'en sommes que les pions. N'est-ce pas là chose grandiose ?

– Ce sont là les paroles d'un homme qui n'a plus rien à perdre...

– Et tu as tout compris ! C'est lorsqu'on est brisé, sans plus rien désormais à perdre ou à pleurer, que cette insipide vie prend enfin tout son sens. Tu le sens toi aussi, en as maintenant conscience.

– Il me reste toutefois une part d'humanité passée.

– Et tu auras à cœur de t'en débarrasser... Il désigna un garçon de cinq hivers. Cet enfant terrifié est l'unique survivant d'un carnage insensé. Prouve-lui maintenant que sa vie ne vaut rien, que tous le sachent bien.

Siegfried ne répondit mot. Il savait ce qu'il lui restait à faire. Pour taire cette douleur, oublier son malheur, il lui fallait sur l'heure assassiner ses peurs. Son humanité restait son seul lien avec sa vie passée. Il devait s'en défaire, ne devenir qu'une arme, de ténèbres et froideur. Plus rien n'avait d'importance. Il lut la peur et la détresse dans les yeux de l'enfant, ainsi qu'une pointe de supplication. L'espace d'un instant, son esprit se projeta dans celui du garçon ; il ressentit sa douleur, goûta sa terreur, entrevit le destin et la vie auxquels il avait droit. Puis soudain se superposa au visage chérubin celui de son propre fils, et ce fut plus qu'il n'en put supporter. Avec un cri de rage et d'angoisse, Balmung s'abattit et Siegfried tomba à genoux.

– Tes épreuves terminées, ton destin désormais pourra se révéler. Lève-toi, Ô, Dragon Noir.

Lentement, comme si son corps était manipulé par un tiers

esprit, Siegfried se remit debout. Il ne ressentait plus rien, juste une terrible sérénité. Le sentiment était merveilleux. Un fugace instant, il prit peur lorsqu'il ne parvint pas à se rappeler le visage de sa femme et de son fils. Mais bien vite les ténèbres rassurantes l'enveloppèrent et le sentiment se calma. Un sourire sans joie anima ses lèvres, un sourire dur et sinistre. L'heure de la rétribution était arrivée. Le monde allait goûter aux flammes de sa fureur !

Le tonnerre éclata. Un vent violent hurlait sur les steppes glacées de Jotunheim, agitant la toundra éparse que broutaient les yaks à l'épaisse toison. Les hommes et femmes du camp ne semblaient faire plus grand cas du froid que les animaux paisibles. À l'abri dans sa tente de peau, Hel était lascivement assise sur des fourrures et regardait Thrym faire les cent pas autour du feu. Les flammes dansantes donnaient un air inquiétant et changeant au visage dur et cendré du roi. La fente de sa robe bleue dévoilait ses fines jambes croisées, qu'elle caressait distraitement. Il était inutile de s'impatienter, la tempête finirait bien par passer. Mais Thrym n'écoutait pas et n'avait de cesse de pester. Elle avait fait de lui un héros divin ; il était celui que les dieux de Métal avaient choisi pour mener leur troupe de guerre. Il était le roi, pourquoi chercher à *parlementer* avec ces chefs ? S'ils défiaient son autorité, il n'avait qu'à les tuer, et laisser les dieux de Métal emporter leur essence aux enfers ! Elle esquissa un sourire cruel lorsqu'elle le rassura : il en tuerait quelques-uns, qu'il en soit sûr ! Mais il avait besoin d'autant d'hommes que possible pour mener son assaut contre le Midland. Elle lui conseilla de faire un exemple de quelques uns de ces chefs qui refusaient de le suivre pour que les autres se plient à sa volonté. D'ici là, elle pouvait occuper son temps... Un rictus anima le visage sombre du roi. Il la prit, la tourna sans ménagement avant de lui pencher le buste vers l'avant et d'écarter les pans de sa robe.

La compagnie arriva au campement du clan de Dragan, une fois la tempête passée. Thrym campa ses pieds dans l'herbe éparse et appela le chef de toute la puissance de ses poumons. Quelques instants plus tard, l'homme sortit d'une grande yourte, accompagné de quelques uns de ses guerriers. Hel lut l'horreur dans leurs regards et s'en délecta. Elle entendit les guerriers murmurer *Sorcière* tout en évitant de la regarder en face. Le roi prit la parole d'une voix forte, et ordonna à Dragan de le rejoindre pour conquérir le Midland. Hel sourit de son manque de finesse. Pourtant le chef ne se laissa pas impressionner, une fois la stupeur passée :

– Autant j'aimerais piétiner les champs des Midlander et violer leurs femmes, autant ton entreprise est stupide. Depuis des siècles nous essayons d'envahir leurs terres, et toujours nous sommes repoussés. Et ta dernière troupe de guerre est revenue en fines tranches. Pars de chez moi avant que, roi ou pas, je te pende par les couilles.

– Contemple-moi, stupide bouseux ! Ne vois-tu pas que les dieux de Métal m'ont changé ? Qu'ils m'ont investi d'une part de leur puissance ? Avec moi, la victoire est possible !

– Tu sembles en effet changé. Mais ce n'est pas parce que tu es encore plus laid qu'avant que tu pourras me dominer. Tu as maintenant une minute pour quitter mes terres avant que ta sale face n'orne l'intérieur de ma yourte. Ensuite je violerai ta putain de sorcière avant de lui ouvrir le ventre.

Ses guerriers crachèrent au sol et firent de la main des signes de protection contre le mauvais œil. Hel approcha ses lèvres carmines de l'oreille du roi ; qu'il fasse de Dragan un exemple... Qu'il ne se contente pas de le tuer, mais lui inflige un supplice tel que chacun en Jotunheim sache que l'on ne manquait pas de respect impunément à son roi... Elle fut satisfaite de voir Thrym faire signe à ses hommes. Aussitôt, ceux de Dragan dégainèrent leurs haches et leurs masses. Les habitants étaient en sous nombre, et le combat tourna court. Très vite, les cadavres des guerriers locaux étaient face contre la neige. À genoux, tenu par deux hommes, le chef de clan défiait le roi du regard.

– Voici le sort réservé aux traîtres ! gronda Thrym, faisant un signe de tête à ses hommes.

Ceux-ci empoignèrent la femme et les deux filles du chef, arrachèrent leur robe et les prirent de force, dans la boue gelée, les frappant et les poignardant jusqu'à ce que leurs hurlements se taisent définitivement. Puis Thrym fit pendre Dragan nu, ne laissant que le bout de ses orteils toucher le sol froid. Hel, hurlant d'un rire féroce, le poignarda frénétiquement dans sa virilité jusqu'à ce qu'il n'en reste qu'une pulpe carmine. Elle vit les guerriers du clan, pourtant habitués aux carnages, détourner le regard et murmurer entre eux. Puis elle essuya sa dague sur la tunique de l'un des guerriers, en ordonnant qu'on fasse empaler le chef vaincu jusqu'à la gorge. Elle voulait que son agonie dure le plus longtemps possible... Les hommes s'empressèrent de s'éloigner d'elle pour s'exécuter. Elle empoigna le dernier fils de Dragan, seul survivant, un garçon d'à peine huit hivers, et le mena sans ménagement devant Thrym. En un soupir, elle lui ordonna de courir, de courir et de raconter ce qu'il venait de voir à qui voulait l'entendre. Que tous sachent le sort réservé à ceux qui osaient défier l'autorité du roi... Et d'un coup de pied elle l'envoya glisser dans la neige sale sous les rires des guerriers.

Des lunes passèrent, durant lesquelles des scènes semblables se répétèrent. Des lunes durant lesquelles Thrym et son clan, guidés par la Reine Sorcière, écumèrent les mornes steppes de Jotunheim afin de rassembler les chefs. Hel s'assurait que chacun prenne Thrym pour le plus fort, le plus puissant, le plus féroce des Jotnar. Elle propageait la nouvelle disant qu'il avait été choisi par les Dieux de Métal pour écraser les Midlander, comme le prédisait une ancienne et obscure prophétie qu'elle avait en bonne partie elle-même arrangée. Persuadés que le Peuple Stellaire reviendrait un jour à bord de leurs navires volant, les Jotnar n'avaient aucune peine à croire que Thrym était leur champion, et elle en jouait. Elle s'en délectait. Il fallait dire qu'elle ne s'était pas privée pour... enjoliver... la vérité... Une fois les quelques chefs récalcitrants *recadrés*, les Géants des Glaces s'étaient tous ralliés derrière Thrym, et tous les clans étaient rassemblés dans la grande plaine de Thrymheimar, pour la première fois de leur histoire. Dans la grande halle, elle faisait répéter à Thrym le discours qu'il devrait tenir. Il la fit taire d'un signe de la main, grognant qu'il savait quoi dire, puis sortit faire face aux Jotnar assemblés.

– Frères ! Aujourd'hui est un jour nouveau ! Je vous promets de l'or par-delà vos espérances ! Nous écraserons les Midlander comme des insectes ! Nous ravagerons leurs terres et violerons leurs femmes ! Pour les dieux de Métal !

Tandis que les Jotnar hurlaient leur approbation, Hel sourit au roi comme on sourit à un enfant docile. Les hommes et femmes se lancèrent dans des danses frénétiques autour d'un grand feu de joie. Des esclaves furent amenés pour y être sacrifiés et chacun se macula du sang versé pour s'attirer la protection guerrière des Dieux de Métal. Au son des tambours, les hommes dansaient, se battaient, ou bien prenait férocement une femme au hasard. Hel laissa les clans à leur sauvage festoiement et rentra dans la grande halle. Elle ordonna aux servantes de la laisser. À l'exception d'une seule. Lorsque la jeune fille s'immobilisa, Hel lui fit un sourire et l'invita à s'asseoir ; qu'elle mange et boive ce qui lui plaisait.

– Ma Reine, je ne comprends pas…

– Bien entendu que tu ne comprends pas. Tu n'es qu'une stupide esclave… Stupide, mais bonne, loyale et dévouée. N'est-il pas normal que je veuille t'en remercier ?

Après quelques hésitations encore, la jeune fille empoigna avidement les viandes exposées devant elle et engloutit goulûment le pichet de Skyr. Oui… Qu'elle mange, se gorge de vie… Hel lui demanda son nom, que l'esclave lui lâcha entre deux bouchées. Irmina. Un nom Midlander. Elle se souvenait, désormais ; les parents de la jeune fille avaient été capturés là-bas. Elle, en revanche, était née esclave. Elle était si jeune, si belle… Hel tourna autour d'elle, passant une main sur ses épaules. Lorsque l'esclave fut rassasiée, Hel lui ordonna de se lever et susurra, se passant une langue rose sur les lèvres :

– Passons maintenant aux douceurs…

Elle fit glisser sa robe le long de ses épaules, et défit celle d'Irmina. Elle passa avec admiration une main sur ses seins, ses hanches, son intimité, illuminés par le grand feu central.

– Tu peux faire une dernière chose pour moi…

– De quoi as-tu besoin, ma Reine ?

– De ton sang…

– Ma Reine ?

Le hurlement qui s'ensuivit interpella une seconde les guerriers festoyant au dehors. Finalement, ils reprirent leur danse sans y prêter plus attention. Après un moment, les servantes entrèrent de nouveau et ramassèrent le cadavre d'Irmina sans la moindre émotion dans le regard, leurs gestes rapides formés par la routine. Hel, dont le visage, la poitrine et les mains étaient tachées de sang, ordonna qu'on la lave. Passant une langue carmine sur ses lèvres, elle jeta un œil au sol ; bien, elle n'avait pas taché sa jolie robe.

Siegfried se tenait au pied de la grande porte protégeant la halle de la Forteresse-des-Glaces, en haut de l'étroit sentier grimpant la montagne. Le vent battait ses cheveux en tous sens. Il était enfin devant l'ennemi tant recherché… Cette salope allait payer pour ce qu'elle lui avait fait... Knut promis qu'il regarderait Brynhilde crever en la baisant, sous les acquiescements féroces de ses camarades. Siegfried leva la main pour apaiser ses plus fidèles guerriers. Leur soif de sang serait bientôt assouvie, les rassura-t-il. Patience. Il sonna son cor de guerre, une magnifique corne ouvragée sertie de joyaux, et gonfla ses poumons pour appeler la reine. Seul le silence lui répondit. De toutes ses forces il réitéra l'injonction. La reine guerrière apparut finalement sur le chemin de ronde surplombant la grande porte. De sa stature altière et de son air hautain, la froide dame n'avait perdu en rien. Siegfried pointa son épée en sa direction.

– Brynhilde ! La fin est proche ! Par tous les dieux, vivants ou morts, je le jure : je t'abattrai de ma main !

– Tu as massacré les fermes et villages sur ton chemin. Je refuse d'affronter en duel un homme sans honneur.

– Tu oses parler d'honneur ? Toi qui complotas contre moi et provoqua mon malheur ? Tu as perdu tout droit à mon respect lorsque tu projetas de m'assassiner, et pire encore lorsque tu pris la vie de mon fils. Rends-le-moi ! Rends-moi Sigur !

– La mort de ton fils était un accident, dont je suis sincèrement navrée. Rien de tout cela ne se serait produit si tu ne m'avais pas trahie.

Bien qu'une part de son esprit dît le contraire, il savait qu'elle mentait. Même s'il lui fallait arracher pierre par pierre ces montagnes, il massacrerait son clan un par un sous son regard effaré, laissant chacun de ses guerriers la violer ! À ces mots, les hommes grondèrent leur assentiment. La reine tourna les talons, déclarant qu'elle n'aurait nul besoin d'elle-même l'affronter puisqu'il serait déjà trépassé à ses pieds. Alors Siegfried ordonna la charge. Les Midlander se ruèrent vers la grande porte, couverts par les tirs de fronde de l'arrière-garde. La bataille fut rude, et de nombreux guerriers retournèrent à la Dame en cette journée ensoleillée ; certains ayant reçu des pierres grossières lancées d'en haut, d'autres percés de flèches. Siegfried vit un guerrier inconnu décocher un trait qui abattit un défenseur perché là-haut, prêt à jeter un énorme rocher droit sur sa tête. Le roi lui adressa un salut, que l'homme lui rendit. Finalement les portes cédèrent sous les coups du bélier, énorme tronc de bois grossièrement taillé. Les Midlander envahirent la place, progressant vers la maison longue. Menant la charge à grand coups de Balmung, Siegfried fut le premier à pénétrer la halle de Brynhilde, ne faisant aucun cas des guerriers qu'il passait distraitement par l'épée. Il n'avait d'yeux que pour un unique but. Il fit irruption dans la salle de vie. Où il ne trouva que jeunes servantes effrayées. Sans leur prêter plus d'attention il continua sa route, Wulfrich, Knut, Halgar et quelques hommes sur ses talons. Il retrouva la reine sur le chemin de ronde, derrière la halle, attendant les envahisseurs. Les quelques Midlander ayant escaladé les échelles gisaient à ses pieds, et sa lance était écarlate. Ses guerriers crièrent son nom en chargeant, et furent anéantis par une tempête de lames. Siegfried donna l'ordre à ses hommes de se tenir tranquilles ; elle était à lui, et à lui seul... Ils se regardèrent sans bouger de longues minutes durant. Puis, d'un même mouvement, comme mus par la même volonté, ils bondirent l'un vers l'autre. Leur danse de la mort était magnifique et dangereuse, composée d'esquives, de parades et de feintes majeures. Plusieurs fois Siegfried faillit atteindre son but, et plusieurs fois il ne trancha que la cape carmine de la reine. Plusieurs fois Brynhilde faillit faire mouche, et plusieurs fois sa lance fut déviée par un coup de lame. Siegfried se rappela un accident qui avait manqué lui coûter la vie, et eut une idée ; il fit semblant de glisser sur un caillou gelé, et aussitôt Brynhilde saisit l'ouverture. La feinte avait fonctionné ; avec le premier coup, le jeune roi brisa la hampe de la lance, avec le second il sectionna la cuirasse d'acier de la reine, et avec le troisième il la renversa. Il leva sa lame pour le coup de grâce, ses alliés beuglant son nom au firmament.

– Fais-le ! l'exhorta-t-elle les dents serrées, le regard dur.

Mais, fixant ses yeux azur, il ne put s'y résoudre, malgré toute sa volonté et toute sa haine. Il baissa son épée.

– Que fais-tu ? Égorge-la ! exulta Halgar.

Se reprenant, Siegfried se retourna vers ses guerriers. Non. La mort serait un châtiment trop doux. Il la releva sans ménagement et arracha sa robe blanche. Malgré sa nudité, la reine ne perdit rien de sa prestance ni de son air hautain. Le roi ordonna qu'on l'enchaîne dans la réserve. Il mettrait fin à son tourment lorsque sa vengeance serait assouvie. Les rires complices de ses alliés firent longtemps écho à ses oreilles.

La victoire fut dignement fêtée, ce soir-là. La bière et l'hydromel coulèrent à flots, et les guerriers roulèrent ivres sous les tables de la grande halle. Siegfried se tenait près de l'âtre, en compagnie de Halgar et de Vidkun. Son oncle le complimentait pour cette belle victoire. Halgar renifla.

– Tu appelles cela une bataille ? Moi, j'appelle cela des politesses !

– Mon Roi et neveu, rentrons dès que possible au Midland. Je ne suis pas tranquille, en cette terre hostile.

– Que veux-tu qu'il arrive, vieux froussard ? rit Halgar. As-tu peur qu'un rhume ne t'emporte ?

Vidkun ne sourit pas. Il estimait que le but de leur expédition ayant été achevé, il valait mieux rentrer couler des jours paisibles chez eux. Siegfried le rassura. Les combats étaient finis. Qu'il festoie, qu'il boive ; ils seraient vite rentrés chez eux, il en fit la promesse. Le jeune roi entendit Knut plus loin brailler à qui voulait l'entendre que les servantes capturées en ce jour feraient de bonnes esclaves. Halgar le héla en riant.

– En convoiterais-tu une ou deux, vieux porc ?

– Une ou deux ? Par Dagon, je les convoite toutes ! Il s'esclaffa. Les hommes et les enfants, par contre... Bah ! Si cela ne tenait qu'à moi je les aurais déjà tous passés au fil de l'épée !

Siegfried le coupa dans son héroïque élan, lui rappelant que ce n'étaient que des hommes et des femmes dont le seul tort avait été d'être dans le camp des vaincus. Si quoi que ce soit leur arrivait, il tiendrait Knut pour responsable. À ces mots, il sentit dans son esprit le vieux Grimnir froncer les sourcils de désapprobation. Knut grogna en retour :

– Bla bla bla... Je sais, je sais. Si on ne peut même plus fantasmer... Eh, Wulfrich ! Belles prises que ces filles là-bas, hein ? beugla-t-il en s'éloignant.

En passant, il bouscula un guerrier casqué qui se dirigeait vers la sortie.

– Eh bien, mon ami, rit-il, la bataille est finie ; as-tu peur que le toit te tombe sur la tête, en cette halle, ou bien es-tu trop laid pour montrer ton visage ? Mets-toi donc à l'aise, tu es ridicule, avec cela sur le crâne !

Il tendit la main vers les sangles de cuir.

Le guerrier lui expédia un genou dans l'entrejambe avant de le repousser d'un coup d'épaule. Knut s'écrasa contre une table, renversant bière et hydromel sur ses vêtements de cuir et de fourrure, sous les rires des autres. Lorsque Siegfried leva les yeux du lourdaud à terre, il ne vit plus nulle trace de l'homme casqué.

Cette nuit-là, bien après que le dernier des guerriers ivres se fut endormi, Siegfried s'éclipsa. Dehors, il vit une silhouette féminine trotter vers les écuries ; probablement une servante captive qui espérait gagner la protection d'un des vainqueurs en lui accordant ses faveurs. Il prit soin de ne pas lui révéler sa présence, et attendit qu'elle disparaisse pour traverser la cour d'un pas lourd. Il ouvrit la porte des réserves. Là, dans le rayon de lumière que laissait filtrer la porte entrebâillée, était assise la reine nue, par des chaînes retenue. Elle ne dit rien lorsqu'il dégaina son épée. Elle ne dit rien non plus lorsqu'il la brandit, les dents serrées. Elle ne dit toujours rien lorsqu'il abattit sa lame impitoyable. Qui vint trancher un sac de grains. Siegfried tomba à genoux. Il frappa rageusement le blé éparpillé. Les grains tombèrent un à un, se mêlant à nouveaux à la masse ondoyante.

– Quel sort m'as-tu lancé, sorcière ? Pourquoi ne puis-je te tuer ?

– De sort jamais je ne t'ai lancé. Mon seul crime est de t'avoir aimé ; maintenant, maudis les dieux de m'aimer en retour, si tu le souhaites, mais ne m'accuse de rien.

– Je t'ai aimée, et tu m'as trahi. Tout ce que j'avais, tu l'as détruit.

Supplie ! Supplie-moi de te pardonner, et peut-être alors pourras-tu mourir en paix !

Des larmes de colère coulaient le long de ses joues. Il ne pensait pourtant plus pouvoir en verser.

– Ce que j'ai fait, je l'ai fait par amour. Blessée dans ma fierté, je n'ai fait que suivre ce que les dieux me dictaient pour restaurer mon honneur. Tu as trop bu, un peu de sommeil t'éclaircira les idées, finit-elle. Était-ce de l'affection dans sa voix ?

Siegfried se releva péniblement et tituba hors de la réserve, claquant la porte sur la silhouette blanche de la reine.

Il se tenait face au vide, admirant l'étendue gelée du haut des montagnes. Ce paysage était si désert, si paisible... Il aurait voulu pouvoir y rester à jamais, et disparaître dans l'infini enneigé. Il entendit Wulfrich grimper le chemin de ronde d'un pas rapide. Arrivé à son niveau, le forgeron informa le roi qu'ils étaient prêts à partir. Que devaient-ils faire de Brynhilde ? Siegfried répondit sans se retourner.

– Je ne peux me résoudre à la tuer. J'allai la voir cette nuit, avec le ferme dessein de lui passer ma lame entre les seins, et repartis impuissant. Je ne peux la tuer, et je ne peux me résoudre à la ramener captive dans la halle où vécut Krimhilde.

Wulfrich offrit de le faire pour lui. Son roi n'en verrait rien, n'entendrait rien ; il promettait pour elle une mort rapide et clémente. Mais Siegfried refusa. C'était à lui de choisir sa destinée. Quelle qu'en serait l'issue, il devait en être le perpétrateur. Soudain un cor retentit. Intrigué, il leva la tête et vit. Une troupe de guerre

aux couleurs d'Asaheim se tenait en bas de la Forteresse des Glaces !
Et ils étaient nombreux. Trop nombreux... Il tourna les talons et se
dirigea en hâte vers la cour où s'étaient rassemblés les guerriers,
curieux. Il vint se placer au milieu d'eux, sa cape noire tournoyant à
chacun de ses mouvements.

– Mes frères ! Les Æsir, en bons lâches qu'ils sont, nous affrontent en
surnombre. Mais moi je dis qu'un Midlander vaut dix Æsir, et qu'ils
ont presque leurs chances ! Quelques hourras forcés retentirent. Mes
guerriers, peut-être allons-nous tous mourir aujourd'hui. Mais dans
la victoire ou la défaite, dans la vie ou la mort, nous aurons défendu
notre honneur ! Des vivats plus authentiques montèrent. Vous
m'avez suivi dans ma propre guerre. Je vous dois tout. Je vous
demande une dernière fois de me suivre au combat, non pas par
amour de votre roi, ni pour la justice ou la vengeance, mais pour un
idéal, pour transmettre un message aux générations futures : le
Midland n'est plus esclave ! Notre sacrifice portera notre rage et
notre liberté à nos descendants, qui briseront leurs chaînes et
hurlerons à la face d'Asaheim : « Nous sommes un peuple uni ! »

Des acclamations éclatèrent, plus vives. Siegfried sentit
alors la froide lame d'un couteau contre sa gorge.

– Pardonne-moi, mon neveu, mais je ne peux te laisser faire cela.

– Vidkun ! Que fais-tu, sinistre idiot ?

– Je t'avais dit de ne faire confiance à personne. Mais je ne le fais ni
pour moi, ni pour toi. Écoutez-moi tous ! Trop longtemps avons-
nous suivi le roi dans sa folie. Nombre de bons guerriers périrent
dans sa quête de vengeance, et pour quoi ? Pour une femme
enchaînée dans une réserve ? Cela vaut-il vraiment la peine que nous

mourrions ici ? Rendons les armes et rentrons chez nous avant qu'ils ne nous abattent tous comme des cochons !

– Crois-tu vraiment avoir du pouvoir sur *mes* guerriers ? Je suis le roi ! C'est *moi* qui décide du destin du royaume ! Et au combat c'est *moi* que les hommes suivent ! Je suis le Svardrekkin !

– Plus maintenant..., répliqua Vidkun en passant le fil de sa lame sur la gorge de son neveu. Lame qui glissa paisiblement sans égratigner la peau. Vidkun hoqueta en louchant sur son couteau gravé. Siegfried partit d'un rire sauvage. Il était le champion des dieux ! Il ne pouvait pas mourir ! Et il guiderait ses hommes vers le sang et l'honneur ! D'une torsion du poignet il se dégagea de l'étreinte de son adversaire et l'étrangla d'une poigne de fer ganté. Le corps chut lourdement, les yeux incrédules toujours fixant le ciel. Il exhorta les guerriers à prendre les armes, car Donar guidait son bras et Dagon le protégeait. Les acclamations furent assourdissantes. Une fois qu'elles se furent calmées, Wulfrich rugit qu'il ne craignait pas ces suceurs de couilles d'Æsir, et qu'il allait le leur prouver en se battant nu. Sur ce, il retira son plastron de cuir bouilli et sa tunique. Knut se dépouilla également en beuglant un serment similaire. Un à un, les hommes se départirent de leurs mailles, et levèrent leurs armes au ciel, martelant l'air d'un unique mot répété :

– Gloire ! Gloire ! Gloire !

Siegfried allait détacher son plastron, mais Wulfrich posa une main sur son épaule. Cette armure était un symbole. Le roi devait la garder. Et lorsqu'un guerrier casqué retira son heaume et secoua ses longs cheveux châtain, les yeux royaux s'agrandirent.

– Sygrid ! Ne t'avais-je pas dit de rester chez toi, petite fille ?

– Il est trop tard pour rien y faire, maintenant, la bataille approche !

– Les femmes…, maugréa Siegfried en grimpant les escaliers vers le chemin de ronde. De la marée de guerriers aux ronds boucliers de bois coloré, une figure se détacha jusqu'à n'être qu'à quelques pas de la grande porte, hâtivement réparée. Siegfried put voir ses longs cheveux d'or et sa légère barbe briller au soleil pâle. Il choisit de s'adresser à lui comme s'ils ne se connaissaient pas ; il avait en face de lui non pas un ami mais un chef adverse.

– Je suis Siegfried Sigmundson, le Tueur de Dragons, le Svardrekkin, roi du Midland. Qui es-tu, toi étranger, qui viens interférer dans des affaires privées ?

– Je suis Balder Wodenson le Juste, le Cerf Blanc, roi d'Asaheim. Ces affaires me concernent dans la mesure où tu t'attaques à une terre alliée à la mienne. Je t'avertis, Siegfried Svardrekkin, rentre chez-toi et restes-y, car si un Midlander met à nouveau les pieds sur l'Île-des-Glaces ou Asaheim, ceci constituera une déclaration de guerre. Voici la clémence dont je fais preuve, là où mon père vous aurait tous déjà anéantis.

– Tu crois pouvoir écraser ainsi le Midland ? Si tu t'opposes à moi je raserai Asaheim tout entier !

– Je regrette qu'il en soit ainsi, roi des fous, soupira Balder en rejoignant ses guerriers.

Du haut du chemin de ronde, Siefried hurla à sa troupe : Qu'ils se préparent, la gloire leur tendait les bras ! Et soudain Asaheim chargea. La bataille fut longue et âpre. Aucune des deux troupes ne parvenait à prendre l'avantage sur l'autre, et chaque escarmouche se soldait par quelques morts peu glorieuses. Les Æsir avaient l'avantage du nombre, mais le terrain favorisait les Midlander, perchés sur leur forteresse rocheuse au sommet d'un pic. Le versant de la montagne n'offrait nulle cache pour se mettre à couvert, et nul abri au vent lors des replis. Mais le nombre finit par faire le jeu des hommes du nord ; ils traversèrent la grande porte et investirent la cour. Depuis le chemin de ronde, Siegfried hurlait des encouragements à ses hommes tandis qu'il repoussait les échelles. Mais les Æsir étaient trop nombreux. Malgré leur foi et leur courage aveugle, les Midlander tombèrent un à un. Il vit Sygrid, son corps nu écarlate sur la terre rocheuse, tenter de retenir ses entrailles fuyant par la sinistre coupure sur son abdomen, jusqu'à ce qu'une hache en plein crâne mette fin à son combat. Il vit Knut, criblé de flèches mais toujours vaillant, mettre genou à terre après avoir décapité trois Æsir. Il vit Halgar recevoir un puissant coup de masse sur le crâne avant d'être noyé par la charge ennemie. Il vit Wulfrich, agrippant son marteau d'une main, sa gorge de l'autre, saigner à mort. De chacun, il cria le nom, impuissant, et sentit un fragment de son être disparaître. Dans sa furie il anéantit nombre d'ennemis, Balmung se délectant du sang des Æsir, mais ne put sauver ses frères, ses amis. Les montagnes étaient emplies de cadavres ; il était le seul encore debout, avec une poignée de ses défenseurs. Dans la cour investie, ses hommes gisaient ou se rendaient. Et soudain, un cor de guerre retentit. Siegfried tourna la tête, et vit, au loin, une large troupe charger. Il reconnut les boucliers de Saxonia. De toutes ses forces il appela Sigmar. Les nouveaux arrivants renversèrent le cours de la bataille. Bien vite, les Æsir furent débordés, pris à revers qu'ils étaient, et durent battre en retraite, fuyant vers leurs navires. Le musculeux Thein s'approcha de son roi, sa hache sanglante en main.

– Sigmar, je n'aurais jamais cru dire cela, mais c'est un réel plaisir de te voir ! Par quelle bénédiction de la Dame es-tu ici ?

Il ne s'agissait de nulle bénédiction mais d'un présage, que le Thein révéla avoir reçu sous la forme d'un visiteur nocturne. Un instant il était dans sa halle, au coin du feu, l'instant suivant un vieil homme se trouvait derrière lui, encapuchonné de bleu ; c'était le prophète qu'ils avaient vu lorsque Balmung avait été retirée de l'arbre. Lorsque le visiteur annonça l'imminence du trépas de Siegfried, Sigmar sut qu'il devait venir prêter main forte à son roi. Saxonia étant au bord de la Mer Inerte, il put arriver juste à temps. Comment les Æsir étaient-ils arrivés aussi rapidement ? Mais à cette interrogation, Siegfried n'avait nulle réponse. Tout au mieux pouvait-il avancer que ses mouvements avaient été repérés par des éclaireurs. Encore une fois, il perdait ce qu'il avait de plus proche, par sa propre folie. Il ne lui restait rien, désormais, rien que cette haine brûlante et glaciale à la fois. Le sang du Midland se devait d'être remboursé. Il allait faire passer le Message par la Flèche. La guerre contre les Royaumes Goth débutait.

III

LA GUERRE DES ROIS

Et l'histoire se répète, pareille à autrefois.

Tyr, *Chronique d'Asaheim*

Le Thing ne voterait jamais la guerre contre Asaheim, disait Wilfrid. Pas après un tel échec... Siegfried avait certes accompli sa vengeance, mais à quel prix ? Plus aucun chef de clan ne souhaitait s'opposer aux Æsir, désormais. Et qui pouvait les en blâmer, d'après Hrothgar. Une guerre entre clans, engendrant quelques morts honorables, était une chose. Mais une guerre entre deux royaumes ? Les Jarlar craignaient d'avoir plus à perdre en cas de défaite qu'à y gagner en cas de victoire. C'était un simple calcul. Et Siegfried en était douleureusement conscient. Pour aller à l'encontre de la majorité, Siegfried devrait s'assurer le soutien des douze jurés Il avait jusqu'au Thing pour faire le tour du Midland et convaincre les bonnes personnes de voter les bonnes décisions... Et tandis que plusieurs chef se laissèrent corrompre par l'or et les terres que leur promettait le roi, d'autres se montrèrent plus retors, comme Almut Alwinson. Le juré westphalien avait une requête particulière, en échange de son vote. Il ne désirait rien d'autre que les terres de Rolf Haraldson, son voisin. Un différend opposait leurs familles depuis des générations, mais jamais le Thing n'avait statué en sa faveur. Voilà ce qu'il désirait, non de l'or. Siegfried pouvait-il lui offrir cela ? Le jeune roi promit de faire pencher l'avis de l'assemblée en la faveur d'Almut lorsque celui-ci porterait la contestation. L'homme mince au regard luisant sourit ; s'il obtenait gain de cause, il soutiendrait son roi, quelle que soit la demande. Ils se serrèrent l'avant-bras pour sceller officiellement l'accord, devant leurs témoins. Des scènes similaires se répétèrent. Siegfried dut user d'autres stratagèmes d'un même genre, tissant de subtiles alliances d'intérêt, ou bien faisant jouer ses relations. Il dut même forcer l'un de ses Thingsmenn à convaincre sa fille d'épouser un chef de clan détesté de la famille entière mais brûlant de désir pour elle. Pourtant, il rencontra un homme qui ne plia devant rien. Helgi Öxison, un juré de la côte nord de Thuringia, restait convaincu que la vengeance de son roi était une erreur ; elle ne vallait pas qu'ils risquent tous le malheur. Il ne pouvait donner son accord pour une telle folie. Siegfried promena son regard dans l'intérieur sombre de la maison longue de son hôte, s'attardant sur les peaux tapissant les murs, les outils suspendus, et le grand feu central, dont la fumée s'évacuait paisiblement par l'ouverture au plafond. Usant de sa voix la plus douce, la plus persuasive, la plus insidieuse, il promit en échange de faire de cet homme l'un des plus puissants Theinar du Midland, disposant de plus d'or qu'il n'en amasserait jamais en toute une vie. Siegfried exhiba l'anneau à son doigt l'air de rien, comme si ce geste activerait son pouvoir sur ce sujet récalcitrant.

– Je le sais bien. Mais contrairement à certains qui purent se laisser tenter par tes richesses, j'ai à cœur le devenir de mes terres, et celui de mon clan.

– N'y a-t-il rien que je puisse faire pour te convaincre ?

– Rien.

– Tu commets une grave erreur..., répondit le roi avant de se lever, faisant de la tête signe à ses hommes de le suivre. Maudit anneau, quelle relique était-ce là, si une vieille tête de mule ne se laissait pas influencer par son pouvoir ?

La nuit-même, la maison s'effondrait dans un terrible incendie accidentel, dévorant Helgi ainsi que toute sa famille. Siegfried se tenait debout sur la colline surplombant la halle, le visage fermé. En voici un qui ne voterait plus contre lui au Thing, observa le fantôme de Gunther qui vivait dans sa tête. Il réprima la bile qui lui montait à la gorge et tourna les talons.

Les jurés votèrent à l'unanimité les pleins pouvoirs pour Siegfried Sigmundson, roi du Midland. Toutes les Assemblées nationales furent suspendues jusqu'à nouvel ordre, car Siegfried ne devait répondre que devant les dieux. Un tollé explosa. Des acclamations, mais aussi moult protestations. Quelqu'un cria au scandale ; c'était une violation de leurs droits les plus fondamentaux ! Le roi se leva de son trône et fit face à son opposant.

– Almar Einarson, Jarl de Ramsund, contestes-tu le jugement de ces hommes de loi, tous soumis à un serment devant les dieux ?

– Non seulement je le conteste, mais j'affirme que, par ton or ou par ta ruse, tu t'assuras leurs faveurs ! Écoutez-moi tous : J'ai connu cet homme lorsqu'il n'était qu'un jeune forgeron, un sans-le-sous indigne de simplement siéger au Thing, et qui pourtant constamment se mêlait des affaires du district ; il disparut des hivers durant, et acquit par un moyen douteux titre et fortune. Allez-vous le laisser vous manipuler ainsi, lui, le fils de Nibelung, le simple forgeron parvenu ?

– Doutes-tu de ma royauté malgré Balmung ?

– Oui. Et de te voir agir aujourd'hui ne fait que confirmer mon propos.

– Très bien, Almar Einarson, Jarl de Ramsund. Je déclare tes terres ainsi que toutes tes possessions confisquées. Je te bannis à vie, toi et ta famille.

– Tu ne peux faire cela simplement parce que je me suis exprimé !

– Selon la nouvelle loi je le peux. N'est-ce pas, Récitateur ?

L'homme de loi approuva : Le roi Siegfried Sigmundson possédait les pleins pouvoirs, car il était le plus apte à les guider par ces temps obscurs. S'opposer à lui revenait à s'opposer aux dieux, et à la prospérité du Midland. Le roi ordonna que l'on saisisse Almar, et lorsque ses hommes se dirigèrent vers le futur prisonnier, c'est presque une révolte qui éclata. De nombreux chefs de clan se regroupèrent en hurlant, leurs armes sorties. Certains criaient qu'il ne pouvait les priver de leurs libertés essentielles ; d'autres clamèrent que même les esclaves avaient droit à plus de respect que cela. D'autres encore exhortèrent leurs camarades à la révolte ; ne voyaient-ils pas que Siegfried Sigmundson était corrompu ? Étaient-ils tous des moutons, guidés par un tout-puissant berger, ou bien des hommes, libres de choisir leur destinée, libres de leurs actions et de leurs opinions ? Mais le noyau de résistance fut vite encerclé par les guerriers fidèles au roi. Almar, les dents serrées, gronda qu'il préférait mourir en homme libre que vivre banni par un roi illégitime.

– Comme tu le souhaiteras, répondit froidement Siegfried. Et sur son ordre, un guerrier mit le chef récalcitrant à genoux avant de lui trancher la tête.

Les autres, maugréant leur indignation et leur colère, lâchèrent leurs armes. Sage décision... Il informa les rebelles qu'ils avaient trois jours pour emporter ce qu'ils jugeraient nécessaire et quitter leurs terres, qui seraient redistribuées à des Jarlar plus méritants. Ils pourraient vivre chez de la famille ou chez un clan allié. Les guerriers encerclèrent les hommes et les rassemblèrent pour les escorter hors du Mont-de-la-Loi.

– Siegfried ? Quelle mouche te pique, par les dieux ?

Le jeune homme tourna la tête vers la voix féminine. Hrorki... Elle le supplia de ne pas se diriger vers cette voie ; ce n'était pas là le genre de roi qu'il souhaitait être ! Mais qui était-elle pour savoir ce qu'il voulait être ? Elle était sa plus vieille amie, lui répondit une partie de son esprit ; elle le connaissait, savait qui elle était. Pour elle, il était un homme juste, bon, et loyal, qui n'avait de cesse de protéger les faibles et de défendre l'honneur et la justice. Des larmes cristallines baignaient désormais les yeux de Hrorki. Quel monstre était-il devenu ? Mais Hrorki faisait partie de son passé. De tout ce qu'il fut autrefois, il s'était détaché. Elle se mit à sangloter lorsqu'elle le supplia une dernière fois d'entendre raison. Elle pourrait –

– Tu pourrais partir de ton plein gré, ou bien escortée.

– Je ne te reconnais plus ! Tu n'es pas Siegfried ! Tu n'es qu'une coquille vide, sans âme et sans esprit ! Et le jour où je te rencontrai, je le maudis !

– Hrorki...

– Je m'en vais, dit-elle en repoussant la main d'un guerrier qui avait agrippé son épaule. Adieu, roi du Midland.

Et dans les jours qui suivirent, ses guerriers écumèrent le royaume, emmenant avec eux tous ceux qui refusaient de se plier à ses volontés. Ceux qui ne voulurent partir en paix furent massacrés, froidement, méthodiquement, sans haine ni colère. Les Æsir vivant au Midland furent systématiquement abattus. Siegfried le savait : les hommes qui lui étaient fidèles restaient persuadés d'agir pour le bien de tous, pour la prospérité du Midland ; ils considéraient ses brutaux agissements comme une violence nécessaire à leur survie. Ou bien ils agissaient par cupidité ou cruauté. Siegfried n'en avait cure. Très vite, plus une seule voix ne s'éleva contre le roi.

Il avait établi son bastion dans la Forteresse des Glaces, un point facile à défendre et proche d'Asaheim, laissant suffisamment de Jarlar fidèles à sa cause pour diriger le royaume en son absence. Dans la salle de vie, il se tenait en face de ses guerriers et leur récita un discours empli d'élans indépendantistes ; c'était aujourd'hui que prenait fin la domination des Æsir ! Pour la dernière fois Asaheim s'était-elle impliquée dans leurs affaires, tentant de leur dicter leur conduite ! Ils allaient renverser leur roi, conquérir leurs terres, et montrer à tous que le Midland n'était pas à prendre à la légère ! Ils étaient ici chez eux, et n'accepteraient pas d'étrangers ! Pour le Midland ! Ces mots sonnaient creux à ses oreilles, mais les guerriers clamèrent leur fureur de vaincre et leur espoir en un avenir meilleur.

Hel était lassée d'entendre Thrym maugréer à propos de la longueur du voyage. Pour la énième fois elle le rassura ; la traversée du désert Muspelim était longue, mais le jeu en vallait la chandelle. Ils étaient ici pour se faire un nouvel allié, avait-il oublié ? Le silence s'installa de nouveau, sous un soleil de plomb. Fort heureusement, Hel était bien à l'ombre, sous les baldaquins de sa chaise à porteurs.

Le paysage était si morne que les Jotnar n'auraient su s'orienter sans l'aide de l'astre diurne ; aux plaines de terre sèche, si grise qu'elle en était semblable à de la cendre, ne se succédaient que quelques arbres rachitiques et noirâtres aux branches nues. De temps en temps, ce qui ressemblait à une grosse colline crachait une gerbe de feu, au loin. Ils ne croisèrent que de rares groupes de Muspelir nomades, qui firent tous un détour pour les éviter. Thrym eut beau leur hurler dessus pour qu'ils revinssent, les locaux continuèrent leur route, au loin. Lorsque le roi ordonna aux guerriers de rattraper ces misérables, Hel se pencha vers lui. Il était inutile de perdre du temps avec eux ; avec une telle cohorte ils ne les rattraperaient jamais, et s'ils n'envoyaient qu'un petit groupe à leur poursuite, les Askland les engloutiraient. Les Askland, médita Hel. Les *Terres-Cendres...* Ces lieux étaient si bien nommés... Elle appréciait le désert solitaire qui s'offrait à elle. Tout ici était si désertique, si désolé... Elle adorait ! Cela lui rappelait une version négative de Nifhelheim, son royaume enneigé. Elle jeta un œil à l'implacable soleil ; elle savait que Surtrheimar se trouvait au sud-ouest ; ils suivaient donc la bonne route.

Finalement, après de longues journées accablantes et suantes, suivies de longues nuits glaciales à grelotter sous la tente de peaux, la troupe arriva en vue de Surtrheimar. Perdue au milieu du désert cendré, la halle de pierres noires se découpait dans l'obscurité, près de l'un des rares lacs qui parsemaient cette région désolée. Une foule de Muspelir à la peau cuivrée était occupée à vivre autour de la maison longue ; certains pêchaient dans le lac ; d'autres vendaient quelque marchandise ; d'autres encore prenaient soin des rares animaux, tandis que les femmes s'occupaient des enfants. Tous étaient indistinctement presque nus, sous l'écrasante chaleur d'un soleil voilé. Comme un seul homme, tous se retournèrent à l'approche de la cohorte. S'avançant hache en main, un guerrier les héla : Qui étaient-ils et quelles étaient leurs affaires à Surtrheimar ? Thrym fit avancer sa chaise à porteur de quelques pas et se présenta comme si le Muspelim aurait dû deviner son identité. Il exigea qu'on lui ouvre, car il avait à parler à Surtr. Le guerrier s'absenta un instant, et revint accompagné d'un petit groupe. Le roi acceptait de le recevoir. Mais alors qu'il s'avançait, Hel à son bras, le guerrier lui barra la route.

– Pas elle.

– Tu parles de ma reine, misérable ! Où je vais, elle suit.

Hel sourit intérieurement. Après un instant d'hésitation, le guerrier fit un pas de côté, et le petit groupe de Muspelir les escorta vers la halle. Les gens attroupés firent place précipitamment, et Hel remarqua les regards systématiquement braqués sur *elle*. À l'intérieur, les guerriers du clan étaient occupés à manger, jouer aux osselets ou bien dormir. L'homme qui les guidait annonça leur venue au roi, lascivement assis sur son trône d'os au fond de la halle, des esclaves étrangères nues à ses pieds et sa reine à ses côtés. Thrym s'avança, campa fermement sur ses pieds, et parla d'une voix qui résonna dans toute la halle. Il défiait Surtr en duel pour la couronne de Muspelheim. Le silence régna un instant. Avant d'être brisé par le rire du roi local. Avec un geste de la main empli de nonchalance, il dit à ses guerriers :

– Tuez-moi ce roi des cons, et amenez-moi sa putain pour que je la viole.

Hel sourit tandis que Thrym dégainait son immense masse. Les trois premiers guerriers qui se ruèrent vers lui virent leur crâne réduit en jus de viande en une seule volée. Ils durent s'y mettre à dix pour le faire reculer, et parvenir à le blesser. Mais à la grande satisfaction de Hel, ses plaies cicatrisaient d'elles-mêmes en quelques secondes, et il continuait le combat, tout aussi neuf qu'il l'avait été quelques instants auparavant. Certains guerriers, il les attrapait par les cheveux pour leur fracasser le visage de son front massif ; d'autres, il les faisait tournoyer avant de les lancer sur leurs alliés ; d'autres encore il leur broyait tous les os du corps. Hel admirait le carnage, en retrait, adossée à un pilier de pierre noire, bras croisés. Thrym piétina les cadavres de dizaines de guerriers en s'approchant du trône, duquel Surtr était à demi tombé, sa hache à la main.

– De grâce ! Je reconnais ta supériorité et ta force ! Épargne-moi et mon royaume te suivra sans discuter !

Il ferma les yeux, et se crispa. Thrym leva sa hache, mais Hel l'arrêta ; qu'il lui laisse la vie sauve... Surtr pouvait encore leur être utile... Au bout d'un instant, le vaincu rouvrit prudemment les paupières. Thrym se tenait devant lui, bras croisé, lorsqu'il lui accorda sa grâce. Pour faire bonne mesure, il le menaça des pires supplices en cas de trahison. Sur ce, il tourna les talons. Surtr commençait de se relever lorsqu'un immense pied vient lui briser le nez.

– Et cela, c'est pour avoir insulté ma Reine.

Dans la salle de vie de la Forteresse des Glaces, Siegfried dévoilait son plan à ses Theinar. Il planifiait de lancer tout d'abord des raids sur Asaheim. Il ne pouvait y envoyer tous leurs guerriers et prendre le risque de laisser le Midland totalement sans défense, à la merci des Thurse ; aussi, ils attaqueraient fermes et villages de pêcheurs afin d'affaiblir les ressources d'Asaheim petit à petit. Et une fois que les Æsir seraient à bout, il rencontrerait Balder sur le champ de bataille. Alors il le tuerait, lui et tous ceux du clan des Wodenson ; ainsi seraient-ils débarrassés de leur joug, et aurait-il accompli sa vengeance. Bien qu'une voix dans sa tête l'accusait d'avoir provoqué la mort de ses plus fidèles amis, il prétendait que Balder en était le responsable. Quant à Brynhilde, elle constituait désormais un précieux otage. Il ordonna qu'on apprête les bateaux. Ils partiraient dès le lendemain. Les Theinar quittèrent la halle en saluant. Siegfried resta encore un moment à regarder le feu brûler dans l'âtre central.

– Combien de temps encore va durer ce petit jeu ?

– Il durera le temps qu'il me plaira, femme.

– Allons... Cette guerre ne te mènera nulle part, tu le sais. Quant à me garder en vie pour ma valeur d'otage : je t'en prie ! Tu parviens peut-être à duper tes guerriers, mais je vaux mieux que cela. Pourquoi me gardes-tu en vie, si ce n'est parce que tu ne *peux* me mettre à mort ?

Il l'attrapa à la gorge.

– La mort est un châtiment trop doux pour toi, Brynhilde, reine des putains. Tu es encore en vie car je ne te tuerai que lorsque tu me supplieras de le faire.

Il la rejeta au sol sans ménagement

– En ce cas jamais tu ne me tueras, car jamais je ne supplierai qui que ce soit, surtout pas un homme !

– Et pourtant regarde-toi ; est-ce là une vie digne d'une reine ? Avec toute ta superbe, ne préférerais-tu pas mourir debout, comme une femme, plutôt que de vivre à genoux comme un animal, à combler mes désirs passagers ?

À ces mots elle éclata d'un rire sardonique.

– Combler tes désirs passagers ? Je fais bien plus que cela, mon amour ; je nourris ce qui te reste d'âme, car sans moi tu ne serais qu'une coquille vide.

Il la prit de nouveau à la gorge et approcha son visage du sien.

– Tu penses représenter la moindre chose à mes yeux ? Tu penses qu'il subsiste quelque chose de notre flamme passée ? Tu n'es rien ! Rien qu'une esclave, bonne à prendre à l'envi !

– Alors prends-moi maintenant, mon roi... Prends-moi maintenant, et continue de te mentir, continue de nourrir ton âme de cette version pervertie d'un amour passé, continue d'être mien, et rien que mien, sans même t'en rendre compte...

Elle l'embrassa en lui mordant la lèvre.

Il la frappa au visage avant de la jeter à quatre pattes au sol et d'entrer en elle avec toute sa rage, toute sa haine, toute sa rancœur.

Siegfried se réveilla en pleine nuit, d'un bond. Il avait

entendu un bruit. Il balaya du regard la halle à peine éclairée par un rayon de lune, filtrant à travers les quelques trous pratiqués à la base du toit : Sur sa paillasse, contre le mur, Brynhilde dormait nue, grelottante ; le mobilier était immobile, le grand âtre éteint, et les armes fixées sur le bois restaient silencieuses. Les guerriers étaient endormis sur leurs couchettes, le long des murs. Rien ne bougeait. Pourtant la désagréable sensation d'être épié le démangeait. Il commençait à se rasséréner et à fermer à nouveau les yeux lorsqu'il sentit quelque chose à côté de lui. Krimhilde ! Elle était étendue sur la banquette, blanche sur une mare de sang vermeil. Elle tourna la tête vers lui et le fixa de ses yeux morts. D'un bond il se redressa. Pour voir au pied de la banquette Sigur, lui aussi le fixant d'un regard révulsé.

– Pourquoi ? murmuraient-ils, pourquoi nous as-tu abandonnés ? Pourquoi n'as-tu pas pu nous sauver ?

Derrière eux se trouvaient maintenant Wulfrich, et Halgar, et Knut, et Sygrid, tous avançant lentement vers lui, un seul et même mot à la bouche. Leurs yeux blancs brillaient si fort dans l'obscurité ! Il sauta hors de la banquette et courut vers la porte. Où il se cogna contre une figure familière.

– Gunther ! Gunther ! Mon vieil ami ! Aide-moi ! Je suis poursuivi par des esprits !

– Pourquoi devrais-je t'aider ? Pourquoi, alors que moi aussi tu m'as tué ?

Ce disant, sa tête tomba de son corps et roula dans une gerbe de sang.

– Laissez-moi ! Allez-vous-en ! hurla-t-il en taillant l'air à grands coups de Balmung. Pourquoi ne mourez-vous pas ? Pourquoi ne mourez-vous pas ? Lâchant son épée, il se recroquevilla contre un mur de la halle au mobilier désormais dévasé.

Il était encore dans cette position lorsque les guerriers, une fois qu'ils osèrent s'approcher sans craindre de finir taillés en pièces, tentèrent tant bien que mal de le calmer et de le ramener à sa couche.

Les terreurs nocturnes étaient oubliées, le lendemain, alors qu'il naviguait à nouveau vers la côte æsyne. Le long des deux côtés des bateaux à la tête de dragon sculptée, les guerriers ramaient en chantant. C'était un chant lent et rythmé, qui pénétrait les oreilles et faisaient vibrer les entrailles. Une fois parvenus sur une petite île inhabitée à quelques lieues à peine de la côte, les hommes se jetèrent à l'eau jusqu'à la taille et marchèrent vers le rivage avant de tirer les bateaux sur le sable terne. Siegfried décida de monter le camp ici. En cas de repli, cette position serait aisément défendable. Ils attaqueraient les fermes isolées ou les villages de pêcheurs, pilleraient ce qu'ils pourraient emporter et brûleraient le reste afin de couvrir leur départ. Ils se déplaceraient en petits groupes uniquement afin de rester invisible aux yeux des Æsir, et pour mieux disparaître s'ils étaient repérés. Siegfried dirigerait une troupe, tandis que ses Theinar dirigeraient leurs hommes ; ainsi leurs frappes seraient totalement imprévisibles. Pour le moment ils n'attaqueraient que la côte ouest, afin de pouvoir se replier vers le campement au plus vite. Siegfried sourit intérieurement de l'ironie de la situation ; des siècles durant, les Æsir avaient effectué de tels assauts sur le Midland afin de s'approprier leurs richesses, jusqu'à ce que Woden utilise la politique à son avantage. Et Siegfried put constater l'efficacité de cette tactique lorsqu'après des lunes de raids, toute la côte ouest était ravagée, de même qu'une partie du sud. Jusqu'à la Blanchécume, cette frontière infranchissable pour le moment, plus rien ne s'étendait pour les Æsir que de la lande stérile et de la forêt. L'hiver approchait, et Siegfried avait fait d'amples réserves ; il savait qu'il en aurait besoin, s'il voulait tenir cette guerre si loin de sa terre. Balder devait compter sur les champs de l'est du royaume pour nourrir ses guerriers tout autant que les survivants des raids, grâce à cette manœuvre. Il n'aurait pas les moyens d'entretenir une importante troupe de guerre, et c'était donc maintenant que Siegfried devait frapper. D'autant plus que le moral des Æsir devait être au plus bas, harcelés comme ils l'étaient... Il était temps de passer à une offensive plus importante, car, conformément à la coutume, abattre le roi ennemi signifiait la reddition immédiate de ses hommes.

La bataille faisait rage. La grande plaine æsyne, bordée de lacs et de forêts, était rougie du sang des vaincus. Sous un ciel de plomb noir, les guerriers frappaient, hurlaient, mouraient. Le Svardrekkin, au cœur du combat, dirigeait sa troupe, piétinant l'herbe pâle du sol d'Asaheim. Ils devaient absolument repousser les défenseurs vers la Blanchécume pour pouvoir les déborder par le flanc. La bataille aurait été équitable, sans la présence du Svardrekkin, qui galvanisait sa troupe par ses exploits guerriers et démoralisait les Æsir par son invulnérabilité. À lui seul il tombait les ennemis comme cinq, dix, quinze hommes ! Il était un tourbillon furieux. Il était Donar. Il était la vengeance, la justice, la mort.

Siegfried en tête, la troupe progressait nettement sur le champ de bataille. Les Æsir étaient repoussés jusqu'au fleuve, sans échappatoire. Le Svardrekkin trancha une tête à droite, empala un torse à gauche, abattit trois ennemis en face d'un mouvement circulaire de Balmung. Rien ne l'arrêtait. Ni les flèches qui rebondissaient sur son armure, ni les coups de hache, épée, marteau, qui ne faisaient que l'étourdir quelques instants. Un guerrier chargea, avec toute la fougue et l'inexpérience de la jeunesse. Sans même y prêter attention, Siegfried le transperça de part en part, avant de le renvoyer d'un coup de pied dans le buste, renversant trois ennemis sur son passage. Un lancier à sa droite reçut un coup de coude métallique, brisant tous les os de son visage. Un homme à la hache, le torse nu couvert de tatouages, visa la gorge. Balmung fila en un éclair, et l'homme, à genoux, tenait ses entrailles. Siegfried aperçut alors un visage familier. Balder ! Au fond de la formation en V̄, le jeune roi menait sa troupe, entouré par son Rempart de Boucliers. Non loin de là, du côté opposé, Thor fracassait des crânes Midlander avec force enthousiasme. De nombreux corps gisaient à ses pieds ; un groupe de guerriers semblait en mauvaise posture face au géant roux. L'hésitation traversa une fraction de seconde l'esprit de Siegfried. Finalement, il choisit d'abandonner ses guerriers à leur sort et reporta son regard vers le roi d'Asaheim. Le Dragon Noir s'élança, repoussant les ennemis sur son chemin sans même ralentir. Il se débarrassa en un éclair du Rempart de Bouclier, fendant le bois en même temps que les hommes derrière. Seul un jeune guerrier évita la mort, lorsque le roi d'Asaheim le plaqua au sol.

– Fuis, Heimdall ! Fuis !

Le Svardrekkin frappa, et frappa, et frappa. Le jeune Æsim esquiva tant bien que mal, un genou en terre sous la violence de l'assaut. Il bloqua un coup de son bouclier, qui fut tranché en deux, propre et net, à quelques pouces seulement de son bras. Heimdall agrippa le poignet de Siegfried, qui le repoussa sans lui accorder plus d'attention. Avec un sourire féroce et victorieux, le Svardrekkin porta le coup de grâce. Balmung fila. Le sang fusa. Un guerrier s'éteint, tombant à terre. Siegfried contempla le corps sans vie du jeune anonyme, qui s'était interposé entre l'épée et son souverain. Heimdall ordonna de protéger le roi en reformant le Rempart, et bien vite Balder disparut, englouti derrière ses guerriers. Siegfried voulut le poursuivre, lorsqu'il s'aperçut qu'il était seul. Sa course folle l'avait isolé de sa troupe. Le temps qu'il se débarrasse des Æsir autour de lui, frappant, hachant, taillant, le petit groupe qui escortait le roi était déjà loin.

L'escarmouche était finie. La pluie tombait drue sur le champ de bataille, lavant le sang et les entrailles. Les Midlander ramenaient les blessés au camp et achevaient les mourants. Ruisselant, Siegfried se tenait au milieu de la plaine, regardant droit devant. Il l'avait à sa merci. Il aurait pu abattre le roi des Æsir, mais il l'avait laissé partir... De rage il serra les dents. La prochaine fois il tuerait Balder.

Balder fixait le grand feu, emmitouflé dans des fourrures, un hydromel chaud à la main. Heimdall lui posa une main sur l'épaule et le remercia encore de lui avoir sauvé la vie. Balder balaya sa gratitude sans décrocher son regard des flammes ; son frère adoptif l'avait sauvé en retour, aussi étaient-ils quittes. Il grelottait, mais lorsque Nanna proposa d'apporter plus de couvertures, il secoua la tête. Il avait froid de l'intérieur. Non, il n'était pas malade, la rassura-t-il alors qu'elle posait une main sur son front. Jamais il n'avait croisé la mort d'aussi près... Siegfried... Il était vraiment terrifiant... Lors de leur première rencontre, il avait déjà vu en lui de profondes blessures, l'isolant de ses semblables, mais aussi un grand sens de la justice et énormément d'honneur. L'homme qu'il avait vu en ce jour n'avait plus rien d'humain. Il était un dieu guerrier et vengeur, implacable et insensible. Il était réellement un dragon noir, pour qui le meurtre était aussi naturel que la respiration. Il était terrifié, terrifié à l'idée de le recroiser sur le champ de bataille. Jamais il ne pourrait vaincre un tel guerrier ! Il finirait dans le déshonneur, un Draug aux pieds de Syn, marchant sans but à jamais... Il serrait sa corne à boire à s'en faire blanchir les phalanges. Il posa la tête contre le sein de son épouse, laissant son cœur se réchauffer et sa peur se calmer. Nanna prit la parole, alors qu'elle lui caressait les cheveux :

– Pourquoi n'utiliserais-tu pas les tactiques des Anciens, décrits dans leurs tablettes ? Ceci devrait surprendre les Midlander.

Il ne répondit pas tout de suite. C'était un plan audacieux, mais elle avait raison... Il faudrait adapter la structure de leur troupe, mais ce serait faisable. Oui... S'il arrangeait les rangs ainsi... Et mettait en pratique la tactique du centre faible ou celle des trois lignes... Les Midlander ne s'y attendraient pas, habitués qu'ils étaient à des assauts directs... Il remercia Nanna et l'embrassa vigoureusement. Elle lui avait redonné la foi, et lui avait rappelé que la puissance pouvait s'exprimer autrement que par la force brute. Comment n'avait-il pas pensé plus tôt à ceci ? Elle sourit – parfois il suffisait d'un œil extérieur pour envisager les choses sous un nouvel angle... À quoi servait l'Histoire si l'on n'en retenait pas les leçons ? Il l'embrassa de nouveau avant de courir se plonger dans des heures d'une lecture qui lui était si familière. Là, dans l'ombre de ces lieux, il se sentait en confiance. Dans sa forteresse de solitude il était un roi puissant comme l'était son père sur le champ de bataille. Et ce savoir, qui était sien depuis des hivers, serait la clé de sa propre victoire, là où chacun n'y voyait qu'un ramassis de contes et de légendes. Même Thor, qui se moquait de lui pour le temps qu'il passait le nez plongé dans ses tablettes, serait forcé de reconnaître sa grandeur guerrière lorsque ses connaissances leur auraient apporté la victoire face à un ennemi invincible. Alors, tous verraient qu'il était bien le digne héritier de son père. Pour la première fois, il serait l'égal de Thor – non, il serait son supérieur – sur un domaine qui jusqu'ici lui était étranger. Il était tellement excité et désireux de prouver sa grandeur qu'il ne s'arrêta que lorsque le jour se mit à poindre par les ouvertures à la base du toit. Il courut dans la halle en réveillant tout le monde. Il savait comment repousser les Midlander, s'écriait-il. La réponse était là, sous ses yeux, si évidente !

Il expliquait le plan d'attaque, pointant du doigt sur une carte de peau. Depuis l'ouest, les Midlander ne pouvaient arriver que par une ligne droite entre les lacs et la forêt. Balder mènerait l'assaut frontal avec Heimdall tandis que Thor serait en renfort à l'arrière, sur le flanc gauche. Une fois que les Midlander se seront avancés, le flanc gauche et le flanc droit les encercleraient. Thor remarqua que c'était un plan audacieux mais risqué et se proposa de mener l'assaut frontal à la place de son frère. Mais le jeune roi refusa. S'il voulait se montrer digne du respect de ses guerriers, il devait prendre les mêmes risques. De plus, le voyant charger, le Svardrekkin partirait certainement à son encontre. Heimdall résuma en une phrase : Balder comptait servir d'appât... Le roi acquiesça. Il comptait sur ses compagnons pour comprendre pourquoi c'était une tâche qu'il ne pouvait confier à nul autre. Après un silence, Thor rugit de rire ; son frère était bien un Wodenson ! Il exprima combien il était fier de lui, et sa certitude que leur père l'était aussi, où qu'il fût. Ces mots touchèrent Balder bien plus qu'il n'en put dire. Dès que les guerriers seraient prêts ils partiraient à l'assaut.

Sous un ciel d'acier aux nuages défilant avec toute la vitesse de Windir, les guerriers attendaient. Attendaient. Attendaient. Leur patience fut récompensée lorsqu'ils virent poindre à l'horizon les bannières midlander. L'assaut fut vite lancé. Les guerriers s'affrontaient en hurlant et ils furent nombreux à retourner à la Dame en cette journée. Balder dirigeait l'assaut frontal, entouré de son Rempart de Bouclier. Petit à petit, les Æsir reculaient face aux Midlander. La bataille semblait mal engagée, et c'était exactement l'illusion que Balder souhaitait donner. Il vit Siegfried pénétrer ses défenses, guerrier après guerrier, se rapprochant dangereusement. Il regrettait la mort de chacun de ses camarades, mais telles étaient les règles de la guerre. Leur sacrifice permettrait d'emporter la victoire, ou du moins l'espérait-il. Il lui fallait attendre encore un moment. Juste un moment... Et finalement il lança l'ordre. L'arrière-garde déborda par les deux flancs, et les Midlander se retrouvèrent encerclés. Siegfried eut beau valoir dix guerriers au combat, il n'était qu'un homme. Petit à petit ils reculaient, jusqu'à ce que leur roi décidât de sonner la retraite.

Ce soir-là, chez Balder, la victoire fut dignement fêtée. Les guerriers buvaient, riaient et chantaient. À quelques pas, Thor était occupé à narrer son point de vue sur la bataille avec force exagération, Heimdall ajoutant parfois son mot. Tyr congratula Balder sur sa superbe tactique. Le jeune roi confirma que les écrits du Deuxième Âge étaient réellement enrichissants ; quel dommage que seulement un fragment subsiste à ce jour... Comment une telle civilisation avait-elle pu s'écrouler ainsi ? Tyr le mit en garde ; le Peuple du Deuxième Âge, en découvrant un savoir qui n'était pas à sa portée, avait grandi en arrogance. Petit à petit ils s'étaient éloignés de la Dame et du Seigneur, jusqu'à être totalement coupés de leurs dieux et de la nature. Voilà ce qui avait provoqué leur chute. Lorsque Balder demanda si c'était la Dame qui les avait détruits pour les punir, le Skald rit doucement. La Dame ne punissait pas les hommes pour leurs erreurs. Quelle cruelle déesse serait-ce là ? Non, c'était leur propre arrogance qui avait provoqué leur perte. Le Savoir Ancien ne leur était pas destiné. Il termina en invitant le jeune roi à tirer les leçons du passé, et à ne jamais oublier ses racines. Balder promit en retour de garder ceci en tête. Thor tituba vers eux, renversant le contenu de sa corne.

– Mon frère ! Je suis fier de toi ! Et Père l'est aussi, où qu'il soit ! Lorsqu'il sera de retour il verra combien tu as appris et te félicitera ! Tyr allait parler mais Balder l'arrêta discrètement. Quelle est la prochaine étape ? Par Donar, j'ai encore du Midlander à casser !

Ce disant, il fit voler un marteau imaginaire et heurta Heimdall, renversant le contenu de sa corne. S'excusant avec force rire, Thor asséna dans le dos de l'homme une vigoureuse claque amicale. Balder répondit après un silence. À présent, ils allaient reprendre l'offensive...

Siegfried maudissait Balder. Il ne savait comment, mais voilà que les Æsir remportaient presque toutes les batailles ces dernières lunes... Leur troupe de guerre exécutait des manœuvres qui lui étaient inconnues. Les Midlander les avaient écrasés lors de la bataille de la veille, mais à quel prix ? Les pertes avaient été extrêmement lourdes, de leur côté. Et Balder pouvait faire venir de nouveaux guerriers de Sigyngar, d'Hardangervid, ou de Folkvangar, restés en arrière-garde... Encore une *victoire* comme celle-ci leur coûterait sûrement la guerre... Siegfried n'avait que Balder pour cible. Si seulement il pouvait les séparer de leurs troupes afin de les combattre en petit comité... Il avait pensé le défier en combat singulier, mais il savait que le point de non retour avait déjà été atteint. Non, il lui fallait l'attirer dans un lieu où il serait désavantagé... Mais Sigmar protesta ; une embuscade ? Ils n'étaient pas des bandits de grands chemins ! Ils devaient les écraser en combat honorable ! Mais Siegfried fit remarquer que ses *combats honorables* ne les mèneraient qu'à la défaite. Ils avaient déjà perdu énormément d'hommes, et ne pouvaient se permettre d'en perdre d'autres, à moins d'en faire venir du Midland, ce qui était pour le moment hors de question à cause de la menace Thurse. Ils n'avaient pas le choix. Sigmar grogna que Donar n'aimerait guère cela. Il doutait que le dieu du tonnerre leur accorde la victoire, s'ils usaient de la ruse. Mais pour Siegfried, c'était les hommes qui obtenaient la victoire, non les dieux. S'il y avait une justice, ils n'auraient jamais permis que Krimhilde et Sigur lui soient pris. Les dieux les avaient laissés ; tout au mieux regardaient-ils, curieux de voir qui allait l'emporter. Et Siegfried comptait bien leur donner un spectacle inoubliable...

Freyja fut éveillée par des tremblements. Elle ouvrit un œil, se demandant si un orage venait d'éclater. Aux tremblements s'ajoutèrent des cris. Faisant signe à ses lynx de rester, elle se leva de sa couchette. Dans la pièce de vie de la halle, les guerriers s'habillaient et s'armaient en hâte. Elle demanda quelle était la situation, puis, lorsqu'elle vit que personne ne lui prêtait attention, exigea qu'on lui réponde. Finalement, les hommes semblèrent la remarquer. Odalrik lui expliqua ; ils étaient attaqués ! Les Midlander avaient pénétré Sessrumnir par la rivière ! Il lui intima de rester à l'abri avec les autres femmes ; ils allaient montrer à ces chiens de quel bois étaient faits les hommes de Folkvangar. Malgré la peur qui montait en son cœur, Freyja protesta. Sa place était à leurs côtés. À ces mots, l'homme sourit non sans fierté, mais resta ferme. Et lorsqu'elle lui fit remarquer qu'en tant que Thein, elle devait se battre avec eux, il lui rappela que c'était Odar, le Thein de Folkvangar. Gisela promit qu'elle veillerait sur elle, lui prit la main et la serra fort. Luttant contre la honte et la colère, Freyja resta immobile. Un temps indéterminé passa, au son des cris, du métal contre le métal, et du bois éclaté. Lorsque la porte de la halle s'ouvrit pour laisser passer Odalrik, un grand soulagement s'empara de Freyja. Elle fit quelques pas vers lui, le sourire aux lèvres, lorsqu'elle vit : Une lance avait transpercé son abdomen ! Il mit un genou en terre, et murmura entre deux crachements de sang :

– Freyja... C'est pour toi qu'ils viennent... Fuis !

Et il s'étala pour ne plus bouger.

Elle considéra avec horreur la flaque vermeille qui s'étalait sous le corps de son beau-frère. Et soudain, elle n'avait plus peur. Elle n'était plus une jeune fille effrayée, se cachant avec ses servantes, mais une Thein, une guerrière défendant son clan et son honneur. Fermant les yeux d'Odalrik, elle prit son épée et son bouclier d'entre ses doigts crispés et sortit de la halle. Gisela cria son nom, mais il était déjà trop tard, la jeune femme ne l'entendit pas. À la lueur de l'incendie embrasant tout Sessrumnir, elle vit Siegfried mener sa troupe, et une rage folle s'empara d'elle. Serrant les dents, le regard luisant d'une fureur qui lui était jusqu'alors inconnue, elle chargea, criant *Valkyria* par-dessus le tumulte ; *Celle qui tue au combat*, dans l'Ancienne Langue. L'échange avec son ennemi juré fut bref mais intense. Les coups fusèrent, contrés par les parades, et le combat fut vite rompu. Siegfried la considéra, un sourire froid aux lèvres. Comme son expression était dénuée de tout sentiment ! Freyja peina pour reconnaître le jeune homme qu'elle avait rencontré quelques lunes plus tôt. Elle savait qu'il se jouait d'elle. Il aurait pu la tuer maintes et maintes fois, mais il s'amusait comme le chat s'amuse avec le rat. Elle n'était pas de taille, face à lui. Refoulant des larmes de colère et de frustration, elle tenta un dernier assaut, tout en se préparant à rejoindre la Dame à son tour. Tous ces hommes morts sans qu'elle n'ait rien pu faire ! Elle se sentait responsable, tout en blâmant le Svardrekkin. Au moins mourrait-elle les armes à la main, à l'instar d'Odalrik et des braves guerriers de Sessrumnir.

– Saisissez-la ! cria Siegfried. Prenez quelques otages supplémentaires et fichons le camp d'ici ! La défense commence à s'organiser, nous serons bientôt en sous-nombre !

Elle sentit un musculeux guerrier l'agripper en ricanant. Soudain, l'homme laissa échapper un hurlement de douleur comme de rage et la libéra. Elle vit Hnoss et Gersimi repousser l'homme de leurs puissantes pattes. Elle entendit Siegfried ordonner qu'on tue ces bestioles et la saisisse immédiatement. Lorsqu'elle vit un groupe de guerriers pointer leurs épieux en direction de ses lynx, elle les rappela, et les animaux d'accourir vers elle en feulant. Réprimant les larmes qui perlaient au coin de ses yeux, elle fuit vers la première direction qui s'offrait, Hnoss et Gersimi sur ses talons.

– Ne la laissez pas partir !

– Je la vois, elle est là !

Freyja courait droit devant elle, aveuglée par l'épaisse fumée. À plusieurs reprises elle trébucha, pour se relever aussitôt sans oser regarder derrière elle. Elle finit sa course contre une maison à demi-écroulée par l'incendie, sanglotant, épuisée, incapable de plus longtemps marcher. Lorsque la fumée se dissipa, aux petites lueurs de l'aube, c'est au même endroit que ses guerriers la trouvèrent. Ils la relevèrent avec douceur et la ramenèrent vers la halle. Les Midlander étaient venus pour elle... Tous ces guerriers étaient morts en son nom ! Elle s'était enfuie, mais ils avaient pu malgré tout emporter quelques captives, dont Gisela. Elle posa sa tête entre ses mains fines. Et son regard se durcit soudain. Elle devait aller à la rescousse des femmes capturées ! Mais c'était impossible ; cette attaque avait été minutieusement planifiée. Les Midlander avaient fui par la rivière, coulant les navires locaux. Ils avaient emporté ou fait fuir les chevaux, et libéré les pigeons. Ils n'avaient plus non plus nulle provision. Sessrumnir n'avait aucun moyen de les poursuivre, ni de prévenir le roi de ce qui s'était passé... Ils n'avaient perdu que peu d'hommes, mais se retrouvaient complètement paralysés. Ils allaient avoir besoin d'autant de main-d'œuvre que possible, pour se remettre sur pieds. Alors Freyja prit une décision, malgré les protestations de ses guerriers. Elle irait seule jusqu'à Bliskirnir pour prévenir Thor ! Elle pouvait compter sur Hnoss et Gersimi pour chasser à sa place. Elle se sentait coupable et responsable ; toute cette destruction, juste pour elle. Valait-elle qu'Odalrik soit mort ? Gisela emmenée de force ? Elle devait réparer cette injustice, et faire payer le Svardrekkin ! La traversée fut longue et rude. Freyja n'avait rien pu prendre avec elle ; elle dut s'abreuver dans le courant de la Blanchécume, et fort heureusement, ses lynx partagèrent avec elle le maigre gibier qu'ils avaient chassé dans les mornes steppes. A chaque jour de marche intense, sous un ciel de plomb parfois transpercé d'un rayon de soleil automnal, elle parcourait autant de lieues que possible. L'urgence de la situation la tenait, la poussant à maintenir le pas jusqu'à ses dernières forces. Fort heureusement, la présence de ses chats la réconfortait, lorsque le soir elle s'écroulait près d'un feu de fortune pour dormir quelques heures.

Ce fut épuisée, couverte de crasse, de terre et de sueur, le cheveu en désordre et le souffle court, qu'elle parvint à Bliskirnir. Une semaine devait s'être écoulée. Elle avait quelque peu perdu la notion du temps. Elle fut immédiatement conduite à la halle, après que le guerrier posté à la tour de guet se fût précipité à sa rencontre, visiblement inquiet. Elle s'écroula en sanglotant dans les bras de Sif, qui lui demanda ce qui s'était passé avec plus d'affection qu'elle ne lui en avait témoigné depuis longtemps. Alors elle lui résuma les événements entre deux sanglots. Sans plus tarder, Sif fit envoyer un pigeon, en espérant qu'il n'était pas trop tard pour contrer les plans du Svardrekkin...

Siegfried ordonna que l'on amène les captives. Sigmar s'exécuta, et poussa sans ménagement une petite dizaine de femmes. Le Svardrekkin les considéra d'un œil pénétrant tour à tour. Son regard s'attarda sur deux jeunes filles qui se tenaient dans les bras l'une de l'autre. Il demanda à la plus grande si elles étaient des servantes de Freyja et obtint pour toute réponse un hochement de tête frénétique. Il désigna l'autre fille ; était-elle sa sœur ? Nouveau hochement de tête. Alors il lui expliqua ce qu'elle devrait faire : Elle prendrait ce cheval et ferait route vers le Breidablik. Une fois sur place, elle devrait dire à Balder que Freyja Vanadis avait été capturée et Sessrumnir détruite. Si le roi voulait retrouver sa chère amie vivante, qu'il fasse route vers le campement de Siegfried. La jeune femme s'en fut précipitamment, escortée par plusieurs guerriers qui l'aidèrent à monter en selle. Si elle le trahissait, il tuerait sa sœur après moult tortures...

– Mon roi, nous n'avons pas Freyja Vanadis avec nous..., lui fit remarquer Yngvar.

– Ceci, Balder ne le sait pas encore...

Siegfried laissa ses Theinar au camp pour s'occuper des otages et fit route à son tour. Il avait repéré l'endroit idéal pour une embuscade. Vu la topographie, une centaine d'hommes suffiraient. Un plus grand nombre ne ferait que les gêner. Le chemin le plus court, de Breidablik vers le campement des Midlander, passait par cette gorge située entre deux lacs. Ils s'embusqueraient dans la forêt alentours et attendraient que les Æsir soient engagés. Ensuite, ils abattraient cet arbre-là en travers de la route, coupant Balder de ses guerriers. Siegfried pourrait ainsi l'affronter sans être gêné. Les hommes s'exécutèrent et frappèrent le tronc de leur hache, jusqu'à ce qu'il ne soit qu'à quelques pouces de céder. Une fois embusqués, ils attendirent. Attendirent. Attendirent. Finalement, les éclaireurs revinrent. Une cohorte était en approche. Balder ouvrait la marche, et Thor la refermait. Siegfried sourit. Tout se passait jusqu'ici comme prévu. Il ordonna qu'on attende son signal, puis qu'on abatte l'arbre sur la route. S'ils frappaient vite et bien, ils pourraient occire Balder et repartir par les bois avant même que les autres n'aient réagi. Très vite, des bruits de trot retentirent. Son casque luisant au soleil, Balder guidait sa troupe à travers le chemin. Quelques instants plus tard Thor passa. Siegfried leva la main alors que la cohorte était bien engagée dans la gorge. Plusieurs hommes poussèrent de toutes leurs forces, et le tronc se brisa avec un *crac* sonore. Les chevaux ruèrent et piaffèrent, s'écartant du chemin. Balder était coupé du reste de sa troupe, en compagnie de quelques guerriers seulement. Avant qu'il ne puisse donner le moindre ordre, une pluie de pierre s'abattit sur eux, tuant ou blessant plusieurs hommes. En combattants aguerris, les Æsir levèrent leurs boucliers et se regroupèrent pour faire face à la menace, entourant leur roi. De l'autre côté, on entendait le martèlement des haches sur le tronc, accompagné des cris de Thor et de ses hommes. La bataille fut rude, et les Æsir se défendaient vaillamment. Ils avaient l'avantage d'être à cheval, dominant de leur hauteur les Midlander. Mais petit à petit, ils perdaient du terrain, et se retrouvaient acculés entre la forêt, le tronc brisé et le lac. Siegfried n'était plus qu'à quelques pas de son ennemi juré. Il raviva l'engouement de ses guerriers en promettant le titre de Jarl et des terres à qui lui rapporterait la tête de Balder. Engouement qui retomba bien vite lorsqu'ils entendirent un cor de guerre sonner. Une seconde troupe d'Æsir sortit de la forêt vers le chemin, plus haut, guidée par... Balder ? Les Midlander étaient désormais deux fois moins nombreux que leurs ennemis, et coincés par le tronc ! Quelle sorcellerie était-ce là ? Il reporta le regard sur l'homme au casque qui guidait les Æsir et ses yeux s'étrécirent. Soudain il comprit.

Siegfried esquiva de peu la coupe horizontale que l'imposteur tenta. Hurlant de rage, il riposta, mais les violentes ruades du cheval le tenaient à distance. Il s'adressa à Balder :

– Chien ! Par quelle sorcellerie as-tu pu découvrir mes plans ?

– Nulle sorcellerie, mais les augures de la Dame.

– Et quelque information lâchée par quelqu'un qui connaissait ta ruse..., ricana l'homme au casque.

Siegfried reconnut la voix d'Heimdall. Trahi ? Comment était-ce possible ? Lorsque Balder lui ordonna de se rendre, promettant que ses guerriers auraient la vie sauve, il hurla que jamais le Midland ne capitulerait. Comme un seul homme, ses guerriers attaquèrent. Siegfried trancha une tête, brisa un bras, empala un ennemi avant de le jeter sur d'autres, écrasant la gorge de ceux à terre de ses lourdes bottes. Il était un dieu guerrier. Il pouvait, à lui seul, renverser le cours de la bataille ! Il était invincible ! Il était –

Un grand coup sur la tête le calma. Dans un flou distant, il vit un marteau décrire un arc de cercle. Il tenta tant bien que mal de se relever, la tête bourdonnante, les sons de la bataille lui parvenant comme s'il était sous l'eau. Lorsqu'il regagna ses esprits, il était le seul Midlander debout. Devant l'ouverture pratiquée dans le tronc abattu, Thor le toisait. De nouveau, Balder lui intima l'ordre de se rendre et de retirer ses hommes d'Asaheim comme de l'Île-des-Glaces. Siegfried se relava péniblement. Il était... le Svardrekkin ! Il ne pouvait... être vaincu ! Balmung ! appela-t-il en tâtonnant pour son épée.

– En ce cas, une seule sentence, déclara Balder.

Ce fut alors qu'un immense loup surgit des fourrés, créant la surprise. Il se retourna vers Siegfried, et dans son unique œil grisé le roi comprit malgré l'absence de mots. Il agrippa d'une main la crinière, de l'autre son épée, et sauta sur le dos de la bête, qui bondit, rapide comme une flèche, et courut à travers le taillis. Le loup le déposa juste à la lisière de la forêt. Siegfried eut à peine le temps de se redresser que l'animal avait déjà disparu. Titubant, il se dirigea vers la côte, et poussa vers la mer la chaloupe qu'il avait laissée sur le sable au préalable. Il s'écroula dans la petite embarcation, laissant le vent le guider vers son campement insulaire. Après la courte traversée, il sauta dans l'eau et marcha vers le camp. Lorsqu'il appela Wilfrid, le Thein se précipita vers lui et offrit son bras pour le soutenir avant de s'enquérir de la situation.

– Un piège... Balder était prévenu de notre embuscade ! Lorsque j'aurai trouvé le traître, je lui ferai sauter toutes les dents et je lui ouvrirai la panse de là à là avant de donner ses tripes à bouffer aux loups !

– Calme-toi, mon roi, tu es en vie et la guerre continue. Nous massacrerons tous les traîtres une fois la victoire fêtée.

– Qui me dit que tu n'en es pas un ?

– Mon Roi, tu connais ma loyauté ! Jamais je ne ferai une telle chose, je préfère encore que Syn me prenne et que ses Draugar me dévorent vivant !

– Peut-être. Je ne sais plus que croire ni à qui faire confiance Je pensais mes hommes loyaux mais apparemment au moins l'un d'entre eux souhaite ma mort. Il me faudra être tout particulièrement prudent... Va chercher les autres Theinar et rejoignez-moi tous.

Siegfried avança difficilement vers sa tente, s'affalant dès qu'il le put sur un fauteuil et vidant une corne d'hydromel. Jamais il n'avait connu pareille défaite ni pareille humiliation. Malgré sa toute puissance, Thor lui avait asséné un coup à tuer un cheval, et ses compagnons se seraient chargés du reste si ce loup n'était pas intervenu.

À leur tour les Theinar poussèrent le rideau de la tente et saluèrent leur roi. Siegfried leur ordonna d'envoyer des corbeaux vers le Midland. Que les guerriers de Saxonia et de Thuringia les rejoignent, et que ceux de Westphalia et de Burgundia se tiennent en réserve. Il était risqué de drainer ainsi les défenses du Midland, mais ils n'avaient plus le choix. Les renforts ne mirent que quelques jours pour arriver, traversant la Mer Inerte. Siegfried et les autres vinrent les accueillir sur la côte sud, et les retrouvailles furent plaisantes, malgré les circonstances. Il fit la connaissance de Rurik, le fils de Hrothgar, qu'il n'avait jamais vu auparavant. Pour ce soir ils camperaient ici, puis partiraient dès demain. Ils remonteraient la rivière jusqu'à Bliskirnir, passant par les ruines de Sessrumnir. Mais ce fut dans une cité désertée que les Midlander pénétrèrent quelques jours plus tard. Les habitants avaient pris tout ce qu'ils avaient pu dans leur retraite. Seuls les animaux de ferme avaient été laissés là et gambadaient dans l'herbe boueuse entre les maisons longues.

Siegfried s'avança au milieu de la cour de la halle, poussant du pied un poulet curieux venu lui picorer les bottes, et ses yeux s'étrécirent. Ils avaient fui... Fui comme des chiens galeux ! Syn les emporte ! Ils étaient probablement à Breidablik à l'heure qu'il était. C'était une manœuvre intelligente ; ainsi ils auraient plus de chances de repousser un assaut que s'ils étaient divisés. Intelligente mais lâche...

– Rassemblez les hommes. Nous partons pour Breidablik. Nul doute que nos guerriers, frustrés de se voir une bataille volée, vont avoir soif de sang versé.

– Père, pourquoi fuit-on ?

– Nous ne fuyons pas, Magni. Nous nous regroupons pour mieux nous défendre.

– Ça ressemble à de la fuite, pour moi. On quitte la terre de nos ancêtres et on la laisse aux mains de ces sales Midlander.

– Seulement pour mieux la reprendre ensuite.

– Je ne pensais pas que Thor Wodenson avait donné ses couilles aux femmes.

– Surveille ta langue, petit ! Fils ou pas, je peux te rougir les joues jusqu'à t'inculquer le respect de tes aînés. Prends donc pour une fois exemple sur ton frère Modi. Il a au moins le mérite d'obéir et de se taire.

Thor éperonna son cheval pour rejoindre la tête de la

colonne. Magni n'insista pas et laissa les autres cavaliers le dépasser. Plus tard dans la journée, la compagnie fit une pause au bord de la Blanchécume. La mauvaise humeur de Magni n'était toujours pas retombée. Il en voulait à ses parents pour fuir comme des lâches, et à son frère pour ne rien oser dire et acquiescer au moindre mot de leur mère. Profitant du fait que les guerriers s'étiraient et préparaient leur maigre repas, il s'éclipsa du campement en direction des bois et des lacs, à l'est. Ils voyageaient sur la rive gauche de la rivière, afin d'éviter de croiser les Midlander. Une petite voix l'appela, ce qui l'agaça au plus haut point.

– Retourne au campement, Modi. Je veux être seul.

– Où vas-tu ?

– Nulle part qui te regarde.

– Magni, attends ! Je vais le dire à Mère, si tu pars, et elle te punira !

– Je suis un homme, une femme ne peut me punir !

Mais cela était faux, il le savait. Il n'était pas encore un homme, pas tout à fait.

– Même. Je le dirai.

– Ce que tu peux être agaçant, Modi ! Un vrai bébé... À ton âge j'étais déjà un grand, tu me fais honte.

– Mais moi je veux juste venir avec toi...

– Très bien, tu peux venir tant que tu cesses de pleurer et que tu ne dis rien à Père. Je veux juste explorer un peu.

L'enfant se fendit d'un sourire radieux et suivit son frère. Tous deux s'engouffrèrent dans les bois sous un ciel nuageux. Ils grimpèrent de petites buttes arborées, firent un festin de mûres sauvages, se délassèrent les pieds dans un ruisseau. Après un temps indéterminé, Magni estima que les hommes ne tarderaient pas à reprendre la route. Il leur fallait rentrer. Mais cette tâche fut plus ardue que le garçon ne l'aurait pensé. Au milieu de la forêt qui s'enténébrait, tout se ressemblait.

– On est perdus, n'est-ce pas ? dit Modi d'une voix effrayée.

– Tais-toi. On n'est pas perdus, je ne retrouve simplement plus le chemin. Mais il n'est pas loin.

– On est perdus et on va mourir dans cette forêt, commença de pleurer Modi.

– Ce que tu peux être stupide ! On ne va pas mourir ici ; on ne peut être qu'à quelques lieues du camp. Reste ici, je vais grimper à un arbre, voir si j'aperçois la Blanchécume.

Il escalada un frêne jusqu'à ce qu'une des branches ne casse. Perdant l'équilibre, il chut de plusieurs pieds sur le sol mousseux et lâcha un cri de douleur.

– Magni !

– Ce n'est rien ! Juste quelques égratignures, répondit-il les dents serrées. Mais le simple fait de poser le pied gauche à terre lui arracha un autre cri. C'était bien sa chance... Désormais il ne pouvait même plus marcher... Il réprimanda son frère qui pleurait à nouveau et proposa de rester ici. Quelqu'un finirait bien par les trouver. Et ils restèrent ainsi de longues heures durant, dans un silence seulement coupé par les reniflements de Modi. Le soleil atteignait l'horizon lorsqu'ils entendirent des cris, au loin. La puissante voix de leur père ! Il l'appela de tous ses poumons et la clameur se rapprocha. Enfin, la silhouette massive de Thor se dessina dans la pénombre entre les arbres, accompagnée de quelques guerriers. Il les appela en courant vers eux et Magni put aisément lire le soulagement sur son visage. Thor le prit dans ses bras, le gifla, puis le prit à nouveau dans ses bras. Modi enserra leur père en pleurant.

– Êtes-vous tombés sur la tête ? À cause de vous nous avons perdu une demi-journée de chevauchée, alors que le Svardrekkin est à nos portes ! Êtes-vous inconscients ?

Il soupira.

– Venez, rentrons.

Lorsqu'il prit Magni par la main et le releva, l'enfant lâcha un cri de douleur.

– Je me suis blessé la cheville.

– Ce n'est rien, je vais te porter.

– Père, non ! Je peux marcher. Si seulement tu veux bien me soutenir... Je ne veux pas que les guerriers me voient porté comme un bébé ou un infirme.

– Très bien. Donne-moi ton bras, je t'aiderai à marcher.

Lorsqu'ils arrivèrent enfin au campement, la nuit tombait. Sif se précipita vers eux, ses longs cheveux d'or battant derrière elle, et prit Modi dans ses bras en murmurant :

– Mon bébé, oh mon bébé !

Les Æsir étaient regroupés dans la halle de Breidablik et organisaient les défenses. Curieux, Magni écoutait le plan de Balder. Apparemment, les Midlander n'auraient guère le choix. Ils devraient emprunter le pont de la Grande Porte pour entrer et ne pourraient placer des échelles que sur quelques pieds avant que la montagne ne les en empêche. Les Æsir devraient donc concentrer leur défense ici, (il pointa un doigt vers le chemin de ronde) et là (il désigna chaque berge de la rivière, juste après la porte.) La Blanchécume coupait Breidablik en deux mais n'était franchie que par trois ponts. Ils devraient donc les garnir chacun pour ralentir les Midlander. Moins ils seraient nombreux à passer en même temps, plus ils seraient vulnérables. Thor proposa de faire venir Loki et les guerriers de Sigyngar en renfort. Mais Balder expliqua que ce serait risquer de voir les Midlander remonter vers le nord-est, saisir Snaptun, et ainsi les encercler totalement. Magni tira sur la manche de son père et s'enthousiasma ; il voulait se battre ! Thor rit en retour. Son fils n'avait que onze hivers ; sur le champ de bataille que voudrait-il faire ? Mais l'enfant au pied bandé insista. Il voulait tuer du Midlander ! Il voulait défendre son royaume ! Balder sourit.

– Tu es bien le fils de Thor Wodenson. C'est pourquoi je vais te confier une importante tâche : défendre ton oncle Höd, les enfants et les femmes. Tu ne dois quitter la halle sous nul prétexte, d'accord ?

Les yeux du garçon s'agrandirent d'une stupeur ravie.

– Et toi, Modi, qu'en penses-tu ? demanda Thor. Veux-tu aussi tuer du sale Midlander avec ton frère ?

À la grande honte de son frère, le garçon ne répondit pas et se cacha un peu plus derrière sa mère. Sif protesta en le serrant un peu plus contre elle. Il n'avait que sept hivers. Il était bien trop jeune.

– Bah, à son âge Magni aurait eu tout aussi hâte de se battre et de se rendre utile... Mais je suppose qu'avec l'âge viendra le courage, si tu es bien un Wodenson...

– Je n'aime guère ces insinuations, mon époux... Car contrairement à toi, je n'ai jamais passé la nuit avec une putain.

– Eh ! s'exclama Freyja.

– Pas devant les enfants, Sif.

– Sinon quoi ? Tu vas me frapper, Thor Wodenson, vaillant combattant ? Tu vas frapper ta femme ?

– Est-ce bien le moment de vous quereller à ce sujet ? Le Svardrekkin est à nos portes, et –

– Reste en dehors de cela, petit frère !

– Ton *petit frère* est roi d'Asaheim, ne l'oublie pas !

– Roi d'Asaheim ou non, il peut prendre ma main dans le museau !

– Qui est une putain ? s'indigna Freyja.

– Personne ne te parle, Vanyne, répliqua Sif.

Le ton monta en même temps que la tension. Magni ne comprenait guère l'objet de cette dispute. Pourquoi sa mère venait-elle de traiter Freyja de putain ? Puis soudain Thor éclata de rire.

– Regardez-nous, nous battre comme de vulgaires fermiers alors que l'ennemi nous envahit ! Mon frère a raison, c'est sur les Midlander qu'il faut frapper, pas sur nos frères et sœurs.

Lorsque chacun fut calmé, Magni promit de veiller sur sa Mère, Höd, Frigg, Nanna et Freyja. Mais cette dernière le rectifia ; elle combattrait elle aussi. Thor et Balder eurent beau insister, rien ne la fit changer d'avis. Elle expliqua qu'il en était de son devoir de Thein, femme ou pas, et qu'elle devait venger la mort d'Odalrik. Malgré lui, Magni se prit à admirer le courage et la détermination de cette dame. À sa façon, elle se montrait plus homme que Modi, et le jeune garçon ne savait qu'en penser.

– Il va falloir trouver une tenue pour la dame..., dit Thor après un silence.

Lorsque les Midlander arrivèrent devant Breidablik, quelques jours plus tard, ils trouvèrent effectivement place bien gardée. La ville, sise sur un plateau à l'entrée de la Couronne Gelée, était imprenable. De chaque côté de la Grande Porte s'élevaient les pics rocheux, parsemés de quelques arbustes courageux. La Blanchécume qui traversait la cité fortifiée constituait un obstacle de plus à franchir. Il n'y eut nul pourparler. Nul brave discours. Nulle héroïque provocation en duel de roi à roi. Seulement un assaut qui vint se fracasser sur la Grande Porte. Les béliers tambourinaient sur le bois, tandis que des échelles de fortune étaient posées contre la palissade. Les guerriers en première ligne protégeaient leur tête des rochers lancés en levant haut leur bouclier, et derrière, les archers décochaient traits sur traits. Afin de semer le chaos et la confusion, des bottes de pailles enflammées étaient lancées. Sur le chemin de ronde, Siegfried vit Balder hurler des ordres et repousser du pied les échelles posées, accompagné de Heimdall. Plus loin, Tyr le Skald encourageait les troupes par ses chants guerriers, la harpe à la main. Lorsque la porte céda enfin, les Midlander furent dans la place. Toujours se protégeant de la pluie de pierres, ils progressaient, repoussaient les Æsir jusqu'à la maison longue de la halle de Balder, entourée d'autres habitations de bois. Du haut des flancs rocheux entourant la cité apparut soudain un autre groupe d'archers qui prit l'envahisseur par surprise. Siegfried ordonna d'un cri de se mettre à couvert après qu'une première vague ait déjà rougi la boue herbeuse piétinée par les bottes. Dos aux habitations, les Midlander répliquèrent. Très vite, les archers restés en retrait furent à leurs côtés, et les hommes armés de haches et d'épées purent avancer, couverts par les traits de leurs alliés. Siegfried progressait vers la halle à grands coups d'épée, se taillant un chemin dans la chair et le sang lorsqu'il vit que Balder avait descendu le chemin de ronde et s'était jeté dans la mêlée, au milieu de l'épaisse fumée. Il avança vers lui en hurlant son nom mais une imposante silhouette à la chevelure rousse hérissée vint s'interposer entre eux. Thor... Du coin de l'œil il vit Freyja et Heimdall se positionner de façon à l'encercler. Il éclata de rire.

– Quatre contre un ? Allons, c'est inéquitable... Venez plutôt à quarante !

Il chargea droit vers Balder, qui n'eut guère le temps d'esquiver, tout juste parer, avant de tomber les quatre fers en l'air ; l'arc de cercle qu'il décrivit en se retournant ne fut évité que de justesse par Freyja ; puis la pluie d'estafilade qui tomba drue sur Thor le laissa sans possibilité de répliquer. La jeune femme tenta une ouverture : abandonnant le géant roux, Siegfried dévia la lame et flanqua un revers de la main gauche dans le visage de la dame, avant de parer le coup de marteau qui visait sa tête. Il sentit un déplacement d'air dans son dos ; le pas de côté qu'il fit avant de projeter un coude dans le dos de l'assaillant envoya Balder heurter Heimdall. Il se retourna vers Freyja et feinta, d'abord visant la tête en un mortel trait vertical pour mieux dévier sa lame d'un volte-face et viser son buste. La maille explosa en une myriade d'éclats de fer et laissa la dame sonnée au sol, sa poitrine exposée. Siegfried était invincible. Se tenant droit au milieu des cadavres, il était un dieu guerrier et vengeur. Il abattait quiconque s'attaquait à lui. Il levait sa lame pour porter le coup de grâce à chacun des chefs ennemis, Freyja la première, lorsque deux lynx lui sautèrent dessus et le renversèrent. Les griffes félines n'entamèrent pas même le métal noir de l'armure mais passèrent dangereureusement près de ses yeux. Balmung fila vers eux, et les des bêtes bondirent à distance. Lorsque Siegfried se releva, Thor se tenait debout devant lui, marteau en main. Derrière, il vit Heimdall aider Tyr à traîner leur roi et Freyja tant bien que mal hors de la zone de combat. Il adressa un salut de son épée à l'Ours Roux. Puis il attaqua. Balmung brisait chacun des assauts du marteau de Thor. Le métal noir de l'armure absorbait les quelques chocs qui le cognaient malgré tout. Il échangea quelques coups encore avec Thor avant de décider que le jeu avait assez duré. Un trait de Balmung trancha le marteau propre et net sous la tête. Un second lui dessina une profonde entaille sur le buste. Un troisième traversa son flanc, le laissant tomber à genoux au sol. Siegfried leva son épée. Hésita. La laissa retomber mollement. Pas ainsi... C'était trop facile. Il ne gagnerait aucun honneur ni aucune gloire s'il achevait ainsi son adversaire. D'un coup de pied, il l'envoya rouler au sol. Le corps dévala toute la colline hors de Breidablik, le long de la Blanchécume. Qu'il survive s'il en avait la force... Siegfried resta immobile, souriant froidement ; Balder était brisé, humilié, impuissant. Breidablik était sienne. Et puis, il avait de précieux otages...

Il pénétra dans la halle. Il restait visiblement un Æsim qui n'avait ni fui ni péri, caché qu'il était parmi les femmes. L'homme semblait être aveugle ; il demandait ce qui se passait, en agitant la tête en tous sens, ses yeux blancs immobiles. Siegfried ordonna qu'on les capture tous vivants. L'une des femmes cracha que jamais il ne ferait d'eux ses esclaves. Il sourit et ordonna qu'on l'amène à lui.

– Laisse ma mère tranquille ! cria un garçon d'une dizaine d'années en brandissant une épée presque aussi grande que lui.

L'enfant chargea, sous le regard amusé de Siegfried, qui l'envoya au sol en un tournemain. Que voilà un ourson bien féroce... Sigmar s'approcha et demanda s'il devait le tuer. Siegfried savait que son Thein l'aurait fait sans hésitation. Mais ce n'était qu'un enfant. Les captifs seraient bien plus utiles vivants que morts. À moins, bien sûr que ces dames ne lui opposent résistance, auquel cas il les ferait dépecer vivants... À ces mots, elles jetèrent leurs armes en le maudissant. Quelque part, Siegfried était soulagé. Il aurait mis sa menace à exécution, bien qu'il n'eût plus nulle envie d'ajouter sang innocent sur sa lame ; ces enfants n'étaient pas responsables des actes de leurs parents.

Dehors, les corbeaux picoraient déjà les cadavres éparpillés dans Breidablik. Les Midlander ramassaient les morts et les déplaçaient vers les bûchers dressés sur le plateau, devant la cité. Parmi les Æsir capturés, Siegfried reconnut la jeune fille qu'il avait envoyée pour attirer Balder dans son piège. Il s'approcha d'elle à grands pas, prit sa mâchoire dans une main de fer et exigea de savoir si c'était elle qui avait dévoilé son plan. La jeune fille, secoua la tête frénétiquement, les yeux emplis de larmes. Elle allait ajouter quelque chose lorsque Siegfried planta Balmung entre ses seins avant de se détourner d'elle. La victoire n'avait pas de saveur. Ses guerriers semblaient heureux, fiers et revigorés par l'issue de cette bataille. Pourtant lui-même ne ressentait rien. Seul un vide sombre et glacial enveloppait son cœur. Il avait accompli sa vengeance et capturé Brynhilde. Il avait repoussé les Thurse. Il avait défait les Wodenson et conquis Asaheim au passage, chose que nul n'avait jamais accomplie. Il était le Dragon Noir, avait soumis le monde à ses pieds, et pourtant... Plus rien ne lui restait. Plus nulle envie, rien d'autre que cette rage, cette haine, cette soif de sang, de destruction. Peut-être désirait-il, au fond, provoquer la sienne ? Périr au combat et enfin reposer avec les dieux, avec Krimhilde, la douce et belle Krimhilde, et avec Sigur, son cher enfant. Mais cette pensée, loin de lui apporter du réconfort, ne fit que nourrir sa colère et nouer ses entrailles. Il ne pouvait pas mourir. Le sang de Fafnir lui avait octroyé un grand pouvoir mais aussi une terrible malédiction. Serrant les dents et les poings, il laissa là les guerriers occupés et retourna dans la halle. Sans ménagement, il fit amener à lui l'enfant qui l'avait défié.

– Gamin, quel est ton nom ?

– Magni Thorson.

– Et comment s'appelle ce petit froussard qui se cache derrière ta mère ?

– Modi.

– Magni Thorson, tu seras désormais mon servant, et ton frère aussi.

– Jamais on ne sera tes esclaves !

– Vous le serez si vous tenez à la vie de votre mère...

Le garçon ne répondit rien mais fixait Siegfried du regard.

Le roi lui proposa un marché. Magni serait à son service au quotidien ; il fourbirait ses armes, préparerait ses vêtements et sa couche, servirait ses repas et ferait ses commissions. En contrepartie il pourrait, et ce sans crainte de représailles, tenter de le tuer à tout moment. Pour toute réponse, Siegfried s'entendit annoncer qu'il était déjà mort sans le savoir encore. Il souriait de l'ardeur de ce petit ourson lorsque Sif s'inclina bien bas, l'implorant de la laisser le servir elle aussi. Elle ferait tout ce qu'il désirerait, et ne demandait qu'une chose en retour : qu'il traite bien ses enfants. Il entendit Nanna la traiter de salope traîtresse à demi-voix. L'épouse de Thor, à sa botte ? Si ses fils et elle lui procuraient un service satisfaisant, ils auraient une vie plutôt plaisante. Sif s'inclina et le remercia. Il s'approcha et passa une main le long de la hanche de la jeune femme, remontant jusqu'à sa poitrine galbée. Même à travers le cuir de son gant, il sentit la peau frémir de peur, ou de dégoût, ou bien peut-être les deux.

– Tu es prête à tout pour protéger tes fils.

– À tout.

– Nous verrons cela les prochaines nuits...

Et la promesse fut tenue. Le soir même, il fit venir Sif en sa couche, et si la jeune femme était froide et impassible, elle se plia à tous ses désirs. Caressant sa peau et ses cheveux d'or, il sentit à nouveau ce frisson de dégoût la parcourir, mais n'en tint nul cas. Il la prit encore et encore, la força à le contenter de sa bouche. Et à chaque fois qu'il la prenait, il repensait à la trahison de Brynhilde, au suicide de Krimhilde, et toute sa rage et sa douleur refaisaient surface.

Les Æsir s'étaient rassemblés en un campement hâtif, sur les plaines de Breidablik, à l'est, sous un ciel gris aux nuages défilant à toute allure. Balder se reposait avec les autres blessés, allongés sous une tente de fortune. Lorsqu'il lui posa une main sur le front, Tyr constata que la fièvre le dévorait. À l'inverse, Thor se remettait plutôt vite. Le Skald laissa les deux frères et sortit à l'air libre. Que faire, désormais ? Breidablik était perdu, Balder entre la vie et la mort... Même le puissant Thor n'avait rien pu faire. De plus, il manquait de matériel pour soigner les blessés. La meilleure solution était de se rendre chez Loki. Si le roi survivait au voyage... Ils marchèrent donc vers l'est, dans un silence morose, le moral au fond de leurs bottes humides. Le roi était transporté sur un brancard et dormait d'un sommeil agité. À ses côtés, son frère était soutenu de manière similaire. Ils arrivèrent à Snaptun au coucher du soleil, illuminant de rayons pourpres la plaine solitaire. La grande palissade de bois se détachait, sombre, contre l'herbe ambrée. Tyr s'approcha de la porte et gonfla ses poumons.

– Loki Laufeyson ! Ouvre-nous, ouvre à ton Roi !

Après de longues minutes, une femme d'âge mûr apparut sur le chemin de ronde, au-dessus de la porte.

– Tyr Ymirson, est-ce toi qui fais tout ce raffut ? Comptes-tu alerter les dieux eux-mêmes ?

– Sigyn, ouvre-nous ! Breidablik n'est plus.

Les lèvres rouge sombre de la dame s'étrécirent en un « O » muet. Elle ordonna qu'on ouvre la porte et qu'on mène les visiteurs dans la halle pour leur servir boissons et viandes. Les rescapés traversèrent le chemin de terre qui ondulait entre les basses maisons de pierre jusqu'à la grande salle de bois aux boucliers ornés d'un serpent vert, sous les regards inquiets de leurs compatriotes. Ils avaient assis Balder sur l'un des fauteuils près de l'âtre central. Tyr fronça les sourcils ; le roi avait une côte fêlée et la cheville tordue. De plus, un violent choc avait comprimé son thorax, gênant sa respiration. Lorsque Tyr lui prit la cheville et d'un coup sec la fit tourner sur son axe en un craquement sonore Balder hurla. Le Skald le serra par le dos et débloqua son thorax, lui coupant le souffle quelques instants. Le roi resta immobile, le menton sur la poitrine. Il ne restait plus désormais qu'à bander son poitrail pour que la côte se répare. Que Balder boive le breuvage qu'il lui apporterait tout à l'heure et à son réveil il irait mieux. Heimdall proposa de l'aider à cueillir les herbes dont il avait besoin. Quel brave garçon... Le Skald se remémora avec un sourire combien il avait toujours été serviable. Puis il balaya les remerciements de Thor, qui lui flanqua dans le dos une tape à décoller un ours. Une voix haute les interrompit. Loki venait d'entrer dans la halle, ses deux fils sur ses talons. Les yeux du Skald s'étrécirent ; il n'avait jamais apprécié les deux serpentaux... Lorsque Freyja lui résuma la situation, Loki eut l'air sincèrement surpris. Il eut la décence de ne faire aucun trait d'esprit et s'enquit plutôt de la santé du roi. Tyr n'eut pas le temps d'ouvrir la bouche que Thor déjà répondait :

– Il vivra. Contrairement à Siegfried lorsque j'aurai mis la main dessus... Il saura vite quel goût a mon marteau !

– Si j'en crois ton état, personne n'a récemment goûté à ton marteau, mon grand ami... Thor Wodenson aurait-il fui comme un lâche ?

– Pas « fui » ! C'est une... *retraite stratégique*, comme le dit Freyja.

– Donar n'a guère de quoi être fier de vous... Mais il s'agissait probablement de la réaction la plus intelligente à avoir. Notre dieu des tempêtes, à l'instar de notre ami Thor, est plus réputé pour ses prouesses guerrières que pour son jugement. Racontez-moi.

Et Freyja lui narra la bataille de Breidablik, et comment les hordes du Midland avaient déferlé sur la cité. Comment à lui seul le Svardrekkin avait renversé le cours de l'affrontement. Loki leur assura que sa demeure était leur demeure, en ces temps troublés. Du moins tant qu'ils lui laissaient sa bière, et qu'ils ne touchaient à rien. Oh, et Thor dormirait aux écuries pour sa peine. Le gaillard s'emporta avant de comprendre. Il se passa une main sur la nuque en regardant de côté. Un silence s'installa. Que devaient-ils faire, désormais ? Thor souhaitait rassembler autant de guerriers que possible afin de libérer les otages détenus par le Svardrekkin, mais Tyr lui fit remarquer qu'ils n'avaient aucune chance de reprendre ainsi Breidablik. Mais ils ne pourraient non plus tenir Snaptun face aux Midlander, si ces derniers contrôlaient jusqu'à la Blanchécume. Alors Tyr eut une idée. Une idée peut-être folle, mais c'était à ses yeux la seule solution pour continuer la guerre. Lorsqu'il annonça son projet, il obtint les réactions qu'il attendait. Mais après tout, qu'y avait-il d'étonnant à cela, lui qui souhaitait demander asile aux Elfar ? Les clans d'Alfheim n'étaient guère en bons termes avec les Æsir, il fallait le dire... Mais Tyr insista : il ne voyait aucun autre refuge sûr. Les Midlander n'oseraient violer Alfvid, et s'ils le faisaient, ce serait à leur désavantage. Depuis ce point stratégique, ils pourraient organiser la défense et reprendre la guerre. Le Svardrekkin ne s'arrêterait probablement pas là, maintenant qu'il tenait Asaheim, surtout avec des otages d'une aussi grande valeur. Loki renifla ; il avait hâte de voir la tête que feraient les Elfar lorsque les grosses bottes des Æsir fouleraient le sol de leur précieuse et délicate forêt. Il fut convenu qu'ils feraient un détour pour récupérer Nep et son clan. Lorsque Loki se tourna vers Vali pour lui ordonner de faire envoyer un corbeau, l'apostrophé siffla :

– Me prends-tu pour un serviteur ?

– T'ai-je dit d'envoyer la bestiole toi-même ? Demande à un larbin de le faire, tout simplement.

– Mes excuses.

Le jeune homme s'en fut d'un pas rapide. De tout son cœur, Tyr espérait que les Elfar daigneraient leur accorder l'asile.

IV

AMI DES ELFAR

– Et moi, je te le dis sans honte ni détour,
Tu n'es qu'un Nain pourri, Et le seras toujours !
– Sale Elf de malheur, de quel droit parles-tu ?
Sans nul tarder, sur l'heure je te bott'rai le cul !
– Encore eût-il fallu, vil petit personnage,
Que cet organe précis, ta tête le dépasse ;
Quand on te voit ici, prends garde que dans ta rage
Tu ne confondes pas mon cul avec ta face !

Anonyme, *Le Lai des Frères Ennemis.*

– Yaaaah !

Magni brandit un poignard et se rua sur son geôlier en hurlant. Cette fois il le tuerait ! Mais le Svardrekkin dévia l'arme aisément et lui tordit si fort le bras qu'il lui arracha un cri. Trop évident, sourit son ennemi juré. La prochaine fois, qu'il essaye en silence. Mais Magni se jura de réussir, pas d'essayer, la prochaine fois. Tout était de la faute de Modi, ce sinistre idiot ! Il lui avait demandé de distraire le Svardrekkin, alors pourquoi était-il resté planté là ? Si son frère l'avait aidé, l'usurpateur serait déjà mort, et ils seraient des héros ! Père les aurait félicités à son retour ! Il ne mâcha pas ses mots pour faire comprendre sa colère et sa déception à Modi, qui se justifia ; le Dragon Noir lui faisait peur, il n'avait pas osé... Magni le coupa :

– Pah ! Tu es sûr d'être le fils de Thor Wodenson ?

– Mais ! Ne dis pas ça !

Modi éclata en sanglot. À ce moment, leur mère intervint et sermonna Magni avant de lui assurer qu'ils étaient bien tous deux les fils de Thor. Le jeune garçon ne put retenir sa langue ; comment osait-elle parler, elle qui était la putain du Dragon ? Il reçut une gifle. Puis une autre. Et encore une troisième. Ses yeux étaient humides mais il retint ses larmes, car un homme ne pleurait pas. Il vit que sa mère en faisait de même, jusqu'à ce qu'elle tourne les talons pour éclater en sanglots, cachant son visage de ses mains et bousculant Nanna sur son passage. Le lendemain, il était en train de nettoyer le sol, lorsque le Svardrekkin s'adressa aux Æsir devant lui. L'usurpateur avait fait décrocher et briser tous les boucliers ornés de cerfs blancs pour les remplacer par les siens. Le loup faisant face à un dragon mettait le jeune garçon mal à l'aise, et il évitait de trop regarder le bois peint. Sur le trône qui fut autrefois celui de Balder, le Svardrekkin toisait plusieurs formes prostrées. Il leur ordonna de faire passer le mot : Balder et les Theinar avaient fui Asaheim et se terraient comme des lâches. Ils avaient abandonné leur peuple et ne reviendraient pas. Si les captifs refusaient, ils verraient leurs familles massacrées. Magni vit que derrière le heaume qui lui cachait le visage et lui donnait l'aspect irréel d'un dieu guerrier d'une antique légende, le Svardrekkin considérait d'un œil froid les captifs qui opinèrent, tête basse. Encore une fois, il ne put se contenir :

– Mon père n'a pas fui ! Il va revenir et te fendre le crâne, à toi et tous tes chiens de Midlander !

– Tu sembles plus téméraire que ton frère.

– Mon frère est un pleurnichard, mais moi je suis comme Père. Je n'ai peur de rien ! Parfois j'ai honte de Modi.

– Ne sois pas si prompt à le juger. Souvent sous un aspect fragile se cache un cœur d'acier. Ton frère démontrera son propre courage lorsque le temps sera venu. D'ici là, tu dois le soutenir, le guider par ta propre force, non l'en éloigner.

Magni était interloqué ; des paroles si douces, dans la bouche d'un homme si dur ?

– Comment un monstre comme toi pourrait-il comprendre ?

– Tu m'appelles « monstre ». Pourtant regarde autour de toi : Vois-tu les Æsir torturés ou massacrés ? Es-tu toi-même maltraité ?

– J'ai entendu dire des choses sur toi, lorsque Père et Oncle Balder parlaient. Des choses terribles.

– J'ai commis des actes que les dieux et les hommes me reprocheront à jamais, il est vrai. Mais tout ce que je fis avait une raison.

Magni était décontenancé. Depuis le début de la guerre, il détestait cet ennemi, dépeint comme un monstre, un grand dragon noir ne répandant que la mort sur son passage. Et pourtant, il n'avait devant lui qu'un homme. Brutal, certes, froid et dur comme de la glace, mais bien un homme. Il avait entendu Oncle Balder parler de Siegfried tel qu'il était avant la guerre, et se surprit à se demander ce qui avait pu faire choir ainsi un tel homme. Jusqu'ici il n'y avait jamais pensé. Plus tard, en pleine nuit, Magni s'éveilla brusquement. Il ne parvenait à dormir correctement, et ne faisait qu'entrer dans un sommeil agité pour en sortir quelques instants après. Il massa son bras endolori après son énième tentative manquée d'abattre le Svardrekkin dans la soirée. Dans le silence de la halle seulement perturbé par le crépitement d'un feu agonisant, il entendit un son étouffé. Des voix ? Non, *une* voix. Se levant sans bruit, il passa dans le dos du guerrier qui montait la garde près du feu et se dirigea vers l'origine du son. Cela provenait du fond de la halle, près du trône qui fut celui de son oncle jusqu'à ce que le Svardrekkin ne l'usurpe. Tapi dans l'ombre, il jeta un coup d'œil discret et ce qu'il vit le fit ciller de surprise : le Dragon Noir était assis sur sa couche, les bras croisés sur le torse, la tête basse et cachée par ses longs cheveux châtains. Il se balançait d'avant en arrière, murmurant d'une voix sourde : Krimhilde... Sigur... Oh Krimhilde, oh Sigur...

Sans un bruit, Magni fit lentement demi-tour, trop interloqué pour pouvoir penser quoi que ce fût de cette scène. Comme le Svardrekkin semblait changé, le lendemain ! Il était à nouveau le terrible chef de guerre, conquérant d'Asaheim, à tel point que Magni se demanda s'il s'agissait du même homme, sous le heaume. Pourtant, la voix était bien la même que celle qui, quelques heures auparavant seulement, implorait des noms inconnus. Magni était occupé à servir le déjeuner du Dragon lorsque l'un de ses Theinar entra dans la halle. Il informa son roi que les éclaireurs étaient rentrés ; Snaptun et Nökkvi étaient désertées, ainsi que les quelques villages sur la route de l'est. Seuls étaient restés les quelques uns qui refusèrent de partir, dont la plupart étaient des vieux ou des indigents. Magni feignait de ne pas écouter la conversation, espérant glaner quelque information sur son père. Mais le Svardrekkin tourna la tête vers lui et sourit :

– As-tu entendu, gamin ? Ton père et ton oncle fuirent aussi loin que leurs jambes de lâches le leur permirent.

Le roi et ses hommes rirent, mais Magni ne pipa mot. Il savait qu'il n'en était rien. Il savait que ce n'était là qu'une *retraite stratégique*, comme avait dit son père. Il savait que Thor Wodenson reviendrait libérer son peuple de l'oppression ! Une fois le silence revenu, il voulut demander au Dragon qui étaient Krimhilde et Sigur, mais il n'en fit rien. Il se doutait que le Svardrekkin n'apprécierait guère cette intrusion dans son intimité. Il le tuerait certainement pour cela, ou bien il tuerait sa mère ou Modi. Peut-être même les trois. Le roi lui demanda soudain ce qu'il avait à le fixer ainsi depuis tantôt. Magni ne s'en était même pas rendu compte. Il se hâta de débarrasser le repas terminé du Svardrekkin avant de masquer son désarroi par une réponse qu'il voulait pleine d'assurance ; il réfléchissait simplement à la façon dont il allait bientôt le tuer. En retour, le Svardrekkin lui sourit froidement. Ce soir-là, comme tous les soirs depuis plusieurs semaines, Magni s'approcha de la couchette du Svardrekkin sans bruit. Comme tous les soirs, il passa aisément le guerrier qui se tenait près du feu ; il soupçonnait que le roi lui avait ordonné de fermer les yeux sur ses déplacements. Comme tous les soirs il leva le couteau. Il ressentit une vague de dégoût, de colère et de déception à la vue du corps nu de sa mère, blotti sous les couvertures. Il comprenait son sacrifice et compatissait, mais ne pouvait s'empêcher de la haïr pour ce qu'elle acceptait de faire. Habituellement, c'était à ce moment-là que le dragon s'éveillait. Il désarmait Magni et l'envoyait à terre avec un sourire froid. Mais cette fois-ci, le Svardrekkin ne bougea pas. Magni hésita ; il l'avait à sa merci. Il pouvait le tuer dans son sommeil et ainsi mettre fin à la guerre. Bien que le meurtre soit lâche, et que Père ou Oncle Balder auraient mérité de défaire l'ennemi en combat singulier, la fin était la même. Pourtant il retint son bras et demeura immobile un long moment, le souffle court, avant de faire demi-tour. Retournant silencieusement vers sa couchette, il ne vit pas les yeux grands ouverts du dragon.

Tyr était en vue de la lisière d'Alfvid. Déjà il ressentait l'intensité du Rayonnement Magique, si fort qu'il en avait la tête légère. Lorsqu'il y pénétra, laissant sa monture à l'orée, il perçut l'aura singulière de la forêt silencieuse. Il prit garde à marcher les mains bien visibles, sa harpe en bandoulière. Une flèche vint se planter à ses pieds. Sans s'affoler il s'arrêta, sachant qu'un geste lui vaudrait la mort. Il se présenta d'une voix claire et assurée, et une autre voix lui répondit, une voix qui semblait venir de partout et de nulle part.

– Quelles sont tes affaires ici, Skald ?

– Je viens quérir l'aide de votre roi face à une sombre menace.

– Les Elfar n'ont que faire des affaires des hommes.

– C'est s'attirer la colère des dieux que de refuser l'hospitalité à un Skald !

Le silence lui répondit. Finalement, une petite silhouette chut prestement d'un arbre, arc en main. Ses vêtements couleurs d'automne et ses longs cheveux d'or roux se fondaient parfaitement dans le feuillage. Guère étonnant que Tyr ne l'ait vu. Le petit Elf s'approcha du Skald aux cheveux blancs et le considéra de ses grands yeux clairs. Avec un soupir, il accepta de le conduire vers Alfheim. Ils traversèrent en silence la forêt drapée d'or et de roux, jusqu'à ce que l'Elf s'arrêtât et n'annonçât qu'ils étaient arrivés. Tyr s'étonna : il ne reconnaissait pas – et soudain une échelle de corde lui tomba sur le nez. Le petit être grimpa d'un pas leste et l'invita à le suivre en riant. En haut des frondaisons se trouvait une immense cité de bois et de feuilles, construite dans les branches les plus hautes. Tyr redécouvrit d'un œil sincèrement émerveillé les maisons rondes épousant les ramures, reliées par des ponts suspendus, éclairées par des lanternes d'un verre translucide. Des têtes curieuses sortirent des fenêtres rondes au verre opaque et considérèrent sérieusement le nouveau venu. Tyr et son guide traversèrent les passerelles et les branches, jusqu'à une immense bâtisse ronde, construite autour du tronc d'un arbre plus immense encore ; dans la halle, des bancs circulaires étaient disposés autour du tronc massif, devant lequel siégeait un trône. D'autres de ces étranges lanternes étaient suspendues au plafond. Frey se trouvait sur le trône, torse nu, couronné de bois de cerf et les épaules couvertes de feuilles.

– Tyr, noble Skald, sois le bienvenu à Alfheim !

– C'est un honneur, mon Roi. Peu d'hommes sont admis dans ta halle.

– Balivernes ! Les amis de Freyja sont mes amis. Et puis, je n'aimerais pas que tu écrives quelque chanson moqueuse à mon sujet ! Qu'est-ce qui t'amène dans ma modeste demeure ?

– Himinbjorg est en péril ; Folkvangar est déjà tombée, et –

– Comment va ma sœur ?

Tyr rassura le roi des Elfar. Lorsqu'il partit, Freyja se portait bien, malgré la défaite. Il résuma la situation, et révéla qu'il était venu demander de l'aide aux Elfar. À ces mots, Frey leva un sourcil. Lorsqu'il demanda si Balder souhaitait qu'Alfheim se batte à ses côtés, le Skald le rassura bien vite. Tout ce que souhaitaient les Æsir était un endroit sûr d'où ils pourraient diriger la guerre contre le Svardrekkin. Frey garda le silence un instant, le menton posé entre les mains. Il semblait plus réfléchir à voix haute que s'adresser à son invité lorsqu'il fit remarquer que d'accorder son aide risquait de porter la guerre en Alfheim. Toutefois, il ne pouvait faire la sourde oreille à un royaume en mal d'assistance... Lorsqu'il annonça finalement son intention de convoquer un Thing exceptionnel, Tyr le remercia. Le Skald redoutait toutefois que les Elfar ne s'avèrent difficiles à convaincre. Ils n'avaient pas oublié la raison de leur repli en cette profonde forêt, ceci il le savait. Ils n'avaient pas oublié qu'après le Grand Cataclysme les hommes les avaient laissés agoniser dehors durant cet hiver qui en dura dix, tandis qu'ils se réfugiaient sous la montagne. Ces événements avaient eu lieu dans un passé lointain, mais les plus vieux des Elfar s'en souvenaient. Tyr espéraient qu'ils seraient assez sages pour oublier les anciennes rancœurs devant commune menace... Frey fit passer le Message par la Flèche et dès le lendemain les Elfar étaient réunis dans une clairière non loin. Une fois que le roi leur eut résumé la situation, une voix s'éleva. Tyr reconnut Falko, premier conseiller du roi, et ses yeux s'étrécirent. Il connaissait ce personnage et pensait savoir quel allait être son discours...

– Qui nous dit que les Æsir, si nous les aidons à combattre, ne se retourneront pas contre nous une fois la guerre terminée ? En leur ouvrant nos terres, nous prenons le risque de les voir convoitées. Affaiblis par la guerre, voyant notre magnifique forêt et nos ressources généreuses, qui les empêchera de prendre ce qui nous appartient ? Il se déplaçait dans la halle, regardant chacun de ses frères et sœurs de clan comme pour les prendre silencieusement à parti. Nous savons nous battre, mais nous ne sommes pas un clan guerrier en conflit perpétuel, comme les Æsir ; la forêt est notre principale protection, en la laissant être violée, nous exposons notre clan tout entier.

– Freyja ne ferait jamais cela ! s'insurgea Frey.

– Elle, peut-être pas, mon Roi. Mais que dire des autres ? Qui nous garantit que Balder saura tenir ses hommes face à la tentation, que dis-je, au besoin de piocher de nouvelles ressources ? Il se tourna vers l'assistance. Qui empêchera leurs mains avides de s'approprier notre or, nos réserves, pour soutenir l'effort de guerre ? Toi ? Toi ? Ou bien toi ? (prenant directement à parti certains des Elfar encore indécis). Ce serait là noble chose, mais que vaut la noblesse face à vos vies, aux vies de vos femmes, de vos familles ? Un clan allié nous trahit auparavant ; croyez-vous que la nature humaine se soit bonifiée avec le temps ?

Il termina par une moue dubitative.

– Ce ne sont là que quelques craintes infondées, basées sur des événements de mille hivers passés. Qui d'entre nous pourra se vanter de regarder son propre reflet sans honte, en se disant « j'ai laissé agoniser un royaume entier » ?

Un silence accueillit ces propos. Les elfar semblaient plongés dans de profondes réflexions. Falko s'inclina.

– Je respecte tes nobles idées, mon roi, mais j'ai à cœur, tout comme toi, le bien être des Elfar avant toute chose. Et cela peu importe le prix à payer. Je n'ai nulle crainte que quiconque ici puisse me le reprocher.

Des murmures d'approbation s'élevèrent mais Frey insista. Peut-être était-il temps de tendre une main amicale vers leurs voisins et d'enterrer les vieilles rancœurs. Les hommes d'aujourd'hui n'étaient pas coupables des fautes de leurs pères. Falko campa sur ses positions, et des exclamations de soutien retentirent lorsqu'il argua que ceci porterait la guerre en Alfheim. Ce à quoi Tyr répliqua que tôt ou tard, si personne ne l'en empêchait, le Dragon Noir voudrait dominer tout Mannheim. En aidant Asaheim dès maintenant, les

Elfar sauvaient par là même Alfheim. À ces mots, des murmures hésitants se firent entendre. Les jurés délibérèrent un long moment, mais ils parvinrent à un compromis : Balder et ses Theinar seraient accueillis dans la cité, mais leurs guerriers devraient camper à l'orée de la forêt. Cette décision fut loin d'être votée à l'unanimité, tout juste à la grande majorité requise. Tyr s'inclina et remercia les Elfar de leur confiance. Et avec une révérence, il tourna les talons. Enfin une lueur d'espoir...

L'inactivité seyait mal à Thor. Tyr, lui, avait la chance d'être reparti sur les routes afin de mener à bien une mission capitale. Il ne reviendrait pas avant l'automne, alors pourquoi les Æsir restaient-ils sans rien faire, en attendant ? Cela faisait déjà plusieurs jours qu'ils séjournaient en Alfheim, laissant le temps filer. À Syn les plans de Tyr pour la libération d'Asaheim ; ils devaient retourner se battre immédiatement ! À ces mots, Loki renifla et lui demanda s'il était amnésique ou bien idiot ; le Svardrekkin tenait leur famille en otage... Magni, Modi, Sif, Nanna, Frigg, Höd... En cas de défaite, il les tuerait certainement. Loki voyait bien le Dragon Noir comme un mauvais perdant.

– Que veux-tu faire alors, petit Géant ? Te cacher ici et attendre qu'ils viennent te cueillir comme une pomme trop mure ? Ou bien retourner à Jotunheim pour y être accueilli en héros par tes semblables ?

– Thor, mon jeune ami, contrairement à toi je n'ai nul désir de mourir glorieusement au combat. Je préfère utiliser mon crâne et vivre que mes muscles et trépasser. Le Svardrekkin est invincible, tu l'as bien vu.

– Que penses-tu que nous devrions faire, alors, Loki ? demanda Balder.

– Oh ? Mon Roi me demande conseil, à moi qui ne suis qu'un demi-Æsim ?

À ces mots Thor s'avança, mais Balder posa la main sur son bras, secouant la tête.

– N'insiste pas, mon frère. Quand il est de cette humeur, mieux vaut le laisser.

– Vous êtes frères, maintenant ? Aux dernières nouvelles, seul un demi-lien de sang vous unissait. Cessez donc de jouer la comédie ; vous me faites doucement rire, à jouer les frères soudés, quand votre famille n'en est pas une...

Thor hurla de rage, mais ce serpent disait vrai. Toute la rancœur qu'il avait accumulée envers Loki, toute cette haine pour lui, qu'il jugeait responsable de la disparition de son père, soudain resurgit. Il n'avait qu'une envie : briser, tuer, broyer, sans autre forme de procès. Thor avait empoigné Loki par le col et le secouait comme un prunier, hurlant des insanités. Ce dernier riait d'un air absent.

– La violence, toujours la violence ! La violence qui ronge le monde et les sens ! Par Dagon, si ta tête était aussi remplie que tes bras, tu serais roi à la place du roi ! Que vas-tu me faire, fils de Woden ? Me frapper, comme tu frappes quiconque t'ennuie ou te contredit ?

– Exactement !

Et, rugissant, il asséna un magistral coup de poing qui envoya Loki renverser la table, brisant un pichet d'hydromel qui inonda sa tunique noire. Et ce serpent riait aux éclats tandis que des poings massifs s'abattaient sur son visage. Le sang coulait de son nez, de son arcade ouverte, de ses lèvres coupées. Vali et Narfi tentèrent tant bien que mal de maîtriser Thor. *Tu ne peux le tuer sans preuve !* cria une voix dans sa tête, une voix qui ressemblait à celle de son père, ou bien à celle de Tyr. Finalement il s'arrêta. Quelle espèce de fou, ce Loki... Sigyn se précipita vers son époux et le prit dans ses bras, lui murmurant des paroles réconfortantes avant de lancer un regard de haine à Thor. D'un geste, Loki la repoussa. Tremblant, Thor quitta la halle. Les Elfar s'écartèrent devant son air furieux, tant il avançait comme s'il fût le seul sur le chemin. Ses pas errants le menèrent de plate-forme en plate-forme, d'arbre en arbre, de pont en pont, au hasard de ses pérégrinations. Sans qu'il ne sache trop comment, il parvint à un frêne solitaire, loin de la cité. Dans les frondaisons siégeait une petite niche, à peine suffisante pour y faire tenir quatre Elfar, ou un Thor. Il s'avança dans la pénombre de ces lieux, curieux, et ce qu'il vit sur un petit autel de bois le laissa pantois. Éclairé par un unique rayon de soleil perçant les arbres et les ouvertures dans la niche, trônait un magnifique marteau de guerre, couvert de gravures et d'entrelacs. Une vive énergie semblait pulser de la gemme bleue sertie à la base du manche. Thor resta un long moment à admirer la relique, jusqu'à ce que la nuit tombante le ramène à la réalité. Il fit demi-tour, prenant bien soin de noter le chemin jusqu'à la halle.

D'une humeur maussade, il revint chaque jour admirer le marteau. Dans ce lieu si paisible et si mystérieux, il retrouvait un peu de sérénité. Contempler cette arme des heures durant l'aidait à se recentrer, à focaliser son attention non sur les problèmes mais sur les solutions. Il n'était guère coutumier de ces instants d'inaction, mais il en ressentait un étonnant bien-être. Lorsqu'il rentrait le soir à la halle, il prenait soin d'éviter ses compagnons, et eux prenaient soin de ne lui poser nulle question. Son seul regard suffisait à les en dissuader. Même Loki se contentait de caresser son visage tuméfié un sourire aux lèvres, suivant Thor du regard, sans mot dire. Loki... Étrangement, il se sentait mal de l'avoir ainsi rossé, bien que chaque parcelle de son corps lui criât que c'était là correction méritée. Quelle relation étrange il entretenait avec cet odieux personnage ! Parfois il le considérait comme un ami, peut-être même son plus fidèle ami, après Freyja. Et parfois il le haïssait et ne souhait que le voir périr, et son corps au sol gésir. Souvent, il se demandait pourquoi les Æsir ne le renvoyaient pas vers Jotunheim en plusieurs morceaux. Mais tout aussi souvent, il était heureux d'obtenir son avis éclairé. Bien que parfois ses conseils mettaient tout Asaheim en grand péril... Mais il s'arrangeait toujours pour les en sortir. Avec un haussement d'épaules imaginaire, Thor se dit qu'il ne connaîtrait jamais la réponse, et sa réflexion se dissipa aussi vite qu'elle était arrivée. Il rentrait à la halle, se guidant à travers les ponts de bois à la lueur de la lune et des flambeaux, lorsqu'il entendit une voix désagréablement familière venant d'au-dessus. Curieux, il se glissa dans les ombres et tendit l'oreille.

– Oui... Oui... Non... Il n'a aucune idée de ce qui se passe... Non, comme je te le dis déjà vingt fois, il ne sait toujours pas ce qu'il advint de Woden... Sois rassuré, vieux sage... Il n'est pas assez intelligent pour découvrir la vérité par lui-même... Oui... Oui...

Il n'entendait que des bribes, mais il avait clairement perçu le nom de son père ! Le vil serpent de Loki lui avait bien menti ! Il devait s'approcher, et voir avec qui le Thein s'entretenait. Il atteignit l'échelle menant à la plate-forme qui perçait les frondaisons et – *gnek*... maudissant le bois grinçant, il se figea. Le silence se fit quelques instants, avant qu'un battement d'aile ne le brise, puis des bruits de pas le long de l'échelle. Thor se fondit dans les ombres, juste au moment où Loki apparaissait sous les feuilles, l'air suspicieux. Jetant un œil alentours, le serpent se dirigea vers la halle à pas de loup. Tout d'abord, Thor voulut l'assaillir et le confronter à sa duperie, mais, malgré la colère, il n'en fit rien. Il savait qu'une joute verbale serait inutile. Il choisit plutôt de ne pas se révéler, et de garder un œil sur Loki, jusqu'à obtenir plus d'éléments concernant son père. Il garderait tout ceci pour lui en attendant. Mais les jours suivants, ce serpent ne quitta guère la halle. Thor crut même voir dans son regard une lueur malicieuse, et dans son sourire narquois une confiance condescendante. Voyant qu'il était inutile de surveiller Loki pour le moment, il retourna contempler le marteau. Il admirait le métal finement gravé, la poignée ouvragée, la gemme aux reflets irisés. On eut dit que la relique l'appelait, le captivait. Il se demanda à quoi pouvaient bien servir les cordes noires, d'une étrange matière lisse, qui liaient le manche à la tête. Et sans qu'il ne s'en rende compte, il tendit la main vers le marteau... Il entendit un crépitement, ressentit une vive douleur dans tout le corps, puis il fut projeté en arrière.

Il ouvrit péniblement les yeux. Entre ses lourdes paupières encore à demi-closes, il vit plusieurs visages inquiets autour de lui. Il tenta de se lever mais ne lâcha qu'un grognement de douleur. La tête lui tournait, mais il rassura Tyr quant à son état de santé. Il était en un seul morceau, du moins le pensait-il. Que lui était-il arrivé ? Il n'avait aucun souvenir, si ce n'était le marteau, l'impression que Donar l'avait foudroyé sur place, et puis... Plus rien. Frey s'agenouilla près de lui. À la grande surprise de Thor, il affichait un air grave. Les révélations du roi des Elfar le laissèrent sans voix. Apparemment, il avait frôlé la mort de très près ! Et son analogie avec Donar n'était pas inexacte ; il avait bien été frappé par la foudre. La foudre ? Pourtant le ciel était dégagé, et puis, sous les frondaisons de la forêt... Frey secoua la tête. L'éclair n'était pas venu des cieux... Mais du marteau. Ce que Thor avait pris pour un simple symbole divin était en réalité Mjöllnir, le Marteau des Tempêtes, le Concasseur, la relique la plus précieuse des Elfar, forgée en l'honneur de Donar par le Peuple du Deuxième Âge. Elle était emplie d'une puissance aussi insondable que dangereuse ; quiconque s'emparait d'elle sans porter les gants qui furent créés avec se voyait foudroyé sur place par les éclairs de Donar. Thor ne devait probablement la vie sauve qu'à sa constitution exceptionnelle. Avec un soupir de soulagement, il reposa la tête contre l'oreiller.

Avant de se relever d'un bond. Avec une telle arme, n'y aurait-il pas moyen de vaincre le Svardrekkin ? Si Frey possédait aussi les gants... Mais ce dernier secoua la tête. Lors du Grand Cataclysme, Mjöllnir fut la seule chose de valeur que les Elfar purent sauver. Les gants étaient perdus dans les ruines de Gimle, l'antique cité des Elfar. Thor fit la moue un instant ; si l'emplacement des gants étaient connus, pourquoi personne n'était parti les récupérer ? Il comprit mieux lorsque Frey lui indiqua que cet endroit était maudit pour les Elfar ; il fut le théâtre de leur déchéance et de leur destruction, et nul ne voulait y retourner. Ils disaient qu'un mal insidieux y rôdait, qu'une créature de cauchemar était née du Cataclysme. Et les rares téméraires qui avaient osé s'y aventurer n'en étaient jamais revenus. Mais Thor ne craignait pas les monstres ni les dangers. Il avait vaincu un Troll, et survécu à une rencontre avec le Serpent du Midland ! Il irait à Gimle et y trouverait les gants ! Et lorsque Frey secoua la tête avec un sourire triste, il s'emporta. Quel était le problème ? Le croyait-il incapable de récupérer ces maudits gants ? Mais non, Thor avait tout faux. Il ignorait une chose, c'était que ce marteau était fait d'un alliage de métaux désormais perdus ; on le disait extrait d'une étoile filante. Il était si lourd qu'une ceinture de force avait été forgée pour le porter. Il lui faudrait cette relique en plus des gants, et malheureusement, elle s'avèrerait bien plus difficile à récupérer, car elle était détenue par les Nibelungen. Mais Thor n'en avait cure ; les Nains lui donneraient le moyen de sauver sa famille, qu'ils le veuillent ou non ! Il commencerait toutefois par les gants, et exigea qu'on lui indique l'emplacement de Gimle. Enfin il voyait une issue favorable à la guerre ! Et Balder eut beau s'inquiéter des dangers qu'il allait rencontrer, rien ne put faire changer d'avis Thor. Freyja posa une main sur son torse.

– Sois tout de même prudent... Les ruines du Deuxième Âge sont imprégnées du Rayonnement Magique. Tu ne pourras y rester longtemps.

– Hmf, renifla Loki, voilà bien la peine de nous présenter cette puissante relique si elle ne nous sert de rien sans quarante-cinq accessoires à aller quérir aux quatre coins de Mannheim...

– Que serait une aventure sans voyage ? rit Thor, son entrain retrouvé. Dès demain je partirai vers Gimle, et vous rapporterai les gants en moins de temps qu'il n'en faut pour dire « Mjöllnir » !

Durant l'absence de Thor, le séjour en Alfvid fut une pause bienvenue pour Freyja. La vie était si douce ici. Enfin, elle pouvait oublier un moment la guerre, la mort, le chagrin, la douleur. Elle vivait comme n'importe quelle femme. Elle n'était plus une princesse, ni une Thein, et encore moins une *Valkyria*. Et elle se sentait libre comme jamais, trouvant un bonheur insoupçonné dans cette vie simple. Plus loin dans la halle, elle aperçut une Elf en train de broyer des herbes. Ah, voilà un domaine qu'elle connaissait bien ! En sus des herbes divinatoires qu'elle inspirait lors des rites, elle avait une solide connaissance des plantes médicinales ; elle était même la meilleure soigneuse de son clan, et se remémora non sans fierté combien de malades préféraient venir la voir elle plutôt qu'une autre. Ce serait là l'occasion de se rendre vraiment utile, et de rembourser sa dette aux Elfar. Mais lorsqu'elle se présenta, elle n'obtint pas la réponse qu'elle escomptait :

– Je sais qui tu es, Vanadis.

– Que puis-je faire pour t'aider ?

– Je m'en sortirai seule, merci.

– Allons, tu prépares une mixture pour ta Reine ? Peut-être puis-je t'aider, je connais bien les plantes.

– Non ! s'écria l'Elf en empoignant le mortier comme si Freyja s'apprêtait à empoisonner les herbes. Laisse-moi faire.

Perplexe, Freyja s'en fut d'un pas rapide. Elle sentait le rose lui monter aux joues et les yeux lui piquer.

– C'est ainsi que les Elfar nous remercient de notre aide..., soupira Loki. Voilà ce que l'on récolte à se montrer aimable avec leur espèce...

– Laisse-leur simplement du temps, le calma Balder.

– Je ne vais pas m'abaisser à vivre comme un homme du peuple pour ces péquenauds. Ma place est en compagnie des chefs. Peu m'importe l'avis des Elfar, ni leur amour. Je leur offre le même en retour.

Au fil du temps, des scènes similaires se répétèrent. Freyja commençait à penser que jamais les Elfar ne les accepteraient, lorsque se produisit une chose inattendue. Un jour, alors que les Æsir traversaient un pont de bois, ils virent un groupe d'Elfar tenter tant bien que mal de déblayer une énorme branche cassée qui était tombée sur une maison. D'un signe de tête, Balder invita Heimdall à venir leur prêter main forte avant de se défaire de sa tunique. Si les Elfar étaient plutôt minces et délicats, Freyja remarqua combien la silhouette du jeune roi s'était dessinée, au fil des lunes de combat, et elle dut ordonner à son cœur de ralentir le rythme. Les Æsir grimpèrent sur le toit à l'aide d'échelles posées contre le mur de la maison et empoignèrent la branche. Si d'abord les Elfar protestèrent, ils se turent vite lorsqu'ils virent le résultat. Bandant tous leurs muscles, grognant sous l'effort, ils parvinrent à soulever l'immense branche et à la faire choir. Elle s'écrasa sur le sol de la forêt en un grondement sonore. Les hommes se congratulèrent avec force hourras et tapes sur l'épaule. Freyja remarqua que plusieurs femmes admiraient la silhouette ciselée des Æsir avec envie et attention, et elle en sourit. Mais quelque part, malgré elle, un sombre courant traversait son corps. L'un des Elfar s'approcha des Æsir et les remercia. Il s'appelait Folker. Balder sembla hésiter un instant avant de lui serrer l'avant bras, répondant que si lui ou ses compagnons avaient besoin d'aide, ils savaient où le trouver. Heimdall lui prit à son tour le bras et prêta un serment similaire. Folker hocha la tête, puis il tourna les talons, un sourire se dessinant sur son visage mince.

Quelques jours plus tard, Freyja reçut une agréable surprise ; une Elf s'approcha d'elle, le regard braqué sur le sol. Elle reconnut la jeune femme qui avait refusé son aide pour la préparation des plantes. Mais la diction de l'Elf était hésitante, presque honteuse. Le roi lui avait confirmé que les talents de guérisseuse de sa sœur étaient extraordinaires ; Freyja voudrait-elle l'aider à préparer la décoction pour sa reine ? Le breuvage semblait avoir moins d'effet au fil du temps, et elle ne comprenait pas. À ces mots, le cœur de Freyja se réchauffa. Elle ne pouvait laisser une autre femme en mal de soins. Elle promit de faire tout son possible pour soulager ses tourments. Tandis qu'elle préparait le remède, elle engagea la conversation. L'Elf s'appelait Hermine. Elle était chargée de prendre soin de la reine, et lorsqu'elle mentionna cette dernière, ses yeux brillèrent. Elle cilla et détourna le regard. Freyja choisit de ne pas poursuivre le sujet et indiqua quelles manipulations effectuer avec les plantes. Le corps de la reine s'habituait au traitement ; il faudrait donc augmenter la dose d'aconit napel, mais diminuer quelque peu la digitale à grandes fleurs, et en contrepartie ajouter de l'hellébore et de la jonquille. Par la suite elle devrait varier les doses et les plantes en fonction des symptômes. Hermine sourit.

– Je n'aurais jamais cru voir le jour où nous serions amis avec des Æsir, et encore moins en voir vivre parmi nous.

– Malgré notre culture et nos coutumes propres, nous ne sommes pas si différents les uns des autres. Qui sait, peut-être un jour parviendrons-nous même à vivre en compagnie des Thurse...

– Bonne chance avec cela ! Pourquoi ne pas vivre en compagnie des Draugar, aussi ? Et les deux jeunes femmes de s'esclaffer. Hermine reprit un air sérieux et baissa la tête. Je n'aurais pas dû dire cela... Eu égard à ma reine et à ce qui lui arriva...

Freyja lui posa une main sur l'épaule, sans trouver que répondre. Et lorsqu'Hermine la remercia de son aide, elle secoua la tête. Elle n'avait fait que son office de femme. Elle serra les mains de l'Elf dans les siennes et allait prendre congé lorsque la jeune femme la rappela. Elle se retourna.

– Ce jeune homme, Heimdall... A-t-il une femme dans son cœur ?

– Hermine, aurais-tu des vues sur lui ? Freyja éclata de rire.

– Non ! Simplement, il passe le plus clair de son temps en solitaire, alors je me demandais...

– Il n'a personne, à ma connaissance. Mais je lui parlerai de toi.

– Non, ne –

Mais Freyja s'était déjà éloignée en riant.

Le lendemain, la jeune femme retrouva une Hermine à l'air quelque peu perplexe. La reine demandait à la rencontrer, malgré l'avis des guérisseuses. Freyja était aussi surprise qu'honorée. Elle fit signe à ses lynx de l'attendre, et la jeune Elf la guida au travers des plate-formes de bois jusqu'à une pièce, au-dessus de la halle, sous les frondaisons. Quelques rayons de soleil perçaient les ouvertures au plafond et nimbaient la pièce d'une lueur dorée. Avant de se retirer, Hermine lui accorda dix minutes, pas plus. La reine, allongée sur sa couche, l'accueillit avec un sourire qui tira sa peau sur les traits de son visage.

– Excuse-moi de ne pas me lever ; ma... condition... ne me le permet guère... Frey m'a tellement parlé de toi, et je constate qu'il n'avait pas menti. Tu es vraiment très belle...

– Merci, noble Reine.

– Je t'en prie, appelle-moi Adelheid. Nous sommes ici entre simples femmes... Je suis heureuse que toi et les tiens soyez là. Mon clan a besoin de s'ouvrir au monde ; bien qu'il soit empli de dangers, s'y trouvent aussi des choses magnifiques. Nous vivons dans un rêve éveillé, un rêve merveilleux et doux, certes, mais néanmoins un rêve.

– Pourquoi ne pas laisser les Elfar dans leur bulle dorée ? La vie semble si belle, ici.

– Elle l'est..., sourit faiblement la reine. Mais cette bulle dorée est composée de barreaux d'acier. Mon clan se croit à l'abri, mais en réalité il est prisonnier ; prisonnier de son propre égoïsme, de sa propre indifférence, et plus que tout : de sa propre peur.

Hermine entra de nouveau et emmena Freyja hors de la pièce ; la reine avait besoin de se reposer, désormais. Les deux femmes se séparèrent en silence et la jeune Thein partit à la recherche de Balder. Elle avait envie de passer un peu de temps en sa compagnie, et elle avait une idée de l'endroit où il se trouverait. En traversant un pont de cordes sous les feuillages elle perçut des voix d'enfants au-dessus des frondaisons. Elle gravit l'escalier de bois, et traversa les feuilles jusqu'à une petite plate-forme de bois qui perçait la cime des arbres. Que la vue était belle ! À quelques pieds en dessous d'elle se trouvait l'océan d'or et d'émeraude de la forêt. Elle pouvait voir la côte et la Mer du Nord, les Monts du Bout du Monde, les plaines æsir, Yggdrasil dressé au loin, et les steppes gelées de Jotunheim qui se dessinaient dans la brume.

– Une autre ! Raconte-nous une autre bataille du passé, Balder Wodenson ! crièrent les enfants attroupés autour de lui. Le roi d'Asaheim rit.

– Une autre fois, une autre fois. Vous allez épuiser tout mon répertoire, à ce rythme ! Je vous raconterai d'autres légendes du Deuxième Âge demain.

Les enfants se dispersèrent avec énergie. S'accoudant sur la balustrade boisée, Freyja regarda au loin le soleil se coucher, ses immenses cheveux d'or flottant dans la brise légère.

– Voici un long moment que Thor est parti, dit-elle sans se retourner. Chaque jour je prie la Dame pour qu'il nous revienne sain et sauf.

– Ne t'en fais pas pour mon frère. Il a vécu bien des aventures et en est toujours revenu indemne. Il a même survécu à une rencontre avec Jormungandr, le Serpent du Midland !

Mais il était des périls que Thor n'avait jamais affrontés. Gimlé avait été la capitale culturelle et commerciale du Peuple du Deuxième Âge, et le Grand Cataclysme y trouvait son origine. C'était à cet endroit que la magie s'était retournée contre ses utilisateurs. Il était raconté dans les textes anciens que la gerbe d'éclair et de feu avait été visible à des lieues et des lieues de distance, formant un immense champignon incandescent. Freyja frissonna. Thor ferait bien d'être prudent, en ces lieux... Abandonnée depuis des siècles, qui savait quels dangers la cité pouvait cacher...

Tyr chevauchait sans relâche vers la côte ouest. À chaque fois qu'il s'arrêtait pour la nuit dans un village ou une ferme, il était porteur d'un message d'espoir ; le Cerf Blanc était toujours là ! Il les libérerait ! Il pressait les autres Skaldar qu'il croisait de faire de même et de répandre la nouvelle le plus vite possible. Il taisait toutefois son but premier, de peur que la nouvelle tombât dans des oreilles Midlander. De l'issue de sa quête dépendait l'avenir d'Asaheim. Il pénétrait dans les villages, se faisant passer pour un simple Skald en quête de quelques pièces et d'un repas chaud. Même les Midlander appréciaient les chants qu'il offrait, et le payaient généreusement, faisant montre de toute l'hospitalité et tout le respect dus à un Skald. Pourtant, la nuit, il réveillait discrètement ses hôtes et leur tenait un discours bien différent. Il disait au peuple qu'il avait eu une vision dans laquelle Donar frappait le ciel de son marteau, et une grande colonne d'éclairs jaillissait ! Au sol, un cerf blanc et un ours roux harcelaient un grand dragon noir, au jour des premières neiges, jusqu'à ce que celui-ci s'envole. Et alors qu'il fondait sur eux, l'ours le déstabilisait d'un puissant coup de pattes et le cerf blanc l'éventrait de ses ramures. Il se gardait bien de dire que l'issue du combat était loin d'être certaine, et que l'avenir lui était invisible. Un soir, il demanda au fermier qui l'hébergeait comment les traitait le Svardrekkin.

– Guère bien... Il prend la majeure partie de nos récoltes pour lui et ses hommes, ainsi que de lourdes taxes, et n'hésite pas à tuer quiconque ose le défier. Il a... Le fermier ferma les yeux, grimaçant, puis les rouvrit. Il a tué mon fils, qui n'avait eu que le malheur de lui jeter un petit caillou. Par tous les dieux, mon fils avait onze hivers ! Et ce chien l'a fait pendre à un arbre devant la ferme, interdisant qu'on l'en décroche jusqu'à ce qu'il n'en restât rien... Pour un caillou lancé, incapable de même cabosser son plastron d'acier !

Sur le chemin du village suivant, Tyr dut faire soudainement halte. Malgré tous ses efforts le Svardrekkin avait remarqué sa présence... Cinq petites figures guerrières lui barraient la route. Quelles étaient les affaires des Nibelungen avec le Midland ? Ils étaient des mercenaires, bien évidemment, ce qui n'étonna guère Tyr. Là où il y avait des Mörk, il y avait des Nains. Il avait eu beau se faire aussi discret que possible, l'ennemi avait fininalement eu vent de son identité et des discours qu'il tenait. Il n'avait nulle envie de verser encore le sang. Aussi, c'est de sa voix la plus impérieuse qu'il choisit de s'exprimer :

– En plus d'être avares, les Nibelungen sont-ils aussi stupides ? Ne craignent-ils les malédictions des dieux ?

– Nous as-tu bien vus ? Quelle est pire malédiction que cette difformité qui est la nôtre ? Les dieux ne peuvent rien faire de plus.

– Mais moi oui, dit Tyr en tirant sa harpe.

L'un des guerriers, qu'il identifia comme le plus crédule, s'écria qu'il allait leur jeter un sort. Dirigeant son regard vers le Nibelung, il entonna d'une voix qui semblait chargée de magie :

– Par la mélodie que je joue, corde de mort, corde de pleurs, te quitte la vie et cesse ton pouls, s'arrête ton cœur !

Les yeux du petit guerrier s'agrandit de terreur ; il hoqueta une fois, deux fois, puis tomba raide mort. Le chef hurla que ce n'était qu'un tour d'illusion et les exhorta à ne pas se laisser entourlouper. Tyr joua alors une série de notes dissonantes qui força les quatre Nibelungen restant à se couvrir les oreilles. Il saisit l'occasion, et d'un coup de son épée tirée en tua deux, les laissant gésir dans l'herbe mouillée. Voyant que l'un des deux derniers allait fuir il changea d'accords :

– Immobile comme la pierre tu es, figé dans les sables du temps, ne peux plus bouger, respirer, jusqu'à mon commandement !

Et le petit guerrier éberlué de rester, les yeux écarquillés, sans ciller. Tyr reporta son regard sur le chef. À eux deux, désormais... Le Nibelung attaqua. Tyr para, feinta, riposta, et l'autre tomba et trépassa. Le Skald épousseta ses vêtements et reprit sa route, tranchant au passage la gorge du dernier sans même le regarder.

Thor arriva devant les ruines antiques et laissa échapper un sifflement d'admiration. Jamais il n'avait vu une aussi grande cité du Deuxième Âge, de pierre et de métal, aux grandes arches et aux immenses statues. Presque entièrement écroulés, les bâtiments étaient parcourus de lierre et de ronces, et, sous la neige, le sol envahi d'herbes était tantôt de pavés, tantôt de cette étrange matière noire et dure. Dans la forêt d'Alfvid régnait une perpétuelle saison claire, mais au dehors, c'était déjà l'hiver. Thor en fut presque surpris, tant le climat d'Alfheim était doux, lorsqu'il partit. Il erra quelques heures dans les rues de l'immense cité avant de finalement trouver son but. Allumant une torche, il franchit le seuil du plus grand bâtiment, un immense temple aux colonnes à demi écroulées, avec en son centre un gigantesque marteau de pierre. Le Sanctuaire de Donar... D'après les Elfar qui connurent Gimle, c'était là que se trouvaient les gants, avant le Grand Cataclysme. Les bruits de ses pas résonnèrent avec un écho troublant le silence de l'obscurité. La lueur de sa torche ne suffisait pas à éclairer les murs ni le plafond, tout juste le sol de pierre et les hauts piliers. Thor prenait bien garde à ne pas trébucher sur les gravats et les éboulis. Il était sûrement le premier à voir ces lieux depuis des siècles... Après plusieurs minutes à naviguer entre les statues écroulées, à travers les tentures pourrissantes et les ornements ternis, il trouva finalement l'objet de son désir. Seulement, une lourde herse se dressait entre les gants et lui. Parmi les ombres, il vit des rangées de niches dans lesquelles dormaient de fins squelettes. La relique était gardée par les morts... Thor frissonna. Il ne craignait guère les Draugar, mais les sarcophages sculptés et les ossements dispersés dans les alcôves le mettaient mal à l'aise. Il avait le sentiment de déranger ces lieux millénaires. Dans un silence tombal, il s'avança vers la herse afin d'en tester la solidité lorsque *crac* ! Le sol entier s'effondra sous ses pieds. Il fut précipité des pieds plus bas, étourdi, enseveli.

Il ouvrit les yeux dans le noir complet. A tâtons, il se dégagea des pierres et des rochers, tout en pestant. La tête lui tournait, et il n'aurait su dire si c'était le choc ou l'intensité du Rayonnement Magique qu'il avait déjà commencé de ressentir en entrant dans la cité. Il grogna devant les gravats et les décombres ayant rebouché l'effondrement. Il n'avait plus qu'à trouver une autre sortie... Il fut toutefois réconforté dans son malheur, car si sa torche s'était éteinte, ensevelie sous les débris avec son sac de provisions, quelques pas plus loin se trouvait du lichen phosphorescent. Il erra un temps indéterminé, éclairé par la faible lueur des herbes, incapable de s'orienter. De nombreux boyaux partaient des catacombes et rien ne permettait de les distinguer. Il dut se rendre à l'évidence : il était perdu, complètement perdu, des lieues sous terre. Très vite, la faim et la soif le tenaillèrent, et il résista aussi longtemps qu'il le put, mais finit par céder et boire quelques lampées d'une eau amassée en une flaque, tombée d'une stalactite. À contrecœur, il choisit de manger quelques champignons sans goût et s'allongea, épuisé, pour un moment se reposer. Il ferma les yeux et sombra dans un sommeil agité.

– Père, tu es rentré !

Il accourut vers l'homme d'âge mûr à la barbe grisonnante et lui serra formellement l'avant-bras avant de lui donner une accolade à tuer un ours.

– Bien sûr, Thor ! Je n'allais manquer le quinzième anniversaire de mon fils aîné.

Une femme au port noble et droit vint à la rencontre du roi. Le regard qu'elle lança à Thor lui donna la chair de poule. Woden l'embrassa férocement puis tendit sa lance Gungnir à Thor pour qu'il la lui porte. Le jeune garçon, fier de tenir entre ses mains la légendaire arme de son père, trotta derrière le roi. Ignorant la reine qui était pendue au bras de son époux et ne décrochait mot, il s'enquit de l'issue du Thing. Visiblement, l'Assemblée s'était déroulée sans encombre. La paix tacite avec Vanaheim tenait bon, et le Midland, depuis la mort de Sigmund, était totalement soumis. Thor eut le sentiment que son père regrettait cette période de paix.

– Bah ! Je me méfie de cette prétendue paix. À la guerre, au moins, les choses sont claires. Tu sais qui est ton ennemi et qui est ton allié. Mais les temps changent. Pourtant, la guerre est tout ce que j'ai connu. Me prends-tu pour un vieil idiot, mon fils ?

Thor nota qu'à ce dernier mot, Frigg grimaça de dégoût. Il l'ignora et rassura son père ; il était comme lui, un bon coup de marteau valait tous les discours ! Le roi se fendit d'un sourire à la fois plein de fierté et de cruauté. Thor hésita quelques instants avant de poser une question qui lui brûlait les lèvres. Son père avait-il annoncé au Thing qui serait son héritier ?

– Ce sera bien entendu Balder ! s'écria Frigg. Woden l'ignora.

– Pas encore. Tu es l'aîné, mais il est le fils de la reine... Le roi resta silencieux un moment. Nous avons encore le temps de décider. Viens.

La fête battit son plein, ce soir-là. Nul ne manqua de viande ou d'hydromel, et tous chantèrent de joyeux chants de victoire, d'amour ou d'aventures, autour de Tyr le Skald. Dans la grande halle à l'âtre central, Thor se trouvait à emplir sa corne à boire à l'un des immenses fûts en compagnie de Freyja et Heimdall. Il aurait aimé que Frey soit là, ce soir. C'était une bien belle fête, il aurait apprécié. Qui savait ce que devenait ce malandrin ? Peut-être était-il en train de prendre du bon temps pendant que tous s'inquiétaient pour lui ! Ils échangeaient des souvenirs heureux lorsque Thor vit Loki louvoyer vers lui avant de lui souhaiter longue vie. Alors qu'il levait sa corne en remerciement et engloutissait son hydromel, il nota que Loki, lui, l'aspirait à la manière d'un loup.

– J'ai un présent pour toi... Un moyen de t'assurer que ton père te choisira comme son successeur...

– Je t'écoute...

– Woden respecte la force plus que tout. Je lui ai proposé d'organiser un duel à mort et de laisser le vainqueur gouverner, mais va savoir pourquoi il a refusé... Alors à la place j'ai eu cette idée : As-tu déjà entendu parler du Serpent du Midland ?

– Jormungandr ? C'est une légende !

– Que non point. Je le vis de mes yeux, plusieurs hivers auparavant. Tu débarrasserais le monde d'un beau fléau. Personnellement, je trouve que c'est une bête magnifique qui mériterait plus d'éloges, mais peu semblent partager mes goûts... Tout cela à cause de quelques péquenauds croqués...

– Thor, c'est trop risqué ! souffla Freyja.

– Non, Loki a raison. Si je deviens un héros, Père reconnaîtra forcément ma valeur ! Je vais faire préparer mon char dès demain et partirai à l'aube.

– Partir où ?

Thor se retourna pour faire face à une jeune fille au cheveu noir et aux yeux d'émeraude, le sourire éclatant. Sif ! Il serra sa promise dans ses bras jusqu'à lui en faire presque craquer les côtes avant de lui résumer l'idée de Loki. Elle rit en le traitant d'idiot. Pour elle, il n'avait rien à prouver. Qu'il laisse Woden décider le temps venu de qui lui succèderait.

– Que comprend une femme aux affaires des hommes ? siffla Loki.

– Oui, que comprend une femme ? renchérit Thor. Je dois prouver ma valeur, sans quoi Balder sera toujours le favori, par sa seule naissance.

Elle lui jeta le contenu de sa corne au visage et tourna les talons en l'envoyant paître aux enfers de Syn. Thor fut aussi peiné que surpris par le regard noir que lui lança Freyja en emboîtant le pas de Sif. Il fit mine de les suivres mais Loki le retint ; elles étaient des femmes, elles reviendraient à la raison une fois calmées. Il fit de son mieux pour chasser sa promise de ses pensées et se recentra sur son projet. Comment pêcher un serpent géant ? Il n'en avait pas la moindre idée... Qu'en pensait Loki ?

– Ai-je la tête d'un pêcheur ? Je ne sais pas, je suppose que tu devrais l'appâter avec une bestiole quelconque.

Tard dans la nuit, bien après que la lune eut entamé sa descente, Thor partit en quête de sa promise, qu'il trouva au bord de la Blanchécume traversant Breidablik. Adossée à un arbre, elle jetait des cailloux dans la surface d'argent liquide. On entendait encore les sons de la fête, et les torches éclairaient le coin de faibles lueurs dansantes. Il savait qu'il la trouverait ici. Elle y venait toujours lorsqu'elle était contrite. Lorsqu'il lui posa une main sur l'épaule, l'invitant au dialogue, c'est avec les lèvres pincées qu'elle lui répondit :

– Tu es un idiot et un inconscient, Thor Wodenson. Je n'ai rien de plus à dire.

– Tu ne comprends pas ; Balder a toujours été le favori. Il a toujours eu droit à tous les égards, fils de la Reine, tandis que moi je veillais sur lui, vivant dans son ombre.

– Désires-tu la royauté à ce point ?

– Non. Je veux simplement que Père reconnaisse ma valeur lorsqu'il prendra sa décision.

– Les mots de Loki ont empoisonné ton esprit. Woden est ton père, il n'a besoin d'aucun tour de force pour savoir qui vaut quoi.

– Ne parle pas en mal de Loki ; il est peut-être un demi-Jotun, mais c'est un bon ami.

– Son origine n'a rien à voir. Je me méfie de ses belles paroles.

– Tu as tort. Sinon pour Woden, c'est pour moi-même que je souhaite réaliser cet exploit. Je dois savoir qui je suis, ce dont je suis capable. Je veux savoir ma force, mes limites. Les repousser et accomplir ce qu'aucun homme n'a jamais accompli. Et les Skaldar chanteront mon nom, entrant Thor Wodenson dans la légende !

– Et si tu ne reviens pas ?

– Alors c'est que mon temps était venu, et mon essence rejoindra cette terre si chère à la Dame, avec la promesse d'une prochaine vie meilleure encore !

Elle regretta qu'il en soit ainsi mais promit de ne rien dire à son père. Il l'embrassa avec force, défaisant sa robe qui glissa le long de ses épaules, de ses hanches, de ses jambes. En ce jour, il avait quinze hivers. Il devenait un homme. Et elle, une femme.

Il s'éveilla aux lueurs de l'aube. Repoussant délicatement le bras de Sif qui l'enserrait, il se leva, s'habilla, et partit directement vers les écuries. Là, il harnacha lui-même ses boucs à son char et partit vers le sud, prenant soin de ne réveiller personne. Après quelques jours de voyage, il soupait chez un vieux pêcheur dans sa petite cabane au bord de la Mer Inerte. Dépiautant un os de poulet, il demanda où l'on trouvait ce serpent géant. Son hôte lui apprit que dès que l'on s'éloignait des côtes et naviguait vers Jotunheim, Jormungandr venait saisir l'embarcation de ses terribles mâchoires.

– L'as-tu vu toi-même ?

– Eh bien, non, mais on dit que –

– Je n'ai que faire des on-dit. Comment sais-tu que ce serpent existe, si tu ne l'as jamais vu ?

– Mon cousin l'a vu ! Je l'ai retrouvé à moitié noyé et terrorisé, sur la plage. Jormungandr a surgi des eaux et a dévoré la barque où il se trouvait avec son père, bois et chair ! Plus jamais il n'a voulu prendre la mer.

Thor avait déjà échaffaudé un plan. Il lui faudrait une barque, une carcasse de chèvre, une corde et un harpon. Le pêcheur eut beau protester que c'était de la folie, Thor le fit taire d'un coup de poing sur la table qui renversa tous les ustensiles de terre cuite. Il promit une belle récompense au pêcheur pour son aide, et le reste du souper se passa en silence.

Thor monta dans son embarcation au lever du jour. Tout était prêt. Il navigua sur une mer brumeuse dans un silence de mort. Il ne voyait déjà presque plus les côtes ni les falaises escarpées, et ses muscles se tendirent, prêts à bondir. Mais rien. Rien ne se passa durant un long moment, perdu dans le silence à peine interrompu par le clapotis des eaux. Thor se détendit peu à peu, et but une rasade d'hydromel de son outre de peaux. Et Jormungandr frappa. Thor vit la chèvre disparaître. Il vit une tête serpentine immense aux écailles teintées de reflets irisés et aux yeux de grenat. Il vit les rangées de crocs acérés hauts comme un homme. Loki ne lui avait pas dit qu'il serait si grand ! Mais peu importait, il avait un défi à sa mesure ! Père ne pourrait ignorer son courage après cela ! *Pour Asaheim*, hurla-t-il en jetant son harpon sous la gorge de la bête, qui siffla de douleur et secoua la tête. Lorsqu'il réalisa que cette arme ne suffirait pas, il attacha son marteau à la corde et le fit tournoyer pour frapper le crâne de la bête, encore et encore. Il fut finalement rejeté à la mer, agitée par les secousses de Jormungandr. Blessée, en colère, la bête se dressa plus haut encore, toisant Thor de plusieurs dizaines de pieds, et fit sortir sa queue hérissée de pointes de la surface de l'eau. Quelle longueur ce monstre faisait-il ? Thor nagea frénétiquement vers sa barque lorsque le coup envoyé par le monstre provoqua une vague telle qu'il en fut renvoyé, roulant, coulant, à plusieurs milles de là. Il crut son heure arrivée, mais regagna espoir lorsqu'il sentit le sable fin lui raper la peau. Le cœur battant à en exploser, il gesticula jusqu'à percer la surface mousseuse de la mer et se releva trempé, crachant, à demi-mort. Il se laissa dériver jusqu'au rivage et resta allongé sur le sable froid un long, long, long moment, tandis que les vagues venaient lui lécher les bottes par succession. Lorsqu'il se releva, il constata qu'il était au milieu de nulle part. Alors il prit une profonde inspiration et se dirigea vers le nord.

– Thor ! Où étais-tu ?

Balder accourut vers son frère, à peine rentré à la halle, un sourire rayonnant aux lèvres.

– Je vais te dire où il était ! tonna Woden. Il était en aventure, loin de là où il aurait dû être.

– Père, je –

– Silence ! Loki m'a déjà tout dit. Quelle folle idée était-ce là ?

– Père, c'était la sienne !

– Ne rejette pas la faute sur les autres, Thor Wodenson ! Viens avec moi voir les conséquences de ta stupidité !

Sans lui laisser le temps de répondre, Woden le guida à travers la halle de bois pour y trouver Sif, le crâne bandé. Frigg lui lança le même regard qu'elle aurait adressé à un fond de fosse d'aisance laissé là par quelque guerrier ivre. Ses entrailles se nouèrent et son cœur remonta dans sa gorge. Qu'était-il arrivé à sa promise ? Poussant Freyja sans lui prêter plus d'attention, il prit Sif dans ses bras. Woden lui expliqua que des Thurse avaient attaqué la halle, le lendemain de la fête. Et bien sûr, Thor n'était pas là pour protéger sa promise. Luttant contre la haine, la colère et les remords qu'il éprouvait, il exigea d'en savoir plus. Apparemment, un groupe de Jotnar s'était infiltré dans la halle afin d'enlever les femmes, profitant de l'ivresse et de la torpeur des guerriers. Mais Sif leur avait donné bien du mal ; elle en avait tué deux et blessé un autre. De rage, l'un d'entre eux l'avait scalpée. Oui, sa promise n'avait plus de peau sur le crâne, et ne devait la vie qu'aux soins rapides de Tyr. Maudits Jotnar... D'une manière ou d'une autre, ils avaient dû apprendre quand aurait lieu la fête, et avaient planifié leur assaut... Thor fut surpris d'apprendre que les attaquants qui restaient avaient été passés au fil de l'épée par Loki et quelques guerriers moins avinés que la moyenne. Le Thein de Sigyngar lui posa une main sur l'épaule et promit de faire fabriquer pour Sif une chevelure de fils d'or telle qu'on n'en avait jamais vue. Il avait quelques contacts avec d'excellents joailliers Nibelungen. Sa promise serait encore plus belle qu'avant, à moins qu'il ne veuille épouser un laideron. Mais son soulagement retomba bien vite lorsque son père reprit la parole. Thor n'en croyait pas ses oreilles ; il venait de perdre tout droit à la succession au trône d'Asaheim ! Il regarda Loki sans comprendre ; pourquoi ne le défendait-il pas ? Au lieu de cela, il se contenta de dire :

– Allons allons, Woden, tu sais comment sont les jeunes à cet âge-là. Rappelle-toi comment tu étais, toi-même : Toujours en vadrouille, cherchant la gloire et la richesse. Ton fils est du même bois que toi, bien que ce bois soit peut-être quelque peu plus... creux...

Ignorant les supplications de son fils, le roi tourna les talons, bien vite imité par Loki. Avant de sortir elle aussi, Frigg s'adressa à Thor :

– Tu aurais dû ne pas en revenir. Tu aurais dû périr noyé ou dévoré par le serpent.

Freyja passa un bras autour de ses épaules et tenta de le réconforter, prétendant que la reine parlait sous le coup de la douleur ; Sif avait toujours été comme une fille pour elle. Mais il savait qu'il n'en était rien. Il se souvenait du regard dur et outré de Frigg et des cris qu'elle avait poussés lorsqu'elle avait appris qu'un bâtard aurait autant de droits que son propre fils qui venait de naître. Accablé de honte, le prince déchu ferma les yeux.

Il ouvrit les yeux après un sommeil difficile. Un visage familier au sourire moqueur le toisait dans l'obscurité. Loki était-il venu à son secours ? Mais le visage disparut, n'étant que les restes rémanents d'un rêve du passé. Thor sentait que la tête lui tournait de plus en plus, et ce ne fut qu'avec grande difficulté qu'il se remit debout. *Par ici, Thor*, crut-il entendre dans l'un des boyaux. Il courut en titubant, se cognant contre les parois de pierre, se fiant au son qui semblait désormais venir de partout et de nulle part. Il courut en rond, entrant dans un couloir aux formes vacillantes, sortant dans un autre à la lumière aveuglante, il courut, courut, courut à en perdre tout repère. Qui l'appelait ? *Par ici, Thor ! Par ici*, le narguait la voix. Au détour d'un boyau terminant en une large caverne dont les parois semblaient s'étrécir et s'agrandir dans un arc-en-ciel de couleurs, il aperçut enfin une silhouette. Il se précipita vers elle lorsque soudain

Loki disparut comme une bulle crevée. Il se retrouvait de nouveau seul. Comment allait-il sortir d'ici, désormais ? Il marcha un temps indéterminé au détour des couloirs, avec la désagréable sensation que les morts l'épiaient. Il les implora silencieusement de le laisser en paix ; il n'en avait pas après les offrandes laissées sur leurs tombes. Mais les morts savaient. Ils savaient que Thor recherchait leur plus précieuse relique. Ils savaient, et pour cela, ils le haïssaient. Il en avait désormais la certitude. Des gouttes de sueur froide perlaient le long de son front. Ses muscles étaient tendus comme des cordes. Il jetait un œil sur chaque sarcophage, sentant toute la rancœur de l'Elf qui gisait dedans. Et soudain, il crut voir du mouvement. Les Draugar l'attaquaient ! Fouettant l'air de son marteau sans se soucier de toucher ou non les morts vivants, il courut en ligne droite. Il sentait des mains décharnés râcler contre sa peau. Des yeux vides le fixer de toutes leurs ténèbres. Dans sa tête, il entendait leurs voix mortes. Il devait fuir, quitter ces lieux maudits au plus vite ! Il courut, courut, courut, et pila net devant un précipice. Se retournant, il fut soulagé de constater que les morts ne le suivaient plus.

Mais son soulagement fut de courte durée. À ses pieds, le vide semblait se mouvoir, devant le flou des parois rocheuses. Et petit à petit, pour sa plus grande horreur, une forme émergea des ténèbres. Indistincte, changeante, l'entité semblait dotée de tentacules et d'ailes membraneuses. Thor entendit dans son crâne un chuchotement dans une langue ancienne, oubliée, qui lui vrillait l'esprit. Il voulut tourner les talons et fuir, mais ses jambes ne répondaient plus. Il voulait lancer son marteau dans la face informe de cette chose, mais son bras refusait de se lever. Il sentit une peur ancestrale le gagner, et sut que tout était fini. Pourquoi même lutter ? *Non !* hurla-t-il dans son esprit. Il ne laisserait personne le dominer. Rien ne lui faisait peur, surtout pas la peur elle-même. Il serra les dents, fit un pas en avant. Dans le vide à ses pieds, la créature de cauchemar poussa un hurlement de rage et se dissipa dans les ténèbres alors que Thor lui faisait un geste grossier du bras. Il reprit son errance, mais ne voyait plus nul Draug, désormais. Soudain il sursauta. Devant lui flottait une figure familière, éthérée, délétère. Freyja était-elle là, elle aussi ? Avait-elle vu Loki ? Thor voulait lui tordre le cou pour lui avoir joué ce mauvais tour ! Lorsque la silhouette translucide s'éloigna, il courut derrière sans réfléchir. Il tourna tantôt à droite, tantôt à gauche, comme s'il était manipulé par une volonté tierce, et fut persuadé de tourner en rond sans avancer. S'arrêtant, essoufflé, il ragea. Jamais il ne sortirait de ce labyrinthe maudit ! Ce fut à ce moment qu'il sentit quelque chose tomber sur son crâne. Lorsqu'il releva la tête, il vit que le plafond bas présentait une fissure.

Il se hissa et poussa de toutes ses forces. Son cœur fit un bond lorsqu'il sentit que la roche ne bougerait pas, mais il se reprit bien vite. Il était Thor Wodenson, le plus fort des Æsir ! Ce n'était pas un petit caillou qui allait lui barrer la route ! Un goût métallique sur la langue, il redoubla d'effort. Et enfin, tel un Draug revenu d'entre les morts, il s'extirpa de la roche avec un cri de victoire. Il était de retour dans le temple. Il retrouva la herse qui protégeait les gants et s'arrêta un instant. Comment l'ouvrir ? Soudainement il fut pris d'une toux et de violents vomissements qui lui firent recracher les quelques champignons qu'il avait plus tôt avalés. Après un instant le souffle court, les couleurs s'estompèrent et l'obscurité terne fut de retour. La tête ne lui tournait presque plus, et ce fut comme s'il sortait d'un rêve éveillé. Observant son environnement, il eut une idée. Il sortit sa corde et l'enroula autour d'une grande statue abîmée, puis de l'un des barreaux de la herse, dont il se servirait comme poulie rudimentaire. De son marteau, il frappa les pieds de la statue, effritant plus encore la pierre, jusqu'à ce qu'elle ne tienne debout qu'à grand peine. Puis il tira sur la corde de toute sa force, et la silhouette géante s'écroula sur la herse, pliant l'acier sous son poids. Thor put alors escalader les débris pour se retrouver devant l'objet de sa quête. L'espace d'un instant, son cœur se gonfla d'émerveillement devant la relique. Il prit les gants ornés de runes luisant d'un vert puissant et à la doublure d'une matière noire brillante, solide et molle à la fois, qu'il ne connaissait pas. Prochaine étape : la ceinture de force. En route pour Nidavelir, en espérant que son plan fonctionne...

– Non, affirma fermement Alberich.

– Je te donnerai beaucoup d'or !

– Nous avons assez d'or pour vivre cent vies, à Nidavelir. Et tu n'aurais jamais assez pour compenser un tel trésor.

– Tu n'as pas la ceinture, renifla Thor avec dédain.

– Que si !

– Je ne te crois pas. Malgré tes grandes paroles, tu n'as pas la ceinture. Sinon tu aurais été fier de l'exhiber et de me narguer.

La barbe frissonnante, le roi des Nains l'enjoignit à le suivre. Thor verrait la relique, et constaterait qu'un Nibelung disait toujours vrai. Thor devait se pencher en marchant tandis qu'Alberich trottait d'une allure aussi rapide que ses courtes jambes le lui permettaient. Il était heureux ; il avait été suffisamment difficile d'entrer dans la cité de Nidavelir. Il avait dû faire jouer son rang et son honneur pour que les Nibelungen daignent, à contrecœur, le recevoir. Mais il allait accéder à la salle aux trésors. Son plan jusqu'ici fonctionnait mieux qu'il ne l'espérait. Il déambula dans les corridors de pierre, éclairés par des flambeaux. Au loin, il entendait le son étouffé de la forge et de la fondrière. Lorsque les nombreuses statues guerrières lui rappelèrent celles qu'il avait vu au temple oublié, les racines communes des Elfar et des Nibelungen lui parurent plus qu'apparente malgré l'antagonisme des deux clans. Lorsqu'il le fit remarquer, Alberich sembla aussi profondément blessé dans son honneur que si sa famille entière avait été insultée. Pour lui, les Elfar n'étaient que des rebuts bons à jeter aux chiens. Ils s'étaient réfugiés dans leur précieuse forêt lors du Grand Cataclysme, tandis que les Nibelungen agonisaient sous les effets du Rayonnement Magique.

– Voilà qui est amusant, car ils disent ainsi de vous, clamant que les Nibelungen se réfugièrent en sécurité sous la montagne, les laissant exposés au terrible hiver qui en dura dix, tandis que le soleil était avalé par la cendre volante.

– Balivernes ! Tu n'es déjà pas le bienvenu en ces lieux, ami des Elfar ; ne donne pas à mes guerriers une excuse pour te fracasser le crâne.

– Le crâne ? Comment comptes-tu faire ; empiler trois Nains ? Qu'ils visent plutôt les genoux, c'est à leur portée !

Le roi des Nibelungen grogna une réponse inintelligible et poursuivit sa route. Le long couloir orné de piliers et de statues mena jusqu'à une immense salle, aux nombreux héros représentés dans la pierre. Au centre trônait un piédestal, et sur ce piédestal une ceinture d'argent, large et ronde, parcourue de runes émeraude luisant faiblement.

– Là. Tu as vu notre trésor. Maintenant pars.

– Ce n'est qu'une simple ceinture, pour moi. Rien ne prouve que ce soit celle que je recherche. Alberich est-il doublement un menteur ?

– Qui traites-tu de menteur ?

– Si c'est bien la légendaire ceinture de force, prouve-le. Laisse-moi l'essayer.

Alberich éclata de rire.

– Tu me crois vraiment fou ! Te laisser la ceinture, pour te voir fuir avec, doté d'une force divine ? Tu es plus bête que tu en as l'air, Thor Wodenson.

– Alors fais-la essayer à l'un de tes guerriers, et nous verrons bien.

– Ragnvald ! Prends la ceinture et montre au fils de Woden que les Nibelungen disent vrai, et qu'ils ont bien un tel trésor dans leur halle.

Le petit guerrier s'exécuta et demanda quel exploit son roi voulait le voir accomplir. Sans laisser à Alberich le temps de répondre, Thor le défia de soulever cette statue, là-bas. En cas de succès, il serait convaincu, et demanderait même à Tyr, leur Skald, d'écrire une chanson sur les Nibelungen. Lorsqu'Alberich acquiesça, Ragnvald prit à pleine main une énorme figure de pierre de six fois sa taille et, presque sans effort, la souleva du sol. Aussitôt, Thor projeta son marteau en plein dans la face du Nain, qui lâcha le bloc de pierre taillé sur ses compagnons. Le jeune Thein attrapa le cadavre par la taille et courut en direction de la sortie, tout en défaisant la ceinture pour l'enfiler à son tour. À ce moment-là il sentit comme une piqûre, puis courir en lui une vigueur surhumaine, et l'espace d'un instant il eut la nausée. Son cœur battait bien plus vite, et il eut un goût métallique dans la bouche. Alertés par les hurlements du roi, plusieurs guerriers lui barrèrent la route. Ils décollèrent littéralement sous la puissance des coups de marteau de Thor, qui courait en ligne droite, n'hésitant pas à briser les murs comme s'ils furent de paille. Il avait mémorisé le trajet ; il n'eut presque aucun mal à s'orienter malgré la ressemblance des halles et des couloirs. Il courait, courait, courait, frappant négligemment les guerriers qui s'interposaient, malgré leurs boucliers de métal et leurs lourdes armures. Cette ceinture était réellement exceptionnelle ; sans cette force surnaturelle qui courait en lui, il aurait déjà été capturé, sûrement tué. Pourtant, il passait comme un ours parmi les mouches. Lorsqu'il vit la lumière à la sortie du tunnel, il accéléra encore le pas, et du comité d'accueil qui l'attendait haches, lances et épieux levés, il ne fit aucun cas. Il sauta sur son char, qu'il avait laissé là, et fila à tout va. Les cris indignés des Nibelungen le poursuivirent longtemps mais jamais ne le rattrapèrent.

Les boucs épuisés ne s'arrêtèrent que tard une fois la lune levée. Thor fit un feu de camp discret, qu'il couvrit d'un cône fait de branches pour éviter que la fumée ne soit trop visible, et entama les provisions qu'il avait emportées. Les fruits des Elfar étaient juteux, goûteux, et semblaient ne jamais pourrir. Leur vin était puissant et parfumé, et Thor se surprit à presque le préférer à l'hydromel de ses terres. Il défit la ceinture de force, et d'un coup se sentit faible comme un enfant. Toute la fatigue accumulée, oubliée par l'excitation et la puissance surnaturelle conférée par l'artefact, le submergea soudain. Cette ceinture était un objet inestimable, mais elle semblait être à double tranchant. Après avoir posé quelques pièges de cordes tendues, faits pour agiter les branches au passage d'éventuels poursuivants, il s'endormit dans la neige, roulé sous ses couvertures, et reprit la route pour Alfheim au lever du soleil, frais et dispos. Comme à l'aller, il prit bien soin d'éviter les fermes et les villages sur sa route, de peur de croiser des Midlander. Il ne vit qu'une petite troupe, au loin, et prit soin de rester à distance. Une fois atteinte la lisière d'Alfvid, il traversa en hâte le campement des Æsir, saluant brièvement ses compagnons, et s'enfonça dans la forêt.

De retour dans la halle, il racontait ses aventures en dévorant force fruits et pain elfique. Partout autour, les Elfar assemblés admiraient les objets avec des yeux d'enfants.

– C'est la ceinture..., soufflaient-ils. Ce sont les gants... Certains pleuraient en souriant, et d'autres murmuraient : Cet homme est l'élu de Donar...

Thor entendit aussi plusieurs fois:

– Ami des Elfar.

– Je suis impressionné, mon frère. Comment as-tu convaincu Alberich de te la céder ?

– Eh bien... « Céder » n'est peut-être pas le terme approprié... À ce propos-là, il est possible que les relations entre Asaheim et Nidavelir en soient dégradées...

– Pour ce qu'elles étaient bonnes..., renifla Loki. Combien de Nains as-tu écrasés pour obtenir cet objet ?

– Pas autant que tu le croirais, mon ami ! rit Thor.

Frey lui posa une main sur l'épaule et lui fit part de toute son admiration. Désormais, l'heure était venue de savoir si Mjöllnir n'était qu'une légende ou bien s'il renfermait la puissance de Donar... Ils traversèrent les passerelles de bois sous les branchages dans un silence presque religieux, jusqu'à la niche où trônait l'arme légendaire. Thor passa la ceinture et les gants. À nouveau il sentit une piqûre, et sa force augmenter. Il prit une profonde inspiration et tendit la main vers le précieux trésor. À sa grande surprise, les Elfar scandèrent son nom, d'abord doucement, puis de plus en plus fort, jusqu'à un tonnerre grondant. Lorsque ses doigts se posèrent sur le manche, il sentit un crépitement, et une puissance infinie. Il brandit l'arme, et un éclair en jaillit, perçant les frondaisons et les nuages, avec un fracas assourdissant. La stupeur générale passée, Frey déclara que Mjöllnir, le marteau de Donar, devenait le marteau de Thor Alfavenn, l'Ami des Elfar. Un court silence respectueux régna, puis les vivats éclatèrent. De retour à la halle, les Elfar formèrent un Thing exceptionnel. Les deux rois se serrèrent l'avant-bras pour officialiser leur nouveau lien. Désormais, ils seraient deux clans alliés, et se viendraient mutuellement en aide. Frey promit que les Elfar leur prêteraient main forte lorsqu'ils reprendraient l'offensive face au Svardrekkin. À ces mots, de nombreux Elfar protestèrent, Falko en tête. Offrir Mjöllnir aux Æsir était une chose. Les assister dans leur guerre en était une autre. Peu d'Elfar souhaitaient risquer leur précieuse et longue vie pour une cause qui n'était pas la leur. Quelle raison pourrait bien les pousser à venir en aide aux Æsir ?

– Tout simplement parce que leur cause est juste, répondit un Elf en savançant. Notre existence est infinie, mais quelle en est la valeur si nous n'en faisons rien ? La vie des hommes est courte et fragile, et c'est ce qui la rend précieuse. Notre longévité est une bénédiction des dieux, il est vrai ; mais elle ne doit pas nous empêcher d'affronter bravement la mort. Car en vérité, moi, Folker, préfère mille fois donner ma vie pour une noble cause, et que mon existence ait eu un but sur cette terre, que de traverser l'Histoire sans rien y avoir apporté. Certains d'entre nous tomberont au combat. Mais pour chacun d'eux, les Skaldar écriront une glorieuse chanson ! Chacun sera honoré, et dans la halle de Donar, pourra dire : *Ma mort n'a pas été vaine.* Qui est avec moi ?

Un Elf se leva. Puis un autre. Et encore un autre. Bientôt, tous furent debout, scandant un même mot : « Gloire ! Gloire ! Gloire ! » Du coin de l'œil, Thor vit Falko serrer la mâchoire et la garde de son épée. Sous les applaudissements et les hourras, le jury vota la voie de la guerre à l'unanimité. Thor bouillait d'impatience. Très bientôt il rencontrerait le Svardrekkin pour un affrontement final...

V

LE MARTEAU DE DONAR

La vie est conflit. De notre naissance à notre mort, tout n'est que conflit. Des animaux aux hommes, tous doivent se battre à chaque instant de leur existence. Que ce soit pour des idéaux, pour survivre, par cupidité, haine, vengeance ou désir, nous passons notre temps à lutter. Certains désormais, se pensant plus civilisés, honnissent la violence. À ces couards et à ces faibles, je réponds ceci : La vie est violence ! La vie est conflit ! Qu'un homme qui n'a jamais eu à se battre pour quoi que ce soit s'avance, et qu'il ose me dire qu'il se sent vivant ! La paix est stagnation ; la stagnation est mort. C'est au cœur de la bataille qu'un homme se sent vivant. C'est en mettant sa vie sur le fil de l'épée qu'il en éprouve toute la splendeur. La mort aux vaincus et la gloire aux vainqueurs, là est la beauté du combat. Aux armes !

Woden Burrson, *Pensées Guerrières*

– Tu devrais te reposer, champion, après toutes ces aventures.

Thor suspendit son mouvement au son de la voix et tourna la tête. Falko ? C'était là une visite bien inhabituelle pour quelqu'un qui s'était toujours montré hostile aux Æsirs. Apparemment, l'Elf souhaitait présenter ses excuses à ce sujet. Il avait mal jugé le prince d'Asaheim, qui était visiblement le champion des dieux. Il avait même apporté en signe de paix une coupe de vin elfique. Thor, friand de ce breuvage, attrapa le récipient en riant. Il était sincèrement touché par cette attention. Si même Falko, leur pire détracteur, se montrait amical, cela voulait bien dire que les Elfar les acceptaient inconditionnellement comme clan allié. Attrapant son interlocuteur par l'épaule, il l'enjoignit de boire avec lui. Dans son royaume, on partageait son breuvage en signe d'amitié.

– Je te remercie, mais je ne suis guère friand de vin. Bois, je t'en prie.

– Allons ! C'est symbolique. Juste une petite lampée.

Il porta la coupe aux lèvres de l'Elf, qui la repoussa de la main. Les yeux de Thor s'étrécirent.

– Bois. Ce vin. Maintenant.

Lentement, Falko prit la coupe. Qu'il lâcha avec un « oups » sonore, répandant le liquide vermeil sur le sol boisé. Il s'excusa de sa maladresse en riant. Thor ramassa la coupe, dans laquelle restait un fond de vin, et lorsqu'il proposa de porter ces quelques gouttes à Frey, qui était friand de ce nectar, Falko s'empressa de refuser. Ce ridicule reste n'était pas digne d'un roi.

– J'insiste, pourtant.

Sans attendre de réponse, il se dirigea vers la halle où trônait Frey, qui passait quelques instants avec sa sœur, et lui offrit sa coupe.

Lorsque le roi des Elfar la porta à ses lèvres avec un sourire surpris, Falko s'écria qu'il ne devait pas boire. Thor en demanda la raison ; ce n'était là que du vin. S'il était assez bon pour lui, il était assez bon pour le roi. Visiblement préoccupé, Frey exigea lui aussi des explications. Lorsque Falko ne put en fournir aucune, il déclara qu'en ce cas rien ne l'empêchait de boire, et joignit le geste à la parole. Falko l'interrompit d'un cri : le vin était empoisonné ! Thor ressentit une sinistre satisfaction d'avoir vu juste. Ce misérable avait voulu le tuer... Et le tuer lâchement avec cela, au lieu d'avoir le courage de l'affronter en duel. Malgré toute sa rancœur, il était reconnaissant envers Loki ; heureusement que ce vieux serpent avait vu Falko manigancer quelque chose et avait invité Thor à se méfier de lui. Il se saisit du malandrin et le secoua comme un prunier avant que Frey ne retînt son bras et n'exigeât des explications quant à cette vile tentative de meurtre. Le regard de Falko n'avait de cesse de glisser vers Loki, adossé à un mur non loin, mais ne recontrait qu'un sourire en coin. Les épaules de l'Elf s'affaissèrent.

– Je... Nous ne devons pas partir en guerre ! Je ne veux que ce qu'il y a de mieux pour mon clan, et c'est de rester cachés dans la forêt. Mon Roi, tout ce que j'ai fait était pour nous !

– Que tu redoutes la guerre, soit. Que tu préfères rester caché en laissant nos alliés agoniser, ceci est déjà lâche. Mais que tu attentes à la vie d'un Thein, d'un ami, dans une pathétique tentative de te soustraire à tes devoirs... Pour ceci, tu encours la mort. Mais au vu de tes services passés, je t'accorde le bannissement. Le Thing en décidera demain.

– Mon Roi, je t'en prie ! Tue-moi, tue-moi maintenant, mais ne me bannis pas ! hurlait Falko alors que trois guerriers l'emmenaient loin de la halle. Loki, aide-moi, espèce de traître !

– Tss... Tu croyais vraiment que j'allais t'aider à empoisonner le fils de Woden ? Tu es bien stupide, mon pauvre Elf...

Loki souriait toujours, tandis que les cris outrés de Falko s'éloignaient petit à petit.

– Je suis navré, mon ami..., dit Thor en posant une main sur l'épaule de Frey. Je sais qu'il était pour toi comme un frère.

Les premiers essais avec Mjöllnir furent, pour le moins, peu concluants. Ce marteau ne servait à rien ! Nulle magie n'en sortait ; il était trop lourd et le manche trop court ! Thor commençait à penser que la puissance de l'arme n'était qu'une légende. Finalement, ils ne gagneraient jamais la guerre... Le plan de Tyr était certes intelligent, mais le Svardrekkin était invincible. Sans les éclairs de Donar entre les mains, la victoire leur serait toujours refusée... La première fois qu'il avait fait part de sa déception, Loki avait reniflé un commentaire désobligeant sur la magie elfique. Thor n'était pas loin de penser comme lui, désormais. Il commençait à perdre patience, avec cette stupide masse de métal. Une chose lui revint en mémoire. Dans les légendes, les grands héros disparaissaient toujours du monde quelques temps avant de revenir plus fort que jamais. Peut-être devrait-il passer un moment isolé, avec pour seul objectif la maîtrise de cette arme. D'anciennes ruines du Deuxième Âge se trouvaient non loin ; il pourrait s'y entraîner à loisir.

Et le temps passa, un temps indéterminé pour Thor, reclus dans les ruines elfiques, ne voyant personne, pas même Balder,

Heimdall ou Freyja. Rien d'autre n'existait que son bras, le marteau, et sa cible. Il s'entraîna jusqu'à l'épuisement, jusqu'à ne plus lui-même exister, jusqu'à ne plus faire qu'un avec son arme. Alors il comprit. Il comprit la puissance du marteau. Il comprit son fonctionnement. Il comprit ses secrets. Mais jamais il ne les révélerait. Mjöllnir était le marteau de Thor, et Thor était Mjöllnir. Et un jour, il sortit des ruines, poussant un cri de victoire. De son marteau brandi bien haut, un éclair jaillit et vint percer le ciel en un grondement sonore. Au travers des nuages troués par la foudre, un rayon de soleil vint l'illuminer. En cet instant, il sut qu'il était le champion de Donar et qu'il porterait toute la colère du dieu des tempêtes sur le Svardrekkin.

Siegfried fixait du regard le ciel. Il n'aimait guère cet éclair qui venait de percer la voûte céleste alors que le temps n'était pas à l'orage... Cela semblait venir d'Alfvid ; que se tramait-il dans la forêt des Elfar ? Il espérait ne pas lire un signe divin en faveur des Æsir... Merde aux dieux ! Il leur avait craché à la face, et s'était forgé son propre destin. Il fut apostrophé par Magni :

– J'ai vu cet éclair. Et je suis sûr que tous en Asaheim l'ont vu. Il symbolise ta chute à venir, car Donar lui-même va te pulvériser, usurpateur !

Sans même le regarder, il le fit voler d'un revers de la main.

Il n'était pas d'humeur. Il traversa la cour de la halle, se dirigeant à grands pas vers une petite niche de bois. Là, dans l'ombre, trônaient un crâne et une peau de loup, pendus à un bâton. Au sol se trouvaient des offrandes de viandes et de fruits. Siegfried y ajouta son tribut avec révérence. Il pria l'esprit du loup de continuer à veiller sur son clan, de ne pas l'abandonner. Il avait rejeté les dieux et ne pouvait compter que sur sa propre force, sa propre détermination. Il avait commis des actes que tous lui reprocheraient à jamais, des actes qui l'excluraient probablement du cycle éternel de la vie, des actes qui pousseraient Donar à le jeter hors de sa halle à jamais. Mais son clan était innocent ; il pria l'esprit du loup de le protéger même lorsqu'il aurait rejoint Syn et ses Draugar. Il posa une main pleine d'affection sur la peau de l'animal avant de tourner pensivement les talons. De retour dans la halle, il fit mander ses Theinar. L'hiver arrivait. Les Midlander allaient faire le tour des villages conquis pour amasser des réserves et voir si quelques Æsir étaient prêts à se joindre à lui contre bonne récompense.

Dans sa petite ferme isolée, l'homme le regarda sans comprendre. Avec l'hiver qui approchait, ils allaient mourir, s'il leur prenait tout !

– Et alors ?

Le regard désespéré de l'homme rencontra un mur de glace.

– Alors mes réserves sont à toi, dit-il en baissant la tête.

– Bien.

Siegfried tourna les talons, insensible à la forme prostrée, à genoux dans la boue.

À la ferme suivante, il était la cible de tous les regards et sentait l'hostilité latente dans le cœur des habitants. Il attrapa un enfant occupé à attraper des poules et lui intima de quérir son chef. Lorsque les yeux du garçon se posèrent sur le roi à l'imposante armure de métal noir bardée de pointes, il lâcha ses volailles et détala. Quelques minutes plus tard arriva un homme mûr à la moustache grise. Siegfried proposa un marché au chef de clan : si lui et ses hommes rejoignaient sa troupe et lui juraient fidélité, ils seraient traités à l'égal des Midlander et auraient une bonne vie. Leurs familles seraient protégées et ne manqueraient de rien.

– Jamais aucun Æsim n'acceptera de prendre les armes contre ses frères, surtout pas pour venir en aide à l'envahisseur. Pars, Svardrekkin, il n'y a rien pour toi, ici.

Siegfried considéra l'homme un instant. Dans ses yeux il lisait la même lueur de défi que dans ceux de Brynhilde. La rage qui ne l'avait pas quitté depuis la mort de son fils s'amplifia. Il était le dragon ; comment pouvait-on lui désobéir ? Il abattit un poing métallique sur le visage du chef, broyant tous ses os. L'homme fut pris de soubresauts alors qu'il s'étouffait dans son sang, gesticulant à terre. Siegfried ordonna aux guerriers de tuer tous les habitants et de brûler la ferme après avoir emporté tout ce qu'ils y trouveraient d'utile. Lorsqu'Yngvar commença de protester, il le fit taire d'un geste de la main.

– Exécution. *Maintenant* il n'y a plus rien pour moi ici, dit-il en tournant les talons alors que commençaient les cris de terreur et que montait la fumée.

Des scènes similaires se répétèrent aux fermes suivantes.

Une fois, un jeune garçon lança une bouse fraîche sur Siegfried, éclaboussant son armure, avant de s'enfuir en courant. Sigmar le rattrapa bien vite, et l'amena au roi, le forçant à se mettre à genoux. Le regard de défi tourna vite à la terreur lorsque le Svardrekkin donna l'ordre de lui passer lentement le fil d'une hache le long de la gorge. Sentence que Sigmar exécuta avec un sourire féroce. Dans une autre ferme, une jeune fille cracha au visage de Siegfried. Elle était embellie par la rébellion et l'assurance de la jeunesse. Sigmar s'amusa longuement en elle avant de la laisser nue dans la boue, son joli visage brisé.

Pour chacune de ces atrocités, et bien d'autres encore, les ténèbres autour du Svardrekkin s'épaississaient, faisant taire la voix de Siegfried le Juste qui hurlait sa colère et son indignation.

– Père, pourquoi ?

La fillette sanglotait à gros chaudrons. Le roi s'agenouilla devant elle et lui expliqua que c'était une chose nécessaire pour maintenir la paix. S'il pouvait faire autrement, il le ferait... Mais elle ne voulait pas aller vivre en Asaheim ! Elle pleura plus fort encore. Sa mère la prit dans ses bras. Elle était avant tout une princesse qui accomplissait son devoir. Comprenait-elle ? Entre deux sanglots elle hocha la tête.

– Alors va. Souviens-toi que toujours nous t'aimerons. Toi aussi,

Frey. Nous nous reverrons lorsque vous serez une femme et un homme, et je sais que je serai fière de vous.

Elle les lâcha lorsqu'un homme s'avança.

– Freyja Vanadis, c'est un honneur de te rencontrer. Je suis Tyr Hymirson.

– Pourquoi m'appelles-tu « Vanadis » ? Elle considéra l'homme sans âge de ses grands yeux azuréens.

– Cela veut dire « la Dise des Vanir » ; on te surnomme ainsi chez nous de par tes augures, si précis à un si jeune âge.

– Vous me connaissez ?

– Bien entendu. Certains disent même que tu converses avec la Dame.

Elle en fut émerveillée. Elle, célèbre, dans un royaume si lointain ?

– Et c'est pour cela que vous l'emmenez chez vous aujourd'hui..., lâcha le roi de Vanaheim.

– Njord, tes enfants sont spéciaux. Leurs dons seront mis à bon usage, en Asaheim.

– Woden craint que dans le cas d'une nouvelle guerre mes enfants fassent pencher la balance en notre faveur, oui...

– La guerre vient à peine de se terminer que tu parles déjà d'un nouveau conflit. N'aie crainte pour tes enfants ; ils seront les garants de la paix entre nos deux royaumes.

Le roi serra une dernière fois son fils et sa fille, les mains tremblantes, avant de les laisser partir vers les bateaux æsir. Freyja ne pleurait plus.

Comme Asaheim était différent de son royaume ! Sur le

versant de la Couronne Gelée, elle ne voyait que mornes plaines sous un ciel de plomb, herbe jaune et rares arbustes, la lisière de quelque forêt au loin, surmontée d'une montagne. Vanaheim, si elle n'était guère plus ensoleillée, présentait un climat plus clément, et des plaines et des vallons verdoyants. Elle vivait parmi les Æsir depuis près de deux hivers maintenant, et elle ne cessait de découvrir leur royaume.

– Nous n'avons jamais exploré aussi loin de Breidablik..., remarqua Frey.

– As-tu peur ? rit Thor. Allons, venez !

Et il courut au travers des rocailles et des arbustes.

Freyja le suivit en riant, son frère sur les talons. Ils gambadèrent un moment dans l'herbe fraiche. Que c'était agréable ! L'air matinal s'échauffa rapidement, et après quelques heures de marche une épaisse brume monta, séparant les enfants. Freyja commença de ressentir une oppressante angoisse saisir ses entrailles. Thor les guidait toujours dans leurs petites escapades, elle serait bien incapable de retrouver le chemin de Breidablik par elle-même. Elle appela son frère et son ami, tournant sur place. Elle n'y voyait pas à cinquante pas. Et enfin l'étau qui écrasait son cœur de desserra quelque peu ; elle entendait Thor qui l'enjoignait de se guider à sa voix ! Après quelques pas dans le brouillard complet, elle vit la forme familière du prince d'Asaheim. Elle cria son nom en se jetant dans ses bras. Mais où était Frey ?

– Je ne sais pas... Il était derrière moi, et a disparu...

La jeune fille laissa couler ses larmes sur la tunique de son ami.

Tyr retrouva les enfants le lendemain matin, pelotonnés l'un contre l'autre sous un arbre, à flanc de montagne.

– Frey a disparu..., sanglota Freyja. L'avez-vous retrouvé ?

– Pas encore. Mais je suis sûr qu'il va bien et qu'il reviendra bientôt. Venez, rentrons.

– N'es-tu pas furieux après nous ? demanda Thor, la tête basse.

– Non. Woden, en revanche... Mais n'aie crainte, j'ai calmé le vieux briscard, lui expliquant qu'au lieu d'être en colère il devrait être heureux de voir son fils rentrer. Que cette frayeur vous serve de leçon.

Cela faisait bientôt cinq hivers que Frey avait disparu, pensa Freyja en regardant les montagnes nocturnes, devant la halle de Breidablik. Pas une minute n'était passée sans qu'elle ne regrette d'avoir entraîné son frère dans ces escapades. De fines larmes d'or perlaient sur son visage. Frigg la prit dans ses bras et la réconforta. Le fautif était Thor. Freyja se laissa aller à sangloter dans les bras de la reine. Frey lui manquait tant. Pourtant, elle sentait qu'il était en vie quelque part, même si cela paraissait stupide. Elle sécha finalement ses larmes d'or.

– Ne sois pas triste et pense à ta vie future qui sera emplie de bonheur. C'est un grand jour pour toi, ma fille !

– Je ne comprends toujours pas pourquoi je dois épouser cet homme... Elle fit la moue. Je ne le connais qu'à peine, et je ne l'aime pas...

– Tu sais, je n'aimais pas non plus Woden, au début de notre mariage ; je fus mariée à lui comme tu vas l'être à Odar. Si tu acceptes, sache que tu contribueras à renforcer notre clan en unissant nos deux familles.

– Notre clan, certes. Mais qu'ai-je à y gagner, moi ?

Frigg lui énuméra les avantages : Elle tirerait grand prestige d'épouser un puissant Thein. Et puisqu'il était souvent en voyage, elle serait la plupart du temps en charge du domaine, ce qui lui donnerait bien plus de liberté et de pouvoir que la majorité des épouses de chef. Sans compter que ses richesses augmenteraient, car Odar disposait de nombreux Thingsmenn. Après un moment de réflexion, Freyja décida d'accepter. Frigg avait toujours pris soin d'elle, surtout lorsqu'elle avait appris la mort de sa mère à Vanaheim. Elle avait une dette à rembourser. Mais qu'Odar la traite mal et elle demanderait devant le Thing l'annulation de ce mariage ! Et soudain, derrière les rires de Frigg, elle entendit une voix familière. Était-elle en train de rêver ? Elle courut en direction des sons. Sur la place de Breidablik, se tenait un jeune homme, qu'elle mit un temps étonnant à reconnaître. Elle serra son frère dans ses bras et laissa couler des larmes de joie. Frigg ne cachait pas non plus son émotion.

– Tu es rentré, déclara une voix sèche. Ils se retournèrent pour faire face à Woden. Tu en auras mis, du temps. Puis il lui serra l'avant-bras à la manière des chefs avant de tourner les talons.

– C'est sa manière de dire qu'il est heureux de te revoir, sourit Frigg. Viens, tu dois avoir faim et soif.

Frey racontait son histoire, engloutissant force bière, fruits et venaison :

– Je me retrouvai seul dans la brume. J'errai quelques temps sans parvenir à m'orienter. Je n'entendais plus ma sœur ni Thor. Un peu plus loin, je vis finalement une forme dans la brume. Souriant, je courus vers elle... Pour tomber sur un bouquetin qui s'enfuit, effrayé. Emporté par mon élan, je perdis mon équilibre, et tombai du promontoire rocheux. La chute me parut interminable, avant que je ne heurte la surface de la rivière, plus bas. J'en perdis presque conscience. Emporté par le courant, je n'avais nulle part où m'accrocher, les berges donnant directement sur l'escarpement rocheux. Reprenant mon calme, je cessai de lutter et me laissai porter. Jusqu'à ce que les eaux s'accélèrent, s'accélèrent, menant droit vers une cascade précédée de rochers édentés. De toutes mes forces je nageai, sans succès. Les rochers se rapprochèrent, puis ce fut le choc, et le noir complet.

Je me réveillai sur la berge, en pleine forêt. Je ne savais où j'étais. À demi noyé, à demi-inconscient, je luttai pour me remettre d'aplomb. Heureusement, je trouvai quelques fruits pour apaiser ma faim grondante. Tentant de m'orienter, j'errai dans la forêt. Après un temps indéterminé, une flèche vint se planter à mes pieds, et une voix de m'interpeller. Ne comprenant pas un mot, je levai les mains en l'air pour montrer que je n'étais pas armé. Prudemment, un petit être chut d'un arbre, arc en main. Il me dit encore quelque chose dans sa langue, et je secouai la tête pour indiquer que je ne comprenais pas. Je pointai un doigt vers moi en disant « Frey », et l'autre dut deviner que je me présentais car il en fit de même en disant « Elfinn Falko » – ce qui signifie « Falko des Elfar. » De son arc, il me fit signe de m'éloigner, et disparut prestement dans les arbres. Tombant à genoux, je le suppliai de revenir et sanglotai comme un enfant – mais après tout, n'étais-je pas qu'un enfant à cette époque ? Falko revint finalement et m'inspecta, circonspect. Il dut comprendre que j'étais un être sans défense et que sans son aide j'allais trépasser, car il me fit signe de le suivre. Il siffla et une échelle de corde tomba d'un arbre.

Je n'avais jamais rien vu de tel ; une cité dans les arbres ! Je fus vite conduit à la halle du roi. Les Elfar m'examinèrent avec intérêt, et après de longues discussions, je pense qu'ils décidèrent de me recueillir et de me sauver la vie. Au fil des lunes, j'appris leur langage, leurs coutumes, et leur façon de vivre. Je constatai un changement dans mon allure ; je ne sais si c'est de par leur éducation ou le Rayonnement, mais je me sens agile comme jamais, et j'ai l'impression que mes sens sont plus alertes. Au fil du temps, je me liai d'amitié avec Adelheid, la fille du roi Adalrik. Le roi était juste et clément, mais je pense qu'il ne voyait pas d'un bon œil la relation qu'entretenait la princesse avec un étranger, car s'ils m'élevaient parmi eux, je sentis longtemps une barrière entre les Elfar et moi. Je le compris : pour eux je n'étais pas un Elf, et cette différence fondamentale empêchait un lien plus profond de se tisser. Sauf pour Adelheid, qui me traitait comme l'un de ses semblables, malgré son haut rang. Elle semblait à peine plus âgée que moi, et pourtant, à mesure que les hivers passaient, je grandissais et elle restait immuable. Lorsque j'atteins les quinze hivers, je lui fis part de mon désir grandissant de rentrer chez moi. J'étais reconnaissant envers les Elfar, mais je ne me sentais pas chez moi. Je n'avais qu'une seule chose en tête, c'était de retrouver ma sœur. Je n'osais imaginer les tourments qu'elle avait subis à cause de ma longue absence.

– Rien ne peut-il te décider à rester ? demanda-t-elle, ses immenses yeux mauves me fixant. Rien… ni personne ? Elle s'approcha et posa une main sur mon épaule, l'autre sur ma poitrine. Je ne déviai pas le visage lorsqu'elle posa ses lèvres sur les miennes.

– Traître d'Æsim ! tonna une voix derrière nous. Je te recueille, t'offre une éducation et une vie telles que nul homme ne connaîtra, et pour me remercier tu séduis ma fille ? Hors d'ici ! Hors d'Alfvid, tu es banni !

– Père, tu ne peux faire ceci ! protesta Adelheid.

Et en effet, il aurait besoin du vote du Thing. Mais le Roi avait tant de charisme et d'influence que le vote fut vite vu. J'étais désormais un proscrit, malvenu en Alfvid. Malgré les supplications d'Adelheid, je dus plier bagage et me mettre en route dès le lendemain. Par défi, la princesse m'embrassa fougueusement sous les yeux courroucés de son père avant que je ne parte. M'orientant du mieux possible au travers de la forêt, je vis peu à peu le décor changer. De vert et d'or, les feuilles se ternissaient et se raréfiaient progressivement. L'air ambiant était plus frais, et j'entendais de moins en moins d'oiseaux. Je parvenais à la conclusion que j'étais totalement perdu et que j'allais mourir sous ces arbres lorsque j'entendis un cri strident. Je courus à travers les fourrés dorés, lorsque je la vis : Adelheid ! Aux prises avec cinq créatures à forme humaine, mais à l'allure étrange ; elles étaient maigres, décharnées, même, et leurs vêtements et armures étaient en lambeaux. Lorsque je vis leurs visages caves aux yeux vides, je compris : des Draugar, des morts qui marchent ! Je n'aurais jamais cru en voir un jour, surtout dans un endroit si pur et si paisible. Plusieurs Draugar gisaient, définitivement immobiles, et je vis le roi Adalrik, à terre, aux prises avec deux autres d'entre eux. Sans réfléchir, je chargeai, armé d'un simple couteau que les Elfar, dans leur miséricorde, m'avaient donné. Je poignardai l'un des morts en plein cœur, et vit avec horreur qu'il se retourna vers moi comme si je ne l'avais blessé. Le roi me cria de viser la tête.

Je pris alors une grosse branche et frappai de toutes mes forces, décollant la tête du Draug. Le deuxième assaillant connut un sort similaire, bien qu'il faillît me trancher un bras de son épée rouillée. Adalrik m'intima de m'occuper de sa fille. Il était un genou en terre et tenait fermement son abdomen. Un épais liquide vermeil s'écoulait d'entre ses doigts serrés. Je fonçai vers la princesse et, dans ma fureur, broyai le crâne d'un Draug et arrachai la tête de l'autre avant que le troisième ne se retourne épée en main. Une estafilade se dessina sur mon torse, et plusieurs zébrures me barrèrent les bras avant que je ne parvienne à lui fendre le crâne d'un gros rocher ramassé à terre. Adelheid se blottit dans mes bras, sanglotant hystériquement. Elle se précipita ensuite vers son père, l'appelant sans qu'il semble l'entendre. Entre deux sanglots, elle m'expliqua qu'elle était partie me retrouver, et que son père, inquiet, était venu à sa recherche. Je m'étais trop approché de la lisière de Mirkvid, les bois maudits. Après quelques instants, le roi sembla reconnaître sa fille. D'une voix tremblante, il s'excusa de ne pas avoir réalisé la profondeur des sentiments qu'Adelheid éprouvait à mon égard. Puis il se tourna vers moi et avoua s'être trompé sur mon compte. J'avais risqué ma vie pour Adelheid et pour lui malgré la façon dont il m'avait traité. Aussi révoquait-il mon bannissement. Nous ramenâmes le roi jusqu'à Alfvid, où il mourut quelques jours plus tard. Malgré le chagrin, Adelheid profita de la cérémonie du couronnement pour faire une annonce : celle de nos fiançailles. Je m'étais montré aussi Elf que n'importe lequel d'entre eux ; je l'avais sauvée d'une mort certaine, et aurait sauvé son père si je l'avais pu. Oh, comme son clan l'aimait ! Vous auriez dû voir cela ! Sa parole était d'or, et à compter de ce jour, je fus l'un des leurs. Voilà tout l'amour que portent les Elfar à leur reine Adelheid.

Freyja ressentit autant d'émerveillement que de fierté pour son frère ; il avait acquis un royaume, et pas des moindres ! Un Æsim, roi des Elfar... Elle nota toutefois qu'une lueur de tristesse flottait dans les yeux de Frey lorsqu'il parlait d'Adelheid. Hélas, l'histoire n'était pas finie... Frey poursuivit :

– Lors de notre nuit de noces, je faisais glisser sa robe nuptiale le long de son corps opalin, lorsque je remarquai une hideuse balafre sur son épaule. Inquiet, je l'interrogeai mais elle refusa de m'en dire plus, m'assurant que ce n'était rien. Et soudain je compris :

– Les Draugar... Il faut traiter cette vilaine blessure !

– Les Skaldar ne parviennent pas à la faire cicatriser ni à calmer l'infection. Ils disent que les blessures infligées par les crocs des Draugar ne guérissent jamais, du fait de la souillure.

– Mais alors...

Elle posa un doigt sur mes lèvres. Pour ce soir, elle ne voulait penser à rien ; son seul désir était que je la laisse être femme. Bien que je sois heureux de te revoir, ma sœur, je suis avant tout venu quérir l'aide de Tyr. Peut-être connaît-il un remède...

– Je ne connais nulle cure contre les blessures des Draugar, mais je t'accompagnerai en Alfheim.

Freyja aurait voulu venir elle aussi. Elle n'avait aucune envie de se séparer à nouveau de son frère après tout ce temps passé sans lui. Mais elle convolait en juste noces. Frey sourit tristement. Il aurait aimé boire avec elle lors de son mariage, mais le devoir l'appelait ailleurs, ce que Freyja comprenait. Elle aurait une pensée pour lui, lors de la cérémonie.

La cérémonie fut magnifique. Leurs familles n'avaient guère été avares. Il était encore trop tôt pour dire si elle était heureuse, mais en ce soir, elle se sentait mieux que jamais. Finalement, les invités furent presque tous endormis. Il allait être l'heure pour Freyja de gagner sa couche avec son nouvel époux... Elle le prit par la main et le guida vers la couchette au fond de la halle. En cette nuit, elle devint femme. Pourtant, quelques semaines plus tard, Odar partit en expédition avec Woden. Seule dans cette halle où tout lui était étranger, loin de Thor, Balder, ou de son frère, elle se sentait comme une petite fille déracinée. À peine Breidablik était-elle devenue son foyer qu'on l'envoyait déjà vivre ailleurs. Elle ne put retenir ses larmes, seule dans la halle, devant son métier à tisser. Une femme passa la tête par l'embrasure de la porte.

– Freyja, puis-je entrer ? Que t'arrive-t-il ?

– Entre, Gisela. Cela ira. C'est simplement que... En seulement quelques semaines, je me suis attachée à Odar... Sous ses dehors bruts, il est attentif à moi.

– Il est vrai qu'il est plus sensible qu'il n'en a l'air.

– Pourquoi te soucier de moi ? Tu es sa concubine, sans moi tu serais son épouse.

– Je t'en ai longtemps voulu, avant même de te connaître. Mais je sais que votre union est bénéfique pour le clan.

– Pourtant il t'aime, et tu l'aimes en retour.

– Allons, tu es si belle ! Quel homme ne serait heureux d'être ton époux ? Après un silence, Gisela reprit. Te satisfait-il la nuit ?

– Je... Quelle question est-ce là ? Freyja se remit à tisser pour éviter le regard de l'autre femme.

– Je me disais bien que les nuits étaient plutôt silencieuses...

– En quoi sont-ce là tes affaires ?

– J'ai à cœur le bien-être d'Odar. Il est important que tout se passe bien en la couche, si tu veux lui donner un fils. Ou une fille.

À demi-voix, Freyja avoua que les nuits n'étaient guère plaisantes. Ce n'était pas qu'Odar se montrait trop brusque ; simplement, ils n'étaient pas en accord, sans qu'elle sache dire pourquoi. D'après Gisela, cela venait d'une simple chose : son esprit était fermé, et donc son corps tendu. Elle avait simplement besoin de communiquer avec son époux. Lorsqu'elle sentit une main féminine passer sur sa poitrine, elle croisa immédiatement les bras sur son buste et s'indigna. Gisela la rassura. Elle ne faisait que lui montrer la voie. Freyja devait imaginer qu'elle communiquait avec la Dame. Lorsqu'elle faisait l'amour, elle devait être dans le même état d'esprit. C'était presque une transe. Lorsqu'elle sentit une main glisser sous sa robe, elle ne se défendit pas, cette-fois. Elle devait n'être plus que sens et conscience... Son corps était une ouverture vers le divin, et son esprit en était la clé. Lorsqu'une main descendit vers ses cuisses, elle gémit. Son corps s'agita de spasmes ; son souffle s'accéléra ; en son esprit se fit le vide. Puis ce fut l'extase. Elle sourit, et sa respiration se stabilisa. Elle n'avait jamais rien connu de tel.

– Nos désirs terrifient souvent les hommes, qui craignent ce qu'ils ne comprennent pas. Ne sois pas une simple poupée inerte qui se laisse prendre ; offre, et prends en retour ! En ces moments-là, tu es la Dame, tu es toute-puissante. Les hommes sont peut-être les maîtres des lois et de la guerre, mais au foyer, tu es reine.

– Voudras-tu m'aider à cela pendant l'absence d'Odar ?

Et lorsque son époux rentra, des lunes plus tard, elle sauta dans ses bras et le couvrit de baisers. Après quelques instants il rompit leur étreinte et la guida dehors. Il avait un cadeau pour elle. Il exhiba deux superbes chatons, d'une taille inhabituelle et d'une blancheur neigeuse. Des lynx ! Qu'ils étaient beaux ! Elle qui avait toujours vécu avec des chats, elle était comblée. Freyja ressentait déjà un amour sans limite pour ces adorables bêtes. Elle les appellerait Hnoss et Gersimi ; « trésor » et « joyau », dans l'Ancienne Langue. Elle couvrit Odar de baisers et le guida jusqu'à la couche, congédiant les guerriers présents. Là, elle le jeta sur la banquette et se plaça à califourchon sur lui, ses immenses cheveux d'or encadrant leur visage.

Les lunes passèrent, et Freyja apprécia d'avoir avec elle son époux tout l'hiver. Mais le printemps revint bien vite, et il annonça son départ imminent. Elle en était chagrinée, mais choisit de n'en rien dire. À la place, elle canalisa ses émotions lors de leur dernière nuit ensemble. Le lendemain, Gisela lui sourit : Tout se passait décidément mieux dans la couche. En rougissant, Freyja admit que ses conseils s'étaient révélés… utiles…

– Depuis combien de temps es-tu enceinte ?

– Comment sais-tu ?

– Allons ! Sur une silhouette comme la tienne, tu pensais pouvoir cacher cela à une autre femme ?

Gisela la prit dans ses bras et la félicita. Pourtant, Freyja redoutait plus que tout cette grossesse. Elle n'avait encore rien dit à Odar. Cet enfant serait fils ou fille de Thein. Il serait envoyé chez un Thingsmadr pour y être élevé, au nom de quelque alliance familiale, et cette pensée lui était insoutenable. D'annoncer la nouvelle donnerait à cette pensée réalité, et c'était là plus qu'elle n'en saurait supporter. De plus, elle préférait qu'Odar ne s'inquiète de rien et parte l'esprit serein. Il l'apprendrait à son retour.

Mais Odar ne rentra jamais, et Freyja pleura longtemps son absence. Elle se demanda si les choses auraient été différentes, avec un enfant. Elle l'aurait appelé Frey, en l'honneur de son frère, ou Nerthuz, en mémoire de sa mère. Elle laissa son regard se perdre dans le feuillage qui se reflétait sur l'étendue étincelante du lac. Cette surface sacrée ne lui renvoyait aujourd'hui aucune vision de l'avenir, simplement des bribes du passé. Pour la première fois, elle n'avait aucune idée du déroulement des événements futurs, et elle en était terrifiée. Les Æsir avaient décidé de passer à l'offensive avant de se retrouver bloqués par les premières neiges. La décision n'avait pas été facile, mais ils ne pouvaient se permettre d'attendre Tyr plus longtemps. Que le Skald ait pu accomplir ou non sa mission, ils avaient avec eux le marteau de Donar, et Freyja espérait que ce serait suffisant pour leur accorder la victoire.

Avant de partir, les Æsir firent leurs adieux à Adelheid. Lorsque Frey évoqua l'idée qu'il pourrait ne pas revenir, elle lui posa un doigt fin sur les lèvres.

– Tu reviendras, mon amour. Car je sais que tu seras à mes côtés lorsque mon essence s'éparpillera en Alfvid, une fois mon heure venue.

– Ne parle pas de cela ! Tant que tu vis, je garde espoir.

Freyja vit Loki lever les yeux au ciel et mimer un harpiste, le visage exagérément triste. La Reine s'adressa aux Æsir et les remercia pour avoir ouvert les yeux de son clan en leur prouvant qu'hommes ou Elfar, tous étaient semblables, tous étaient égaux. Loki toussa, pour ensuite s'excuser, levant la paume des mains. Freyja aurait juré qu'elle avait entendu, dans ce raclement de gorge, le mot "péquenauds" à demi prononcé. Au nom des Æsir, Balder exprima sa gratitude envers les Elfar pour l'aide qu'ils allaient leur apporter.

– Je suis heureuse d'avoir vécu assez longtemps pour voir mon clan s'allier à un autre, sans haine ni méfiance, sourit Adelheid.

Sa voix s'éteint doucement. Ses yeux se fermèrent, et seule sa poitrine se soulevait encore faiblement. Le visage fermé, Frey quitta la pièce. L'heure était venue de partir au combat... Sigyn s'accrocha au bras de Loki et le pria de lui revenir vite. Il l'embrassa vigoureusement avant de la repousser ; qu'elle laisse son époux et ses fils se préparer à de glorieux assassinats. Quant à elle, Freyja prit dans ses mains la tête de ses lynx et les rassura. Maman reviendrait vite, pour ne plus jamais les quitter. Plus loin elle vit Hermine poser délicatement une main sur le bras d'Heimdall avant de repartir rapidement, rougissante.

Ce fut une troupe hétéroclite qui se rassembla juste à la

lisière de la forêt. Les Æsir qui n'avaient encore jamais vu d'Elfar se montrèrent au premier abord aussi nerveux qu'émerveillés. Mais les tensions se dissipèrent dès que Balder leur expliqua la situation. Sous les vivats qui éclatèrent, Freyja put sentir tout l'espoir renouvelé des guerriers. Elle n'aurait jamais cru voir le jour où les Æsir échangeraient de franches poignées de mains et des sourires sincères avec les Elfar. Dans une fébrilité pleine d'espoir et d'anticipation, chacun se préparait à l'assaut. Partout Freyja voyait les Æsir aider les Elfar à sangler leur carquois, ajuster leurs fines armures, fixer leurs boucliers, et les hôtes offrir aux invités de la forêt du pain frais, des fruits, des boissons. Alors, c'est le cœur serein, bien qu'empli d'excitation, qu'elle suivit la troupe de guerre vers Breidablik.

Sigmar était visiblement excité, se tenant sur le chemin de ronde avec un sourire féroce et crispé. Lui aussi avait vu. Balder était sorti de la forêt. Sa troupe de guerre marchait sur les plaines de l'est et serait là d'ici une heure ou deux. Ainsi ce lâche se décidait enfin à l'affrontement... Siegfried ne savait ce qui le poussait à sortir de son trou, mais il n'aimait guère cela. Lorsqu'il fit appeler Hrothgar, le Thein accourut aussitôt. Siegfried avait une mission pour lui. Qu'il aille déjà se préparer pour le voyage ; il apprendrait les détails avant de partir. Et l'homme de saluer son Roi avant d'aller aussitôt s'affairer. Siegfried marcha jusqu'à la halle, jusqu'à son armure, qu'il contempla un instant avant de l'enfiler. Il n'avait aucune crainte.

La troupe d'Asaheim ne tarda guère à envahir le plateau de Himinbjorg, grossie des guerriers Elfar. Les Midlander, Siegfried le premier, considéraient ces créatures étranges d'un œil méfiant ; jamais ils n'avaient vu leurs arcs sculptés, ni leurs dagues courbées, encore moins leurs armures d'acier léger, souples comme une feuille, et aux motifs forestiers. Les yeux luisants des Elfar leur donnaient un air irréel, comme des guerriers venus d'un âge lointain, fantômes du passé venus main forte prêter. Siegfried n'aimait guère cela. Ses fantômes à lui, loin de venir à son secours, ne faisaient que le tourmenter... Balder s'avança et s'adressa aux soldats massés sur le chemin de ronde :

– Midlander, votre roi est corrompu ! Rejoignez-moi ; aidez-moi à renverser ce tyran ivre de puissance, et honorez la justice des hommes et des dieux ! Lorsqu'il tendit une main en direction de son ennemi, seul un silence lourd lui répondit. Très bien. Je vous aurai offert la possibilité de prendre la juste décision.

– Viens donc, petit Æsim ! Jamais tu ne fus capable de me tomber, par quel miracle saurais-tu maintenant y arriver ?

– Parce que j'ai avec moi la justice, la soif de liberté ! J'ai avec moi l'honneur et l'amour des miens, tandis que toi tu n'as rien d'autre que ta propre force, et la crainte que tu inspires à tes hommes.

– Et c'est là tout ce dont j'ai besoin pour t'abattre, petit roi ! L'amour n'est jamais récompensé que par la déception, et l'honneur par la trahison... Il serra les dents.

– Je regrette que tu sois aussi aveugle... Il se retourna. Thor !

Siegfried vit un éclair fuser, du ciel tomber, et violemment le sol frapper, envoyant une onde de choc. Lentement, la poussière se dissipa. Sur le lieu d'impact, se trouvait Thor, un genou en terre, son marteau enfoncé dans le sol rocailleux. Il se releva et brandit son arme. Et un autre trait de foudre de fuser pour frapper la porte de bois de plein fouet, la faisant éclater. Quelle sorcellerie était-ce là ? En criant « Mjöllnir ! », Thor chargea, marteau en main, suivi de tous ses compagnons. Les Midlander mirent un temps à réagir. La défense s'organisa et la bataille démarra. Les Æsir étaient déjà dans la place de Breidablik, et les défenseurs se protégeaient derrière les maisons longues et le chemin de ronde. Les Elfar étaient des guerriers rapides et agiles, et de nombreux Midlander, peu habitués à d'aussi fins combats, périrent une dague en plein cœur ou une flèche dans la gorge.

Siegfried n'avait jamais vu cela. Au cœur du chaos, Thor faisait voler son marteau, qu'il semblait diriger dans les airs en pointant son gant çà ou là, brisant tous les crânes sur son passage, et l'arme de revenir dans sa main. D'un mouvement, il lançait des éclairs qui carbonisaient les guerriers ; d'un coup sur le sol il créait un tremblement qui les renversait ; d'un élan de son bras armé il pouvait sauter plusieurs pieds. Ceux qui lui faisaient face étaient annihilés ou bien grillés, ceux qui fuyaient le voyaient dans leur dos arriver rapide comme l'éclair. Siegfried vit Yngvar lui faire face, sa lourde hache en main. Thor le toisa un instant, et le salua. Il chargea, sans utiliser la magie de son arme. Yngvar se baissa pour esquiver, riposta la hache levée, mais Thor avait déjà fait un pas de côté. Le marteau s'abattit sur sa poitrine et il s'écroula, le torse enfoncé. Siegfried hurla le nom de son beau-père et avança vers Thor, mais son regard fut attiré ailleurs sur le champ de bataille. Balder guidait les troupes, protégé par Heimdall et d'autres guerriers. À ses côtés, Freyja se battait comme une furie, avec plus de rage que d'expérience. Dans ses yeux clairs, Siegfried vit toute la résolution de la Valkyria, « celle tue au combat ». Elle avait bien changé depuis leur affrontement à Sessrumnir, où elle avait fui comme une fillette terrorisée. S'il avait pu la capturer à ce moment-là, il aurait aujourd'hui un otage de valeur supplémentaire... Lorsqu'il s'avança vers elle pour lui apprendre ce qu'était un véritable combattant, Wilfrid le pria de la lui laisser. Une adversaire si aisée n'était pas digne d'affronter le Dragon Noir.

Frappant sauvagement de sa hache, le Thein mit la jeune femme à mal ; elle dut reculer, reculer, reculer encore dans l'herbe boueuse, jusqu'à mettre un genou à terre. Siegfried n'aurait pas à intervenir, en effet. Il reporta son attention sur le reste de la bataille mais alors que Wilfrid allait porter le coup fatal, Nep s'interposa et fit rempart de son bouclier, qui éclata sous le choc. Projeté au sol, ce dernier tenta de riposter, mais la lourde hache vint fendre son crâne en deux. Freyja hurla son nom, des larmes s'échappant en torrent de ses yeux, et fouetta l'air de sa lame, faisant reculer Wilfrid. Siegfried fit un pas en avant pour mettre un terme à ce ridicule combat lorsque Wilfrid s'écroula, l'épée de Freyja plantée dans son estomac jusqu'à la garde. Il serra les dents de colère. L'un de ses plus fidèles guerriers venait de s'éteindre, et il se jura de le venger. Le son d'une corne de guerre lui fit brusquement tourner la tête. Sur le plateau æsim, une marée de guerriers venus de l'ouest et du sud marchait sur Breidablik. Ses yeux s'étrécirent lorsqu'il aperçut l'emblème sur les boucliers ronds, un saumon doré remontant une rivière bleue. Des souvenirs de son éducation auprès de Gunther lui revinrent en mémoire ; Njord, le roi de Vanaheim... L'homme était accompagné de Tyr, et Siegfried comprit. Maudit Skald, voilà donc pourquoi il parcourait le royaume d'est en ouest... L'arrivée de ces nouveaux guerriers renversa le cours de la bataille. Le cœur battant, Siegfried nota que peu à peu les Midlander reculaient, et que leur nombre diminuait.

De l'autre côté du champ de bataille, il constata que Loki n'était pas en reste ; ses deux fils occupaient les guerriers en les raillant, les provocant, et à chaque homme infortuné occupé à défendre sa vie, le serpent trouvait une faille pour y planter ses dagues, avant de se glisser à nouveau dans les ombres des maisons. Sigmar, dernier loyal défenseur du Dragon Noir, repoussait trois Elfar lorsque Loki lui planta une dague entre les côtes, le laissant mourir dans la boue. Ses fils chargèrent en hurlant, et furent abattus par Vali et Narfi d'une épée dans le dos. Siegfried n'avait jamais trop aimé Sigmar, mais sa férocité et sa brutalité lui avaient mainte fois rendu service. Lui aussi serait vengé... En représailles, il abbatit les Æsir par douzaine, libérant toute sa rage et sa colère sur ses adversaires. Rien ne pouvait l'arrêter ni même le blesser. Il ne souhaitait qu'une chose : remporter le combat, quand bien même ses hommes avaient été tous massacrés ou capturés. Car après tout, qu'était l'Histoire ? Qu'était la vérité ? S'il l'emportait ce soir, le Svardrekkin serait la justice, la liberté. S'il était défait, il serait un fou, un criminel. La victoire n'était écrite que par les seuls vainqueurs, laissant dans l'ombre les buts, les sentiments et les accomplissements des vaincus...

Et sur ce, il chargea en direction de Balder. S'il tuait ce chien, il l'emporterait malgré le sous-nombre. Mais la silhouette massive de Thor s'interposa devant lui. Un premier éclair fusa. Siegfried le prit de plein fouet, et sentit quelque chose qu'il n'avait pas connu depuis fort longtemps. La douleur... Malgré sa peau dure comme l'acier, malgré ses innombrables blessures l'ayant anesthésié, la force des éclairs de Donar l'ébranlait. Il plia un genou, puis se redressa, grondant, serrant les dents, là où un homme ordinaire aurait déjà été vaporisé. Il esquiva le marteau que Thor venait de jeter. Il se remettait en garde lorsqu'il reçut un choc à l'arrière du casque. Il atterrit ventre à terre, sonné. Maudit marteau... Mais ce n'était pas cette minable magie de lâche qui allait le vaincre. Il se releva d'un bond et Balmung visa le torse du géant, sa tête, ses genoux, mais chaque fois fut parée par le marteau. Chaque impact envoyait des décharges dans le corps tout entier de Siegfried. La douleur apprivoisée, il sourit sauvagement.

– Rends-moi vivant, Æsim ; frappe ! Vois si tu peux briser cette carapace de ténèbres ! Rends à nouveau Siegfried vivant !

– Il est totalement fou..., marmonna Thor, qui continua malgré tout de frapper.

Siegfried souriait désormais. La douleur... La douleur ! Elle lui faisait ressentir des choses d'antan. Peu à peu, il retrouva une part de qui il fut avant, revit le visage de sa femme et son enfant. À chaque coup reçu, une part d'ombre se levait, et la lumière se faisait. Et pourtant, à chaque fois, les ténèbres restantes s'épaississaient. Siegfried ne désirait pas la lumière. Elle lui rappelait trop sa vie passée, ses blessures, son agonie. Les ténèbres, elles, étaient rassurantes, froides, familières, indolores. Les ténèbres étaient le néant bienvenu. Avec un cri de rage, il redoubla de puissance et rendit à Thor chacun de ses coups, blâmant le prince des éclairs de le rapprocher petit à petit d'une souffrance qu'il n'avait eu de cesse de fuir durant des hivers. Il prit un autre coup sur le crâne qui l'envoya au sol, sonné pour plusieurs secondes.

– Inutile, Svardrekkin, tonna une voix dans sa tête. Tout est déjà perdu. Toi-même tu le devines, tu dois t'avouer vaincu.

Tout était noir autour de lui, et les ténèbres semblaient vivantes. Au fracas de la bataille désormais le silence faisait écho.

– Quel tour est-ce là ? Grimnir, est-ce toi ?

– En ces lieux désormais plus rien ne te retient. Retourne vers ton campement, il est temps : reviens.

Maudit soit Grimnir ! Les conseils du prophète l'avaient porté jusqu'à la tête du Midland comme d'Asaheim, et lorsqu'il tenait enfin son ennemi juré devant lui on lui demandait de faire demi-tour ?

– Pourquoi fais-tu cela ? Quel est ton plan ? Réponds-moi ! Réponds-moi ! cria-t-il dans les ténèbres. Mais seul le silence lui répondit. Autour de lui tout était noir, et lorsqu'il ferma les yeux il n'eut qu'un vague sentiment de nausée avant de se sentir happé vers le vide. Il se retrouva, après une minute ou une semaine, dans une ruine du Deuxième Âge, sombre et oubliée. S'extirpant de la cabine de métal dans laquelle il se trouvait, il tâtonna vers la lumière et vit, une fois à l'extérieur, qu'il était tout proche de son campement de la côte ouest, le premier qu'il établit. Il sortit des fourrés un navire léger que les Midlander avaient dissimulé là et navigua vers l'île où se trouvait le camp. Il débarqua sur le sable fin, et... des ruines ! Les tentes saccagées, des dizaines de corps gisant au sol, leurs yeux morts fixant à jamais le ciel gris. Siegfried accéléra le pas, faisant le tour du camp. Il comprenait l'ampleur du désastre.

Tenant sa hache fermement, un unique guerrier couvert de sang, probablement aussi bien le sien que celui des assaillants, respirait encore péniblement. Vu la traînée vermeille, il avait rampé sur plusieurs dizaines de mètres avant de ne plus pouvoir bouger. Siegfried s'agenouilla devant lui.

– Mon Roi... Les Vanir... Il y a deux jours... Ils sont arrivés par la mer... Ils étaient trop nombreux, mon roi ! s'écria-t-il en tendant une main écarlate vers Siegfried. Trop nombreux... La poigne de l'homme sur son col se fit de plus en plus faible.

– Donar est fier de toi, guerrier.

Et il lui planta sa lame dans le cœur, mettant fin à ses tourments. Il ferma les yeux. Il savait ce que cela signifiait. Asaheim lui était perdu. Avec de telles morts, il ne pourrait continuer la guerre sur ce sol. Il resta un long moment, debout au milieu des cadavres, contemplant l'étendue de son échec. Puis il se dirigea vers son navire. Une dernière chose lui restait à faire...

Thor se précipita vers la halle, appelant sa femme et ses enfants de toute sa voix. Seul le silence lui répondit. Il parcourut toute la salle de vie, sans trouver trace de sa famille, morte ou vive. Le cœur empli d'appréhension, il retourna les quelques cadavres de femmes qui gisaient. Mais aucun ne lui révéla le visage de Sif, et il ne vit non plus nul enfant. Dans sa frénésie, il trouva un Midlander encore vivant, bien qu'agonisant. Luttant contre l'envie de l'achever, il exigea de savoir où se trouvaient son épouse et ses enfants.

– Pas ici..., sourit l'autre.

– Dis-moi où le Svardrekkin les a emmenés, et je t'accorderai une mort rapide et sans trop de douleur...

Lorsque le Midlander lui fit un geste grossier, sans répondre, Thor le frappa en hurlant. Il sentit une main sur son épaule et se retourna pour faire face à Balder. Le jeune roi secoua la tête avant de demander son nom au Midlander.

– Wilfrid Wilhelmson.

– Cette guerre a fait assez de morts, ne crois-tu pas ? Si tu peux aider à sauver ne serait-ce qu'une vie, après toutes celles que tu as détruites aux côtés de ton roi, ne te dois-tu pas de le faire ?

– J'emmerde ta faiblesse et ta compassion ! Mon dieu est Donar, et la guerre est son domaine. Mourir au combat est un honneur, et la gloire m'attend !

Thor eut la satisfaction d'entendre le ricanement du Midlander se transformer en un long hurlement lorsqu'il lui enfonça tous ses doigts dans la plaie.

– Où sont-ils ? Où les captifs ont-ils été emmenés ? Parle !

– L'Île-des-Glaces ! Hrothgar les a conduits à l'Île-des-Glaces !

Thor fit hurler le blessé encore quelques instants avant de daigner lui enfoncer son marteau dans le crâne. Que Donar n'admette jamais Wilfrid Wilhelmson en sa halle et rie de lui. Soudain, il vit Balder s'éloigner d'un pas vif, pour s'arrêter devant le cadavre d'un Elf à la fine armure d'acier doré. Le roi s'agenouilla, retourna le mort et grimaça. Thor le reconnaissait. Il s'agissait de... le nom lui échappait.

– Il s'appelait Folker. C'était un noble Elf au grand cœur, et voilà que Donar et Dagon l'ont pris comme tribut pour notre victoire. Est-ce là un prix honnête à payer ?

– Il est tombé pour voir le Svardrekkin chassé, et mérite pour ceci moult honneur. Son sacrifice ne sera ni vain ni oublié, mon frère.

En vérité, aucun sacrifice ne serait oublié. Les Skaldar écriraient une chanson pour chacun d'eux. Parlant de cela... Thor avança vers Tyr à grands pas et le serra dans une accolade d'ours pour lui exprimer toute sa gratitude. Sans lui, Njord n'aurait jamais pu venir à leur rescousse et renverser ainsi le cours de la bataille. Il était heureux de constater que le roi de Vanaheim n'avait pas hésité à leur prêter main forte dans une guerre qui n'était pas la sienne. Il se demanda l'espace d'un instant si sa décision aurait été la même en l'absence de Freyja. Grâce à ce geste, la belle avait-elle pardonné à son père ? Thor décida que rien de ceci n'avait d'importance. Ils avaient vaincu. Ils étaient en train de tous se congratuler pour la victoire lorsque Loki les coupa :

– Toutes ces retrouvailles son *si* touchantes ! Tant d'effusions me donneraient envie d'en vomir des arcs-en-ciel... Ne me remerciez pas pour l'aide apportée lors des combats, ceci dit...

En retour, Thor exprima sa gratitude d'un marmonnement à peine prononcé. Chaque mot lui brûlait la langue, aussi choisit-il de passer à la suite. Ils devaient partir immédiatement vers l'Île-des-Glaces libérer les captifs ! Ils devaient venger Nep ! Qui savait ce que le Svardrekkin tramait en ce moment-même ? Il pouvait être à l'Île-des-Glaces, ou bien de retour au Midland en train de préparer une contre-attaque. Thor n'avait pas tout compris à la façon dont son ennemi juré avait disparu en un froissement d'air, mais il se doutait qu'une puissante magie était à l'œuvre. La guerre ne serait pas gagnée tant que le Svardrekkin vivrait. Il lui restait un dernier crâne à fracasser...

Siegfried vit Hrothgar accourir à sa rencontre, sur le port d'accostage. Visiblement, les guetteurs avaient annoncé sa venue. Il ne fit rien pour calmer les inquiétudes de son Thein quant à l'absence du moindre guerrier et lui passa devant sans mot dire. Il ne pouvait formuler son échec à voix haute. Arrivé dans la cour devant la Forteresse des Glaces, il ignora les questions de ses hommes et se dirigea droit vers la halle, où il y prit une outre d'hydromel qu'il vida d'un trait, les mains tremblantes. Il reposa le conteneur et resta un long moment, les paumes posées sur la table, le souffle court.

– Tout ne s'est pas déroulé comme tu le pensais ? dit une voix sardonique dans un coin de la pièce.

Il fit taire Brynhilde d'une gifle, sans même lui lancer un regard. Il n'était ni d'humeur à jouer, ni à subir les sarcasmes de la

Reine des Glaces. Des voix dans sa tête lui murmuraient des mots contradictoires, et les ténèbres autour de lui s'épaississaient. Il savait la fin proche ; mais que pouvait-il y faire ? Les dieux ne lui accordaient guère que deux choix ; ou bien rentrer se terrer au Midland en espérant que les Æsir n'y débarqueraient pas pour le traquer, ou bien...

Il fit appeler ses hommes et leur ordonna de faire venir du Midland autant de guerriers que possible. Leur meilleure chance était de tenir la Forteresse-des-Glaces.

Mais il déchanta bien vite lorsque Hrothgar pénétra en trombe dans la halle, quelques jours plus tard. Torse nu sur son trône, la tête posée contre son poignet droit, il écouta les terribles nouvelles portées par le Thein. Les Æsir avaient accosté à l'est, et les Vanir avaient mis en place un blocage maritime au sud. Les Midlander étaient engagés dans une bataille navale et ne pouvaient rejoindre la Forteresse des Glaces. Sans un mot, Siegfried se leva et enfila calmement son armure. Ses gants. Ses bottes. Puis il empoigna Balmung et se rendit dans la cour. Il savait la fin proche. Il n'avait d'ailleurs presque pas dormi, ces derniers jours. Mais il accomplirait son devoir jusqu'au bout. Sur le passage, il ordonna à Hrothgar d'égorger les otages. Avant qu'ils ne perdent définitivement la bataille, il voulait infliger ce malheur à ces foutus Wodenson. Il retrouverait Brynhilde aux enfers de Syn... Et sans lui laisser le temps de répondre, il sortit. Tous les guerriers l'attendaient nerveusement, mais ce fut d'une voix calme qu'il s'adressa à eux.

– Mes amis. Mes frères. C'est par loyauté que vous m'avez suivi dans cet enfer gelé, et c'est par loyauté qu'aujourd'hui vous vous trouvez assiégés. Les Gothar sont à dix contre un ; nous n'avons aucune chance. Tous, vous m'avez suivi de désastre en désastre. Cela suffit aujourd'hui. Il s'appuya contre un mur, les jambes faibles. Que ceux qui veulent se rendre à l'ennemi le fassent, sans honte ni déshonneur.

Le silence lui répondit un instant, puis une voix s'éleva. Siegfried les avaient guidés si loin, ce n'était pas pour qu'ils l'abandonnent à un moment aussi critique. Un autre renchérit ; ils l'avaient suivi parce qu'ils croyaient en sa cause. La guerre avait été déclarée au nom de la justice. Un troisième confirma que leur roi avait été aussi bon qu'honorable, et que chacun le suivrait jusqu'à la fin. Siegfried sourit, sincèrement, pour la première fois depuis des lunes. Malgré tout, malgré ses erreurs, malgré sa cécité, son clan le suivait. Il se demanda où s'arrêtait le pouvoir de l'anneau, et où commençait la réelle loyauté. Mais cela n'avait nulle importance. Les éclairs de Donar avaient déjà détruit la grande porte.

– Mes guerriers... Les légendes garderont votre nom en mémoire ! Aujourd'hui est le jour où vous entrez dans l'histoire !

Les meilleurs guerriers formèrent autour de leur roi un Rempart de Bouclier et l'escortèrent vers la halle tandis que les autres restaient pour retenir l'envahisseur, insensibles à la mort certaine qui les attendait. Siegfried sentit l'odeur des cadavres calcinés par les éclairs le suivre aussi loin que les cris de batailles de Thor. Il entendit les bruits de la bataille se rapprocher. L'ennemi était dans la place. Il ferma les yeux et prit une profonde inspiration. L'idée de sa propre fin lui était comme étrangère. Il avait une tâche à terminer, et rien d'autre que cela ne comptait. Il devait accomplir sa vengeance ; il devait faire tomber les Wodenson.

ÉPILOGUE À LA VENGEANCE

Maintenant que la vie
A quitté mon corps,
Je rejoins les esprits
Des héros d'alors,
Ancêtres protecteurs,
Pères au noble cœur.

À ceux qui furent pour moi
Des compagnons d'armes,
Ne versez nulle larme
Ni perdez la foi,
Car me sourient les dieux
Dans leur halle des cieux.

Je rejoins cette terre
Qui m'était si chère;
La terre de mes aïeux

De glace et de feu
Sur laquelle veille encore
L'étoile du Nord.

Et toujours ma présence
Vous ressentirez,
Une fois mon essence
Ici dispersée
Dans le chant des oiseaux,
Le cours des ruisseaux.

« Chant funéraire »

Siegfried rouvrit les yeux. Ces souvenirs, remontés du passé, étaient douloureux, mais ils lui remémorèrent qui il était vraiment, et quel était son destin. Thor rejoignit son frère pour l'ultime bataille et les trois adversaires se firent face. Puis soudainement, Siegfried attaqua. Thor riposta d'un coup de marteau, que Siegfried para. De nouveau, il ressentit toute la puissance des éclairs le traverser, et serra les dents. Il tenta une contre-attaque face au géant roux, mais ne parvint qu'à l'érafler, et Balder en profita pour lancer une coupe horizontale. Balmung vint rencontrer son épée et la dévia. Ils s'arrêtent un instant, se tournant lentement autour. Balder but une rasade d'eau avant de lancer gracieusement son outre de peau à Siegfried, qui l'accepta avec un signe de tête reconnaissant.

– Ta vengeance valait-elle tous ces morts, Svardrekkin ? Penses-tu vraiment avoir obtenu justice ?

– La vengeance devient la justice, lorsque la justice est impuissante.

– C'est sur ce point que nous divergeons. Et voilà pourquoi nous en sommes là, pourquoi nous nous battons.

– Certes. Finissons-en.

– En d'autres circonstances, nous aurions pu être grands amis.

– En d'autres circonstances.

Siegfried se mit en garde. Il attendit que Balder et Thor en fissent de même avant de saluer de la pointe de son épée. Le roi des Æsir lui rendit son salut et ils prirent le temps de se jauger, décrivant des cercles en s'observant. Soudain Siegfried se fendit. Balder para et contra. L'échange de passes d'armes dura quelques secondes puis ils rompirent le combat. Ensuite, les rôles furent inversés. Siegfried dévia le coup puis ils échangèrent d'autres passes. Il prenait soin de garder Thor en vue, du coin de l'œil, et de ne lui laisser nulle occasion de frapper. Leur danse les mena malgré eux jusque sur le chemin de ronde, surplombant la cité et ses maisons basses. Plus bas, dans la cour de terre gelée, les combats s'étaient arrêtés. Chacun n'avait d'yeux que pour les trois combattants. Un silence absolu s'était installé sur le champ de bataille. Siegfried savait qu'il devait tenir les deux frères séparés. Chaque fois que Thor tentait de le toucher, il contrait ou parait, puis se replaçait de manière à tenir ses adversaires en vue. Il consacrait tous ses assauts sur Balder, qui n'avait de choix que d'esquiver les coups dévastateur de Balmung. Il sut alors quelle tactique adopter. Il feinta d'abord sur la droite, obligeant son adversaire à dévier le coup, avant de placer un coup de poing de sa main gauche. Balder se replia d'un bond vers l'arrière. *Maintenant !* D'un mouvement circulaire latéral il visa le flanc gauche, mettant toute sa force dans le coup. Balder n'eut d'autre choix que d'interposer son bouclier, recevant le choc de plein fouet.

Le roi des Æsir glissa au sol sur plusieurs pieds accompagné d'une myriade d'échardes ; les Æsir lâchèrent un juron de stupeur angoissée. Thor hurla son nom et courut vers lui. Balder tenta tant bien que mal de se relever, cherchant à tâtons l'épée qu'il avait lâchée. Jubilant, Siegfried s'avança vers l'homme à terre. Quand soudain un éclair le heurta de plein fouet. Il en fut paralysé quelques instants, mais il se reprit, serrant les dents, et continua d'avancer vers sa proie. Lorsqu'un second éclair fusa, il donna une violente coupe horizontale. La foudre se dissipa en une myriade d'étincelles qui crépitèrent autour de lui. Il vit Thor agiter son marteau en jurant, sans que n'en sorte plus nulle magie. La victoire était sienne ! Avec

Thor et Balder tombés, les Æsir n'auraient plus de raison de combattre. Il ferait payer la mort de ses compagnons à tous ses nouveaux sujets, puis il partirait à la conquête d'Alfheim et ferait disparaître les Thurse de la surface du monde. Nul n'échapperait à la fureur ni à la haine qui le consummaient. Il leva Balmung pour porter le coup de grâce. Alors il vit.

L'épée des rois était brisée ! Il ne tenait qu'un pommeau sans lame, sectionné à la garde. Non ! *NON* ! Pas Balmung ! Elle était tout ce qu'il lui restait, tout ce qu'il lui restait de sa vie passée ! Elle était son seul lien, sa légitimité ! Elle prouvait sa royauté ! À genoux, il tenta de rassembler les morceaux d'acier éparpillés. Puis, avec un cri d'angoisse et de frustration, il se rua sur Balder. La collision envoya les deux hommes à terre, au bord du promontoire. Il n'avait nul besoin d'une épée pour terrasser ce petit Æsim ! Il aurait dû le pourchasser jusqu'aux confins d'Asaheim, lorsque Breidablik tomba, au lieu de lui laisser la vie sauve ! La compassion pour cet ami que Balder aurait pu être, aurais *dû* être, n'avait été récompensée que par la déception ; il allait aujourd'hui réparer son erreur ! Lorsqu'il serra son étreinte sur la gorge du jeune roi, Thor se rua vers lui en hurlant. Mais une lourde botte de métal vint le cueillir en plein élan, et le renvoya dix pieds plus loin. Grimaçant d'effort, Balder, écrasé par la poigne de fer de son adversaire, plaça son pied sous l'abdomen du Svardrekkin et poussa de toutes ses forces. Avec un grognement de refus et d'indignation, Siegfried passa par-dessus le chemin de ronde et chut dans le vide, sa main tendue ayant manqué le rebord de bois. Il sentit son corps cogner contre les rochers glacés au pied de la falaise, rebondir, cogner encore, et encore, et encore, puis tomber face contre terre sur le lac gelé, quelques sept-cent pieds plus bas. Dans un flou distant, il entendit la glace craquer sous le poids de l'acier cabossé, et les eaux noires l'engloutir en un bouillonnement. Petit à petit, les ténèbres s'épaississaient. Il vit, avant que le noir ne l'enveloppât, un poisson l'observer de ses yeux ronds puis se désintéresser de lui. Il admira et envia la vie simple d'une créature simple. Puis il sentit son esprit partir.

Il était assis dans un coin de sa halle boisée, par un jour d'automne, à écouter la pluie tomber, un vin chaud à la main. Près de l'âtre allumé, sa femme et son fils jouaient. Il se sentait bien. Il se sentait en paix. Il sourit.

Et sous l'eau il sourit, tout en coulant, attiré irrémédiablement vers le fond noircissant, tendant la main vers un rêve éthéré, souvenir du passé.

Thor se précipita vers la halle, appelant sa femme et ses enfants de toute sa voix. Celle de son épouse lui répondit depuis la réserve et il courut de toutes ses jambes. Lorsque la porte s'ouvrit en grinçant, éclairant la pièce d'un rai de lumière, il vit que deux Midlander se tenaient entre lui et les captives. Sif retint son bras levé d'une injonction ; si les otages étaient en vie, c'était grâce à cet homme et son fils qui les cachèrent ici alors qu'ils avaient ordre de les tuer. Thor le reconnut. C'était ce Thein, Hrothgar. Bien que ses suspicions ne fussent pas entièrement levées, il le remercia d'avoir aidé sa famille et ils se serrèrent la main à la manière des chefs. Puis il emprisonna les siens dans une accolade d'ours, laissant éclater son soulagement.

– Père, tu pleures ?

– Non, mon fils. C'est de la sueur qui m'a coulé dans les yeux.

– Est-ce qu'on a gagné ?

– Oui, nous avons gagné. Ce monstre ne pourra plus jamais vous faire de mal.

– Ce n'était pas un monstre. C'était simplement un homme, avec beaucoup de colère et de tristesse en dedans de lui.

– Ton fils est peut-être déjà plus sagace que toi..., sourit Höd.

– On t'a vu te battre ! intervint Modi. Tu faisais des éclairs comme Donar, comme ça ! Bzt ! Bzt ! Et tu as fait gagner la bataille ! Mon père, c'est le plus fort !

Frigg se sépara un instant de Balder. Thor se demanda ; allait-elle encore trouver remontrance à lui faire ? Mais à sa grande surprise elle le congratula.

– Tu t'es vaillamment battu, bâ... Thor Wodenson. Ton père serait fier de toi.

Elle tendit une main qu'il prit après un temps d'hésitation. Puis elle se tourna vers Sif et s'excusa de tout ce qu'elle avait pu lui dire. Thor regardait ces dames sans comprendre. Il les vit toutes trois se faire un clin d'œil, et haussa les épaules à l'attention de ses compagnons perplexes. La bonne humeur retomba lorsque Nanna demanda où était son père ; n'était-il pas venu se battre avec eux ? Le lourd silence qui lui répondit fut plus éloquent que les mots.

– Je suis désolé, mon amour..., dit Balder en la prenant dans ses bras. Elle le repoussa et détourna la tête.

– Laisse-moi. Je veux être seule...

Thor traversa derrière son frère la remise enténébrée. Brynhilde se trouvait assise par terre, enserrant ses genoux de ses bras fins. Vêtue d'une simple couverture, il n'était pas étonnant qu'elle grelotte. Elle leva les yeux vers les Æsir, et Thor devina dans l'ombre de délicates larmes perler lorsqu'elle voulut savoir ; Siegfried... ?

– Mort. Son corps tombé du haut du fort.

Balder lui tendit sa cape fourrée. Elle passa le vêtement en le remerciant et tous trois sortirent dans la cour. Les Æsir achevaient les mourants et dirigeaient les prisonniers en rangs ordonnés.

– Ta halle t'est rendue, ma Reine. Je suis désolé pour ton clan.

– Je t'en remercie, roi des Æsir, dit-elle d'une voix égale.

Balder se tourna vers les prisonniers, alignés contre le mur est, vaincus mais toujours droits et fiers. Il déclara que les dieux l'avaient aujourd'hui désigné comme roi du Midland, par cette épée brisée qu'il tenait en main. Si quiconque contestait ce jugement, qu'il parle désormais, sans peur de représailles. Nul ne parla, mais ce qu'il annonça ensuite fit ciller de surprise les vaincus : En remerciement de son aide, il chargea Hrothgar d'organiser à nouveau le Midland. Il serait la main de Balder en ce royaume, comme le titre de « Thein » le signifiait dans l'Ancienne Langue.

– Tu fais preuve d'une grande clémence, jeune roi, répondit Hrothgar en s'inclinant.

– Je ne suis pas Woden Burrson. Votre seul tort est d'avoir suivi votre roi dans sa folie, c'est pourquoi j'épargne vos vies. Mais menacez mon clan encore une fois et vous ferez face à l'ire du Cerf Blanc...

Les Midlander prêtèrent allégeance en s'inclinant. Thor se demanda quelle attitude il aurait adoptée, s'il avait été roi à la place de Balder. Aurait-il, à l'instar de son père, massacré ses ennemis jusqu'au dernier, maudissant la pitié comme une faiblesse ? Ou bien aurait-il fait preuve de magnanimité dans l'espoir de se faire de nouveaux alliés et d'étendre ainsi son influence ? Dans un cas comme dans l'autre, il ignorait quelle était la bonne décision. Seul le temps lui dirait si le choix de Balder avait été sagesse, ou bien folie...

Hrothgar était seul derrière les écuries, préparant son retour au Midland. Il sursauta en lâchant un juron bien senti lorsqu'une voix retentit :

– C'était finement joué, Siegfried a disparu. Le tout manigancé, et Balder t'a élu.

– Pas si fort, vieux sage ! Personne ne doit savoir, il en va de ma vie !

– Personne ne doit savoir que ton Roi tu trahis ? Si quelqu'un peut le voir, c'est à ton air contrit.

– Ce que j'ai fait, je l'ai fait pour le Midland. La folie du Svardrekkin devait être arrêtée. Ne crois pas un instant que j'ai goûté, apprécié, de planifier la chute de mon roi. Vas-tu révéler mon secret ?

Grimnir rit d'un rire sans joie, inquiétant et menaçant.

– Que non, sois rassuré ; car tout se déroula comme je le désirais : le Svardrekkin tomba.

– Quel est ton jeu, vieux sage ? D'abord tu aides Siegfried, tu le fais roi ; puis tu te réjouis de sa chute. Quel est ton but ? Qui es-tu, et quel camp sers-tu ?

– Tu poses tant de questions, à guetter les réponses. Pourquoi faire un champion, et le jeter aux ronces ? Mes intentions dépassent, et ce très largement, ton vain entendement, et celui de vos masses. Des dieux infortunés, je suis un envoyé. Je n'œuvre pour nul homme, mais pour Mannheim entier. Les rois comme les manants ne sont sur l'échiquier que des pions inconscients d'être manipulés. Nous nous recroiserons, Thein Hrothgar Hrothgarson. Nous nous recroiserons, avant que ton heure sonne.

En un bruissement d'aile, le parjuré se retrouva seul, seul avec sa conscience.

La victoire fut fêtée avec liesse et passion, après le retour de Balder à Breidablik. C'était à flots que l'hydromel et la bière coulaient. Les guerriers buvaient, mangeaient, chantaient, honoraient la Dame avec leur épouse ou leur concubine. Ils chantaient :

Le Dragon Noir est mort, noyé dans l'eau gelée

Et son corps a coulé, tombé du haut du fort.
Asaheim libéré a fait sonner le cor
Car la menace d'alors s'est enfin dissipée.

Balder notre bon roi, l'ennemi affronta.
Le dragon il tua ; des dieux il est le choix !
La justice éclata aujourd'hui sous son toit !
Gloire à notre bon roi ! Au roi qui résista !

Asaheim désormais entame une ère nouvelle.
A l'aube d'une vie plus belle nous devons tous chanter.
Que toutes nos voix se mêlent : la menace est levée !
Dieux d'une aube dorée, entendez notre appel !

Pourtant, Balder n'était pas d'humeur festive. Cette victoire avait un goût amer. Elle avait coûté très cher. Dans cette triste guerre étaient morts nombre de ses frères. Si les guerriers semblaient laisser éclater leur joie qu'une période sombre de leur histoire prenne fin, il avait plus important en tête ; il fallait penser à l'avenir et le construire dès à présent afin qu'une guerre d'une telle ampleur n'éclate plus jamais. Thor sembla remarquer sa mine sombre et s'en inquiéter. Lorsque Balder lui fit part des tourments intérieurs qui l'assaillaient, son frère en rit, déclarant qu'il ne savait tout simplement pas s'amuser.

– Comment nous amuser, alors que mon père est mort ? s'exclama Nanna.

– Réfléchis un peu avant de parler ! souffla Sif. Et ne bois pas autant...

Thor marmonna une excuse en se passant une main derrière la nuque, mais Balder n'y prêtait déjà plus attention. Il comptait annoncer une grande nouvelle à ses compagnons, mais craignait leur réaction. Certes, ils se regroupaient tous les étés pour le Thing, mais entre-temps ? Ils avaient besoin de prendre des décisions rapides et immédiates entre Theinar. Aussi envisageait-il la construction d'une grande forteresse, symbole de la centralisation du pouvoir, d'où il administrerait les affaires du royaume avec ses conseillers. Le temps où chaque Thein, chaque Jarl, chaque chef de clan faisait justice de son côté touchait à sa fin. Il était temps qu'une force fédératrice unisse toutes les puissances. Il serait cette force, et il demanderait à ses Theinar d'établir leurs quartiers dans sa forteresse. Il se doutait que la nouvelle ne passerait pas aisément. Quitter leurs terres ainsi ? De plus, il demanderait à tous les chefs de faire en sorte qu'il n'y ait nulle poursuite ni vengeance à l'encontre de ceux qui s'étaient soumis à la volonté du Svardrekkin. Il savait que Loki, pour ne citer que lui, n'avait guère apprécié qu'on le fasse passer pour un lâche et projetait déjà de faire pendre ceux de son clan qui avait répandu ces vilaines rumeurs. Mais Balder comprenait leur position. Le Svardrekkin ne leur avait donné nul autre choix. C'était désormais plus que jamais qu'ils devaient se montrer soudés. Assez d'Æsir étaient morts. Chacun devait être pardonné.

Sur une note plus joyeuse, il comptait également nommer Heimdall Thein de Himinbjorg pour le remercier. Son frère adoptif s'était montré plus que loyal ; il méritait mieux qu'une place dans le Rempart de Boucliers. Balder avait suffisamment à faire à porter la couronne d'Asaheim, et désormais celle du Midland. Heimdall serait un précieux atout dans sa nouvelle vision des choses. Il se voyait assis sur le trône de sa forteresse, ses compagnons à ses côtés. Oui, même Loki. À cette pensée, il esquissa un sourire intérieur. Il avait enfin confiance en ce futur qu'il allait construire. Cette ère de ténèbres prenant fin, il voyait désormais la lumière. Et cette lumière, il l'apporterait à tout Asaheim. Cette forteresse qu'il allait construire s'appellerait Asgard, « le Fort des Æsir » dans l'Ancienne Langue, et ce nom deviendrait synonyme de justice et d'unité à travers Mannheim. Partout les clans regarderaient vers cette lueur d'espoir dans un monde enténébré, et ils sauraient que leur roi veillait sur eux. « Asgard monte la garde pour nous protéger », diraient-ils avant de s'endormir, et partout les ennemis du royaume trembleraient à l'idée d'un corps de guerre comme Mannheim n'en avait jamais vu !

Et tandis que les guerriers, Elfar comme Gothar, fêtaient la victoire, s'éteignait en Alfheim une vie fragile. Elle pensait à son époux lorsque sa main retomba sur les couvertures de peaux, et même encore lorsque son souffle ralentit jusqu'à ne plus être qu'un murmure dans le vent. Elle s'en fut paisiblement, son seul regret étant de ne pas serrer dans les siens les doigts de Frey.

Les premières neiges tombaient sur la halle d'Yngling.

Hiordis se tenait devant l'âtre, regardant sans les voir les flammes danser. Elle ne sentait aucunement le feu qui crépitait, près duquel achevaient de se consumer les herbes divinatoires.

– Ils ne reviendront pas, dit doucement une voix derrière elle.

– Je le sais. Je le sens. Mon fils et mon époux sont morts sur cette terre gelée.

– Voici la vérité, il y a maints hivers que Siegfried trépassa. Un nouvel homme fut né, et à son tour Je préfère utiliser mon crâne et vivre que mes muscles et trépasser tomba. En ce royaume lointain, le Dragon Noir s'éteint.

– Dis-moi, notre fils est-il en paix, désormais ?

– Je ne peux sentir son esprit. Peut-être plus tard rejoindra-t-il la Dame, et s'épanouira-t-il dans le champ des oiseaux et le bruit des cours d'eaux. Aujourd'hui pourtant il est ailleurs, dans un lieu très sombre. Mais ne perds pas espoir.

Lorsqu'un guerrier entra, la silhouette éthérée disparut. Un Æsim était devant la halle. Il disait ramener Yngvar Wilhemson à sa demeure. Sans un mot, Hiordis enfila une robe bordée de fourrures et sortit. Là, sur la place encerclée des maisons longues aux toits de chaume, se tenait un homme fier, vêtu de capes grises. Elle considéra avec attention son visage droit, ses yeux glacés, et sa barbe sans couleur, d'un blanc cendré. Il se présenta comme Tyr Hymirson, Skald. Il ramenait au nom du roi Balder Wodenson d'Asaheim, la dépouille d'Yngvar en signe de paix et de respect. Malgré la tension palpable que ses guerriers ressentaient, elle salua le Skald et l'invita à entrer. Ils passèrent la porte en silence.

Tout le clan s'était rassemblé autour du grand feu central.

Au milieu était assis Tyr, pinçant, effleurant, caressant les cordes de sa harpe. La bataille de Himinbjorg fut narrée en vers, rendant hommage à la bravoure des Midlander et honorant leur esprit guerrier. Le chant pleurait la mort de tous les combattants, du Midland ou d'Asaheim, et louait la joie d'une nouvelle vie, leur essence dispersée en chaque chose existante en ce monde. Tyr raconta comment Yngvar se battit, avec force et courage, et comment il tomba, les armes à la main, rendant honneur à ses ancêtres. Sans prévenir, un sentiment puissant envahit Hiordis ; une fierté sans borne, mêlée de chagrin pour la mort d'Yngvar, et de joie pour sa nouvelle vie. À travers les larmes qui embuaient ses yeux, elle vit que tous dans l'assistance le ressentaient. Tyr relâcha la dernière corde de sa harpe, et un long silence s'écoula, tandis que les oreilles de Hiordis résonnaient encore de l'élégie qui avait été jouée. Elle remercia le Skald, se leva et sortit de la halle. Elle avait besoin d'être seule. Elle resta un long moment silencieuse, debout dans la neige, le front appuyé contre ses doigts délicats, incapable de contrôler les spasmes qui soulevaient sa poitrine et faisaient couler ses yeux.

Tandis que tout Asaheim fêtait la mort du Dragon Noir, les funérailles de Siegfried furent simples mais élégantes, célébrées en même temps que celles d'Yngvar. Son corps étant perdu, c'est un mannequin d'osier qui fut placé aux côtés de son beau-père, sur la barque aux grandes voiles, emplie de jarres de poix. Pour son dernier voyage, des corbeilles de fruits et des armes accompagnaient le roi. Hiordis poussa l'embarcation, et ses hommes y plantèrent des flèches enflammées jusqu'à en faire un brasier. Le feu flottant s'éloigna petit à petit, disparaissant dans la nuit pour couler dans la mer, loin, loin, loin à l'horizon. Tous les chefs survivants étaient présents, et tous versaient des larmes amères pour leur roi. Les chamanes demandèrent aux esprits des eaux de veiller sur la barque, et Hiordis recommanda l'essence de Siegfried à la Dame, priant pour que Donar ne le jette pas hors de sa halle, priant pour une prochaine incarnation meilleure et plus heureuse. Au milieu de la foule, elle vit qu'une jeune fille mince, aux nattes noisettes et aux yeux azurs, pleurait plus fort que quiconque. Elle entonna une élégie de sa voix claire, mélancolique hommage au dernier roi du Midland et fils aimé, ainsi qu'à son époux. Et le chant qui déchira son cœur fut repris par chacun, jusqu'à ce que le chorus s'élève aux nuées célestes.

Lorsque le guerrier confirma que le Svardrekkin était tombé et que le Midland était sans tête, elle vit Thrym esquisser un sourire sans pitié. Le moment attendu était enfin venu... Lorsque le roi des Thurse annonça l'invasion imminente du Midland, elle fut satisfaite d'entendre combien les guerriers clamèrent leur assentiment. Ils allaient ravager leurs terres ! Nouvel assentiment. Violer leurs femmes ! Plus d'enthousiasme encore. Assassiner leurs pitoyables dieux et se vautrer dans leur or ! Apothéose de la clameur. Les guerriers vêtus de peaux de bêtes et de cuir grossier se lancèrent dans une danse effrénée au son des tambours. Certains se battaient entre eux, parfois jusqu'à la mort, délaissant là le cadavre du vaincu sans plus d'attention ; d'autres attrapaient une femme au hasard et suçaient avidement ses seins ronds avant de la jeter au sol pour la prendre férocement, tandis qu'elle s'agitait avec autant d'ardeur.

Hel caressait le buste musclé de son époux, tandis que celui-ci descendait son gobelet d'os et observait la frénésie de son clan. Elle entendait qu'en dehors de la tente de peaux, agrémentée de crânes humains ou animaux et illuminée par un brasier dansant, le vent hurlait sur les steppes rudes, faisant voler l'herbe rase et la neige. De ses doigts puissants, Thrym brisa son gobelet d'os, répandant l'alcool sur ses genoux et sur les hanches de l'esclave nue enchaînée à ses pieds. Derrière lui, Hel l'enserra de ses bras blancs, un sourire carnassier sur ses lèvres carmines. Bientôt... Bientôt le Midland serait à elle. L'heure approchait ; l'heure où avec les Jotnar elle allait ravager le monde. La première étape de son vaste plan était en marche...

L'AVENTURE N'EST PAS FINIE !

Ce tome 2 marque la fin du premier Edda. Retrouvez dès maintenant nos héros dans le tome 3, *Le Prix du Parjure* ! Disponible ici :
https://www.amazon.fr/dp/B07HB18LMB

Si vous avez une minute, n'hésitez pas à laisser une critique sur Amazon, même simplement une ou deux lignes. Votre avis est important pour moi et pour les autres lecteurs ! Vous pouvez le faire ici :
https://www.amazon.fr/dp/B00VYNF6BA

Une nouvelle qui raconte une aventure de jeunesse de Thor, ça vous intéresse ? Et si je vous dis qu'elle est offerte ? Pour l'obtenir, il vous suffit de vous abonner à ma Newsletter, dans laquelle j'échange avec vous une fois par mois sur des sujets qui me tiennent à cœur. Vous serez aussi tenu(e) informé(e) des futures parutions en avant-première ! Ça se passe ici :
http://www.songsofasgard.com/pages/votre-livre-offert.html

Vous pouvez également me retrouver sur Facebook, où je partage un tas de choses en rapport avec la Fantasy et la SF :
https://www.facebook.com/VictorMoreauEcrivain/

Du même auteur :

Histoires Macabres : treize nouvelles fantastiques et horrifiques

Les Chants d'Asgard t.1 : L'Honneur des Midlander

Les Chants d'Asgard t.3 : Le Prix du Parjure

Le Dernier Loup

Misanthropolis

Retrouvez-les tous sur Amazon :

https://www.amazon.fr/l/B018M88ILO?_encoding=UTF8&redirectedFromKindleDbs=true&rfkd=1&shoppingPortalEnabled=true